Frederik Hetmann (Hg.)

MÄRCHEN VON DER ANDERSWELT

Zum Erzählen und Vorlesen

KÖNIGSFURT-URANIA

Neu zusammengestellte und gekürzte Sonderausgabe des Titels »Die Reise in die Anderswelt« (2. Auflage 2005) von Frederik Hetmann, erschienen im Königsfurt Verlag

Bibliographische Information Der Deutschen Bibliothek
Die Deutsche Bibliothek verzeichnet diese Publikation in Der Deutschen Nationalbibliographie; detaillierte bibliographische Daten sind im Internet über http://dnb.ddb.de abrufbar.

Sonderausgabe
Krummwisch bei Kiel 2016

D-24796 Krummwisch
www.koenigsfurt-urania.com
Lektorat: Claudia Lazar, Kiel
Satz, Noch & Noch, Menden
Umschlaggestaltung: Jessica Quistorff, Seedorf,
unter Verwendung eines Motives von Fotolia.com:
»abstract landscape with old castle« @ diavolessa

Druck und Bindung: Findir s.r.o
Printed in EU

ISBN 978-3-86826-066-3

Überblick

über alle 45 Geschichten,
womit sich die eine finden läßt,
auf die der Leser gerade Lust verspürt

II. Kapitel,

in welchem man vernimmt, was die Feen in der Anderswelt, aber auch unter den Sterblichen tun und treiben
79

III. Kapitel,

das vom Kalender der Anderswelt handelt, in dem erzählt wird, was einem dort an bestimmten Tagen zustoßen kann und wie es sich mit der Anderszeit verhält

IV. Kapitel,

worin Geschichten von Liebe und Tod versammelt sind, deren verborgener Sinn erforscht wird

Anmerkungen und Quellenangaben

worin nachgelesen werden kann, woher die in diesem Band versammelten Texte stammen, und wo noch allerlei Wissenswertes ausgebreitet wird

Midhirs Lied von der Anderswelt

Ach, schöne Frau, willst du mir folgen in ein wunderbares Land, wo immer Musik erklingt? Das Haar derer, die dort wohnen, gleicht den Blütenblättern von Pfingstrosen, und ihre Leiber haben die Farbe von Schnee.

Es gibt dort weder ›mein‹ noch ›dein‹, weiß sind die Zähne dort und schwarz die Augbrauen, ein Fest für das Auge ist die Zahl unserer Gäste, ihre Wangen haben die Farbe der Fuchsien. Und der Kamm jedes Moors ist purpurn; eine Freude fürs Auge sind auch die zahlreichen Drosseleier. Mögen die Ebenen Irlands schön dich dünken, so kommen sie dir vor wie eine Wüste, kennst du die Ebene der Anderswelt.

Gut mundet das Bier in Irland, aber das Bier des Großen Landes schmeckt viel köstlicher, ein Wunderland ist das Land, von dem ich rede. Es sterben dort nicht wie hier die Jungen vor den Alten. Niemand dort stirbt.

Bäche mit weichem, wohlriechendem Wasser fließen durch dieses Land und du hast Met oder Wein, ganz nach Belieben, zahllos sind die Leute, deren Schönheit ohne Makel. Empfangen sind sie ohne Sünde und leben ohne Schuld.

Wir sehen nach allen Seiten hin, aber niemand sieht uns. Es ist die Dunkelheit, der sich Adam entzog, die uns davor verbirgt, gezählt zu werden.

Weib, wenn du mir folgst zu meinem mächtigen Volk, will ich dich mit einer Krone aus Gold schmücken, Honig, Wein, Bier, frische schäumende Milch – alles ist dort in Hülle und Fülle, du meine Schöne!

Unbekannter irischer Autor des 9. Jahrhunderts

»Eine Frage an dich, sagte Columcille zu seinem seltsamen Besucher aus der anderen Welt. Was war dieser See, auf den wir jetzt schauen, in alter Zeit? Ich weiß es, antwortete der junge Mann. Er war gelb. Er war blühend. Er war grün. Er war hüglig. Er war ein Ort, an dem man trank. Es hatte Silber darin. Dort standen Streitwagen. Ich lief hindurch, als ich ein Rehbock war, als ich ein Lachs war, als ich ein wilder Hund war. Als ich ein Mensch war, badete ich darin. Ich führte ein gelbes Segel und ein grünes Segel. Ich kenne nicht Vater noch Mutter. Ich spreche mit den Lebenden und den Toten.«

Legenden des Columcille

»Die Grenzen unseres Bewußtseins sind fließend. Viele Vorstellungen können sich in ihm miteinander verweben, und eine einzelne Vorstellung kann sich so herstellen, eine bestimmte Energie.«

William Butler Yeats

Einladung

zu einer Reise in die Anderswelt

Es gibt in der Folklore Irlands* eine erstaunliche Vielzahl von Mythen, Märchen und Sagen, die alle auf ein Reich verweisen, das man vergeblich auf einer Landkarte sucht.

Es heißt englisch »Otherworld«, übersetzt: »Anderswelt«*. In den verschiedenen Texten taucht es unter der Bezeichnung »Land der Ewigen Jugend«, »Land hinter den Wellen«, »Insel der Seligen«, »Land der Frauen«, »Welt der Hoffnung«, »Reich des Versprechens« auf.

Bewohnt wird die Anderswelt von den Feen: dem Lepracaun, dem Pooka, dem Cluricaune, der Banshee, den Merrows, Brownies, Hobgoblins, dem Nicht Nocht Naethin, der Nenam, dem Nuckelavee und wie die verschiedenen Geschöpfe unter dem »kleinen Volk« noch alle heißen. Es gibt Bäume in dieser anderen Welt, die Zauberbäume sind und an deren Namen geheimes Wissen geknüpft ist: Eiche und Esche, Apfelbaum und Haselnußstrauch, Stechpalme und Weide, Erle und Buche. Tiere trifft man dort, die es nirgendwo anders gibt: den Cu Sith, ein fürchterliches Geschöpf, der gern als Wachhund gehalten wird, Wasserpferde, Elfenkälber; den Afanc, der einem riesigen Biber gleicht, den Boobrie, einen übergroßen Wasservogel, schneeweiße Hunde mit roten Ohren, Forellen mit silbernen Schuppen, Lachse, mit deren Genuß man die Weisheit der Anderswelt in sich aufnimmt.

Es ist keine Welt des Müßiggangs und der Tagträume. Sterbliche, die einen Feenhügel betraten und nach Jahr und Tag den Weg zurück in unsere Welt fanden, wußten zu berichten, daß sich die Feen mit ganz ähnlichen Beschäftigungen abgeben wie die Menschen. Die Frauen spinnen und weben, backen und kochen, die Männer schlafen, tanzen, reißen Witze, fiedeln und spielen den Dudelsack. Feen gelten als geschickte Bootsbauer, manche wissen um verborgene Schätze, von anderen ist nicht mehr und nicht weniger zu erwarten, als daß sie die Küche putzen und den Herd scheuern.

Zwischen den Sterblichen und den Feen, zwischen der realen und der Anderswelt bestanden und bestehen enge Beziehungen.

Nicht nur der des Büffelns und Lernens überdrüssige Mönchsschüler Elidor gelangte hinüber in die Anderswelt und, mit einem goldenen Ball, auch wieder zurück.

---

* Alle mit * gekennzeichneten Begriffe sind sind im Kapitel »Anmerkungen und Quellenangaben« (ab S. 173) erläutert.

Da ist Thomas Rymour von Erceldoune, der an einem Maitag sich im Wald im Gras ausstreckte und in die Wipfel der Bäume und auf die drüber hinziehenden Wolken blickte.

Einer schönen Frau begegnet er. Sie reitet auf einer milchweißen Stute. Am Zaumzeug hängen kleine Glöckchen. Erst hält er die Dame für die Himmelskönigin. Aber sie weist ihn zurecht. Dieser Name komme ihr nicht zu. Die Königin des »fair elfland«, des Feenlandes, sei sie. Bewundernd starrt Thomas sie an. Sie läßt sich von ihm küssen. Sie verführt ihn dazu, mit ihr zu schlafen. Er wird in grünes Tuch gekleidet. Er bekommt ein Paar Schuhe aus grünem Samt. Er steigt hinter ihr aufs Pferd. Fort geht's in die Anderswelt. »And till seven years were past and gone« (und bis auf Erden nicht sieben Jahre vergangen), heißt es in einer Ballade aus dem 14. Jahrhundert, »true Thomas on earth was never seen« (ward der wahre Thomas auf Erden nicht mehr gesehen).

Ein irischer Spielmann, ein Dudelsackpfeifer, folgt den Feen in einen ihrer Hügel und spielt ihnen auf. Als Dank befreien sie ihn von seinem scheußlichen Buckel. Aber ein anderer Buckliger, der ebenfalls sein Glück in der Anderswelt und bei den Feen versuchen will, kommt mit gleich zwei Höckern auf dem Rücken wieder zurück.

Der Wanderarbeiter Rhys, der sich mit seinem Freund Llewellyn auf dem Heimweg befindet und am Rand eines Feenringes vorbeikommt, hört Musik und Tanzschritte. Es zuckt und juckt ihn unter den Fußsohlen. Er ist sich der Gefahr durchaus bewußt. Er kann nicht widerstehen. Er muß hin, mittanzen. Für seinen Freund und Kameraden löst er sich in Dunst auf. Llewellyn gerät in der Welt der Menschen in den Verdacht, Rhys ermordet zu haben. Nach einem Jahr und einem Tag schleicht er sich in den Feenring. Mit allerlei Bannzauber und Gewalt holt er den Freund zurück … und der vermeint, nicht länger als fünf Minuten bei den Feen getanzt zu haben.

Doch für die meisten Sterblichen, sie mögen kurz oder lang im Feenreich gewesen sein, enden solche Aufenthalte in der Anderswelt tödlich. Wenn sie zurückkommen, legt sich das Gewicht all der Zeit, die im Diesseits verstrichen ist, auf ihre Schultern, und sie zerfallen zu Staub oder Asche.

Feen sind klein, winzig. Deswegen heißen sie in manchen Gegenden auch »das kleine Volk«.

Feen sind riesig, übermächtig, größer als Menschen. So gehen die Meinungen auseinander. Feen sind gefallene Engel. Feen sind Tote. Feen sind Hausgeister.

Feen sind Quellgeister. All diese Erklärungen kann man hören. Aber sind damit die Feen und ihr Land, die Anderswelt, wirklich erklärt?

Feen jagen, reiten, festen, halten Hof, treiben Sport. Glanz ist um sie, aber auch Schrecken und Chaos. Unter den Feen gibt es Individualisten, wie unter den Menschen, weibliche und männliche Feenwesen, die stets allein auftauchen. Einzelgänger. Feen fürchten sich vor Eisen, sind andererseits aber manchmal auch recht geschickte Schmiede. Feen umgibt die Aura des Todes, der Modergeruch eines Totenreiches. Aber Feen sind es auch, die Fischer vor der Westküste Irlands vor Sturmfluten warnen und so diesen Männern das Leben retten.

Die Aussagen zum Wesen und zur Eigenart der Feen sind voller Widersprüche.

Gegen Feen kann man sich schützen. Mit Eberesche und Weißdorn. Aber warum gerade damit?

Feen kann man sehen. O gewiß doch. Aber wann und wo, das sind Fragen, zu denen es viele Antworten und noch mehr Geschichten gibt.

Als relativ sicheres Mittel gilt der Besitz eines vierblättrigen Kleeblattes. Oder man muß sich Feenbalsam auf die Auglider träufeln. Wer sich mit Feen befaßt, steht am Ende immer wieder vor einem neuen Geheimnis.

Immer stehen die Feen gerade im Begriff, sich zu entziehen. Schon zu Chaucers Zeiten klagt die gute Frau aus Bath darüber, die Feen hätten sich bereits zu König Arthurs Tagen entschlossen, der Welt für immer den Rücken zu kehren.

Im 17. Jahrhundert dichtet ein englischer Bischof:

But since of late Elizabeth
And later James came in,
They never danced on any heath
As when the time have been.

Aber im 20. Jahrhundert, noch vor zehn Jahren, kommen aus einer bestimmten Gegend des Nordwestens der Irischen Republik, nämlich aus Donegal, Nachrichten, die einen an das Verschwinden, das nun schon fast so lange währt wie unsere Zeitrechnung, doch nicht recht glauben lassen will.

Und einmal so gefragt: Was ist verloren, wenn die Feen endgültig verschwunden sind?

Seit dem 18. und 19. Jahrhundert bevölkern die Feen vor allem die Literatur.

Bei William Blake, bei Scott und freilich bei Robert Burns wimmelt es nur so von Feen! Ist dies alles noch Echo auf die berühmteste Feengeschichte der englischen Literatur, auf William Shakespeares »Ein Sommernachtstraum«?

Folkloristen sammelten Feengeschichten und Feengestalten wie die Species von Schmetterlingen. Manche kamen dazu wie Jeremiah Curtin aus der

Neuen Welt nach Irland, das wohl immer schon der Feenort par excellence war, Mittelpunkt aller Reiche der Anderswelt.

Mit Rudyard Kipling nähern wir uns schon der Moderne. Dieser Autor, dem europäischen Realismus verbunden, aber doch auch von indischer Mystik beeindruckt, der Verfasser des »Kim« und der von Brecht teilweise adaptierten »Balladen aus dem Biwak«, schrieb eine Feengeschichte »Puck von Buchsberg«.

»›Außerdem, was du ›sie‹ nennst, ist lauter ausgedachtes Zeug, von dem das Volk in den Hügeln nichts weiß … kleine artige Summfliegen mit Schmetterlingsflügeln, Unterröcken aus Tüll, blitzende Sterne im Haar und einen Zauberstab, der große Ähnlichkeit mit jenem Rohrstock hat, mit dem ein Schulmeister die unartigen Jungen versohlt und die Guten belohnt. Das kenne ich!‹

›Wir meinen nicht diese Sorte‹, sagte Dan, ›die hassen wir auch.‹

›Genau‹, sagte Puck, ›wen wundert es, daß das kleine Volk aus dem Hügel nicht mit diesen kitschigen Nachahmungen verwechselt werden will! Ich habe Sir Huon und einen Trupp seiner Leute gesehen, wie sie von Tintagel Castle nach Hy. Brasil aufbrachen, den Südwestwind zwischen den Zähnen. Schaum flog über das ganze Schloß, und die Pferde vom Hügel scheuten.

Herauskamen sie bei einer Flaute, kreischend wie Seemöwen und mußten zurück, fünf Meilen landeinwärts, ehe sie ankonnten gegen den Wind. Schmetterlingsflügel! Daß ich nicht lache. Das war Magie. Magie so schwarz wie nur Merlin sie machen konnte, und die ganze See war ein grünes Feuer und weiß von Schaum, mit singenden Nixen darin. Die Pferde vom Hügel suchten in Sprüngen von Welle zu Welle ihren Weg. Das war wie Blitzzucken. So ging's zu in den alten Tagen.‹«

Aber mit Kipling ist nun schon eine Zeit angebrochen, in der es gilt, zwischen dem wahren Feenvolk und jenen Verniedlichungen zu unterscheiden, die zu dem von den viktorianischen Moralisten zu einer Idylle stilisierten Bild von Kindheit gehören.

Endgültig vollstreckt hat die Rache an den Viktorianern T. H. White in seinem herrlichen Kinder-Nichtkinderbuch »Schloß Malplaquet«, das nun wiederum ohne Jonathan Swifts »Andersland«, auf das es zitierend und paraphrasierend verweist, nicht denkbar wäre.

Plötzlich kommt bei der Anderswelt die Relevanz gesellschaftlichpolitischer Probleme ins Blickfeld. Also nicht Eskapismus? Wäre es möglich, daß die Anderswelt uns auch wegen dererlei beschäftigt? Oder: Feengeschichten als Spiegelung unsrer Neurosen? Moderner Neurosen. Auch davon wird noch zu reden sein.

Im letzten Viertel des 20. Jahrhunderts scheinen mehr Menschen denn je dazu bereit, sich mit imaginären Welten, ja mit ganzen »Anders-Kosmologien« die Zeit vertreiben zu lassen.

Oder geht es vielleicht in Büchern wie denen von Tolkien, Lem, T. H. White, H. P. Lovecraft, Alan Garner, Evangelin Walton und George MacDonald, die ja alle, wenn auch auf verschiedene Weise, eine Art von Anderswelt voraussetzen, noch um mehr und anderes als nur um phantasievollen Zeitvertreib? Fragen über Fragen. Fragen an die Anderswelt!

Das vorliegende Buch lädt ein zu einer Reise durch die Anderswelt. Der Autor setzt sich dabei über die Grenzen von Raum und Zeit hinweg, wofür er nur die Erklärung anzubieten vermag, daß solche Grenzen in der Anderswelt zwar bestehen, aber auch jederzeit aufgehoben werden können, ja, daß die Möglichkeit solcher Überwindung und Aufhebung der Dimensionen von Zeit und Raum eine der speziellen Attraktionen der Anderswelt darstellt.

Der Autor will die Geschichten von der Anderswelt nicht nur zur Unterhaltung und zum Vergnügen des Lesers erzählen. Er ist – und hoffentlich teilt der Leser dieses Interesse – auch auf Erkenntnis aus.

Bei allen Wundern, die einem bei einer solchen Reise in und durch die Anderswelt begegnen, will er sich nicht von der Frage abbringen lassen, die ihn selbst seit langem beschäftigt:

Was ist das – die Anderswelt?

Ist sie nur Hirngespinst, Phantasmagorie, ein Nichts? Ist sie Chiffre, Metapher und wenn ja, wofür?

Ist die Anderswelt ein Totenreich oder ein Zaubergarten? Schlaraffenland gegenüber der Monotonie grauen Alltags? Raum der Utopie? Welt, in der das Wünschen noch hilft?

Ist sie verschüttete Erinnerung an eine versunkene Welt, an ein frühgeschichtliches Bewußtsein der Menschheit? Oder was sonst? Die Antwort treibt in den Bildern der Geschichten wie Goldstaub im Sand der Flüsse.

I. Kapitel

in welchem von den verschiedenen
Feenwesen die Rede ist, welche die
weitläufigen Provinzen der
Anderswelt bevölkern

»Das Wort Feen ist erst spät entstanden, das ursprüngliche Hauptwort ist Fays. Es hat einen archaischen und ziemlich affektierten Klang. Es wird abgeleitet von Fatae. Die drei klassischen Feen vervielfältigten sich später, daraus wurden übernatürlich Frauen, die das Schicksal der Menschen bestimmten und bei ihrer Geburt zugegen waren. ›Fay-erie‹ war zuerst ein Zustand von Verzauberung oder Glanz. Erst später wurde es für die Fays gebraucht, die über solch illusionäre Kräfte verfügten. Der Begriff »Feen« deckt ein weites Feld ab, die angelsächsischen und skandinavischen Elfen, die Daoine Sidhe des schottischen Hochlands, die Tuatha de Danann in Irland, die Tylwyth Teg in Wales, den Seelie Court und den Unseelie Court, das kleine Volk und die Guten Nachbarn. Die Feenscharen, Feenvölker und Feenzüge und die einzelnen Feen gehören dazu, die Feen, die die Größe eines menschlichen Wesens haben, die größer als Menschen sind, die drei Fuß hohen und die ganz winzigen Feen; die Feen, die im Haus wohnen und jene, die wild leben und dem Menschen feindlich gesinnt sind; Feen, die unter der Erde wohnen, sind zu ihnen zu rechnen, aber auch Wasserfeen, die in Lochs (Seen), Bächen, Flüssen und im Meer hausen. Zumindest verwandt mit ihnen sind die ›hags‹, die hexenhaften alten Weiber, die Monster und die Bogies. Schließlich sollte nicht vergessen werden, daß es auch Feentiere gibt.«

Katharine Briggs, A Dictionary of Fairies

Um die Anderswelt näher kennenzulernen, suchen wir zunächst die Bekanntschaft der Einzelgänger und Individualisten unter den Feen. Im Gegensatz zu Feen, die einem Volk oder Zug angehören, haben diese Einzelwesen individuelle Eigenschaften und Verhaltensweisen, an denen man sie sofort erkennen kann.

Sehen wir uns vorerst drei von ihnen an, die zusammen wiederum so etwas wie eine Familie bilden: den Lepracaun, den Cluricane und den Far Darrig. »Der Name Lepracaun«, schreibt Douglas Hyde, »leitet sich her vom Irischen leith brog – das heißt Einschuhmacher, wohl weil man ihn gewöhnlich an einem Schuh arbeiten sieht. Aus dem 15. Jahrhundert stammt ein Manuskript mit der Geschichte von Iubdan, König der Lepracaun, ein edler und angesehener Fürst, dessen stärkster Untertan sich dadurch auszeichnete, daß er eine Distel mit einem Hieb umhauen konnte. Alle Lepracauns sind häßlich. Sie sind meist nicht großer als ein Kind von zehn, elf Jahren, häufig sogar noch viel kleiner. Ihre Körper sind breit und gedrungen. Ihre Gesichter sehen aus wie verschrumpelte Äpfel. Lepracauns foppen und narren gern. In ihren Taten sind sie auf das spe-

zialisiert, was man im Englischen einen »practical joke« nennt. Sie betreiben das Handwerk eines Schuhmachers oder Sattlers, kennen aber zudem den Ort, an dem ein versteckter Goldschatz liegt. Wenn ein Sterblicher einen Lepracaun fängt, kann er ihn zwingen, das Versteck des Schatzes zu verraten, aber er darf den kleinen Kerl nicht aus den Augen lassen, sonst ist er im Nu verschwunden. Immer versucht der Lepracaun, den Menschen, der ihn fängt, für einen Augenblick abzulenken, um dann zu entwischen. Er ruft: »Sieh mal, da geht ein Bienenschwarm durch!« oder »die Kühe sind ins Haferfeld gelaufen!«

Wer darauf hereinfällt, ist selber schuld. Es ist das erste und letzte Mal gewesen, daß er einen Lepracaun in seine Gewalt bekommt, und den Schatz wird er auch nie finden. Bezeichnend ist die Geschichte von jenem Mann, der sich so nicht vom Lepracaun überlisten ließ und ihn zwang, ihm jenen Busch im Feld zu zeigen, unter dem der Schatz vergraben lag. Aber der Mann hatte keinen Spaten bei sich, also nahm er ein Stück roten Stoff und band ihn an die Zweige des Strauches. Dann ließ er den Lepracaun frei und lief, um den Spaten zu holen. Er war nur drei Minuten fort, aber als er zurückkam, wehten rote Stoffetzen an allen Büschen auf dem Feld.

Obwohl der Lepracaun über große Schätze gebietet, ist seine Kleidung eher bescheiden. Gewöhnlich trägt er einen grauen oder grünen Mantel, eine schwere Lederschürze und einen rostroten Hut. Seine Insignien aber sind der eine Schuh und der Hammer.

Leichteres Spiel hat ein Sterblicher mit einem Lepracaun, wenn er diesem glaubhaft machen kann, daß er selbst von einem Feenwesen abstammt. Bei solchen höchst seltenen Gelegenheiten verschenken Lepracauns manchmal auch goldene Zügel, die jedesmal, wenn man an ihnen zieht, eine gelbe Stute herbeizaubern.

Der arme Junge aus Castlerea

Es war einmal ein armer Junge in Castlerea, der brachte täglich eine Fuhre Torf auf den Markt und verdiente ein paar Pennies mit dem Verkauf des Brennmaterials. Zum Leben war es zu wenig und zum Sterben zuviel. Es war ein merkwürdiger Junge, sehr still und launisch, und die Leute sagten, er müsse wohl ein Wechselbalg aus der Anderswelt sein, weil er sich nie an Spielen beteiligte, kaum redete und die halbe Nacht über alten Büchern saß. Er hoffte immer, reich zu werden und das mühsame Gewerbe des Torfstechens und Torffahrens aufgeben zu können. Dann wollte er in Frieden leben, ohne zu arbeiten, in einem schönen Haus mit einem großen Garten, ganz für sich allein.

Nun hatte er in den Büchern gelesen, daß die Lepracauns das Versteck aller Goldschätze in Irland wüßten, und Tag um Tag hielt er nach einem der kleinen Schuhmacher Ausschau und horchte, ob sich nicht irgendwo das Geräusch ihrer Hämmer vernehmen lasse. Schließlich entdeckte er tatsächlich eines Abends einen kleinen Kerl unter einem großen Blatt. Er war ganz in Grün gekleidet und trug einen Hut mit einem Kniff auf dem Kopf. Der Junge sprang von seinem Karren und packte den Lepracaun am Nacken. »Rühr dich nicht«, rief er, »zeig mir, wo ich Gold finde, oder du bist des Todes.«

»Nur sachte«, antwortete der Lepracaun, »laß mich am Leben, und ich will dir verraten, was du wissen möchtest. Aber eines laß dir gesagt sein: Ich könnte dir auch so weh tun, wenn ich wollte. Wenn ich nicht gleiches mit gleichem vergelte, so nur deswegen, weil wir entfernte Verwandte sind. Darum will ich dir auch einen Ort zeigen, an dem Gold versteckt ist, das keiner haben darf, der nicht zum Volk der Feen gehört. Komm mit zu dem alten Fort von Lipenshaw. Dort liegt der Schatz. Aber beeil dich. Wenn die letzten Strahlen der untergehenden Sonne verlöschen, wird auch das Gold verschwunden sein, und du wirst es nie mehr finden.«

»Nur zu denn«, sagte der Junge, und er stieg mit dem Lepracaun auf den Torfkarren und fuhr los. In zwei Sekunden waren sie an dem alten Fort und schritten durch die Tür in der Steinmauer.

»Nun sieh dich um«, sagte der Lepracaun, und staunend sah der Junge, daß der ganze Boden mit Goldstücken übersät war und daß so viele Gefäße aus Silber dort lagen, daß man hätte meinen können, jemand habe alle Schätze der Welt dort gehortet. »Nimm soviel du willst«, sagte der Lepracaun, »aber beeil dich. Wenn diese Tür zuspringt, wirst du diesen Ort zu deinen Lebzeiten nicht mehr verlassen.«

Also nahm der Junge soviel an Gold und Silber, wie er nur tragen konnte, und warf es auf seinen Karren, aber als er noch einmal zurückkam, um noch mehr zu holen, schlug die Tür unter Donnerkrachen zu, und der Platz war dunkel wie zur Nacht. Von dem Lepracaun war nichts mehr zu sehen. Der Junge hatte nicht einmal Zeit gefunden, sich bei dem Wicht zu bedanken.

Er hielt es für das Beste, sich mit seinem Schatz aus dem Staub zu machen. Als er daheim ankam, zählte er seine Reichtümer. Das Gold hätte hingereicht als Lösegeld für einen König.

Der Junge war schlau genug, niemandem etwas davon zu erzählen. Er reiste am nächsten Tag nach Dublin, brachte all seine Reichtümer auf die Bank und stellte fest, daß er soviel Geld besaß wie ein großer Herr. Also kaufte er sich ein schönes Haus mit einem großen Garten. Er hielt sich Diener und Kutschen, und Bücher besaß er nun auch, soviel er wollte. Er versammelte gescheite Männer um sich, die ihm beibrachten, was man wissen sollte, wenn man sich in der Welt auskennen will. Er wurde ein angesehener Mann, und seine Nachkommen sind bis auf den heutigen Tag wohlhabend, denn auf geheimnisvolle Weise nahm das Vermögen dieser Familie nie ab, was immer sie auch an Almosen an die Armen schenkten, und das war nicht wenig.

Der Cluricane ist manchmal kaum von einem Lepracaun zu unterscheiden. Jedenfalls in der Gegend von Cork werden beide Feenwesen miteinander gleichgesetzt. Yeats schreibt, ein Cluricane sei vielleicht einfach nur ein Lepracaun, der mit Vorliebe auf Sauftouren ausziehe. Von einer nicht ganz harmlosen Begegnung mit einem Cluricane erzählt die folgende Geschichte, die T. Crofton Croker in seinen »Legends of the South of Ireland« aufgezeichnet hat.

Billy Mac Daniel und der Cluricane

Billy Mac Daniel war ein lebenslustiger junger Mann. Keiner legte auf den Tanzfesten zu Ehren des Namenspatrons eine so fesche Sohle aufs Parkett, keiner war so trinkfest wie er, keiner vermochte so geschickt mit dem shillelagh *(Stock, der auch als Schlagwaffe gebraucht wird)* dreinzuhauen, und wenn er sich vor etwas fürchtete, so höchstens davor, einmal nichts zu trinken zu bekommen. Wer da zahlen würde, war ihm egal, und um dem Wirt etwas vorzumachen, fiel ihm schon immer noch eine Ausrede ein. Trunken oder nüchtern – ein Wort und ein Hieb, das war so Billy Mac Daniels Art, und es ist nicht die schlechteste Art, einen Streit anzufangen oder ihn zu beenden. Bedauerlich ist nur, daß durch seine Art, nie nachzudenken, sich nie zu fürchten und sich nie groß um etwas zu sorgen, eben dieser Billy Mac Daniel in schlechte Gesellschaft geriet, denn mag man sie auch das »gute Volk« nennen, so kann man auch unter ihnen in schlechte Gesellschaft geraten.

Nun geschah es einmal, daß Billy in einer klaren frostigen Nacht nicht lange nach Weihnachten heimging; der Mond war rund und hell, und obwohl es eine Nacht war, wie man sie sich von Herzen wünscht, was den Anblick des Himmels angeht, so half das nichts gegen die beißende Kälte.

»Auf mein Wort«, schnatterte Billy, »ein Tropfen guter Schnaps wäre jetzt nicht so übel und könnte wohl verhindern, daß einem Mann die Seele einfriert. Ich wünschte wahrlich, ich hätte ein volles Maß vom besten.«

»Das sollst du nicht zweimal wünschen, Billy«, sagte ein kleiner Mann mit einem dreieckigen Hut, dessen Rand mit Goldborte verziert war und der große silberne Schnallen an den Schuhen trug, die so schwer schienen, daß man sich wundern mochte, wie er sich überhaupt darin bewegen konnte, und er hielt ihm ein Glas hin, größer als er selbst und gefüllt mit Schnaps so gut in Geruch und Geschmack wie nur möglich.

»Prost, Kleiner!« sagte Billy Mac Daniel unerschrocken, obwohl ihm schon klar war, daß der kleine Kerl da zum »guten Volk« gehörte, »auf Euer Wohl und vielen Dank, wer immer auch dafür zahlt.« Und damit setzte er das Glas an die Lippen und leerte es mit einem Zug.

»Prost«, sagte der kleine Mann, »es ist dir herzlich vergönnt, Billy, aber versuch nicht, mich zu betrügen, wie du das bei anderen gemacht hast. Heraus mit der Börse und gezahlt wie ein Gentleman.« – »Ich Euch etwas zahlen?« sagte Billy, »ich könnt Euch doch aufheben und in die Taschen stecken gerade so leicht wie eine Brombeere?«

»Billy Mac Daniel«, sagte der Mann jetzt schon recht zornig, »jetzt wirst du mir dienen, sieben Jahre und einen Tag. Das wird meine Bezahlung sein. Mach dich bereit und folge mir.«

Als Billy das hörte, tat es ihm nun doch sehr leid, so frech mit dem kleinen Mann umgesprungen zu sein, aber das half nun nichts mehr, denn ob er nun wollte oder nicht, er spürte, daß er dem kleinen Wicht folgen mußte, die liebe lange Nacht quer über Land, durch dick und dünn, Sumpf und Gebüsch, ohne zu rasten.

Als der Morgen kam, wandte sich der Cluricane um und sagte zu ihm:

»Du kannst jetzt erst einmal heimgehen. Aber ich warne dich, vergiß nicht, heute abend im Fortfield zur Stelle zu sein, denn über kurz oder lang hätte das für dich böse Folgen. Wenn ich merke, daß du ein williger Diener bist, wirst du in mir auch einen nachsichtigen Herrn finden.«

Heim ging Billy Mac Daniel, und obgleich er müde und zerschlagen genug war, fand er doch nicht ein bißchen Schlaf, weil er immer an den kleinen Mann denken mußte, aber er getraute sich nicht, dessen Befehl zu mißachten und so ging er am Abend treu und brav zum Fortfield. Er war noch nicht lange dort, da kam auch der kleine Mann schon und sagte: »Billy, ich habe vor, heute Nacht eine Reise zu unternehmen, sattle mir eines meiner Pferde, und für dich kannst du auch eines satteln, denn du kommst mit, und nach dem Fußmarsch gestern Nacht hättest du's vielleicht gern etwas bequemer.«

Billy fand das sehr vernünftig von seinem Herrn. Er bedankte sich dementsprechend. »Aber«, sagte er, »wenn ich mir die Kühnheit erlauben darf, wo geht's denn zu Eurem Stall, denn alles, was ich hier sehe, ist das Gemäuer vom alten Fort und der alte Dornenstrauch am Feldrand und ein Bach am Rand des Hügels mit einem Stück Sumpfland gegen uns hin.«

»Stell keine Fragen, Billy«, sagte der kleine Mann, »sondern geh hinüber zum Sumpf und bring mir die stärksten Binsen, die du findest.«

Billy tat wie ihm geheißen und überlegte, was der kleine Mann nun vorhabe. Er brach zwei der stärksten Binsen, die er finden konnte, mit einem kleinen Büschel brauner Blüten an jeder Seite, und brachte sie seinem Herrn.

»Aufgestiegen, Billy«, sagte der kleine Mann, nahm eine der Binsen und spreizte seine Schenkel darüber.

»Wo soll ich denn aufsteigen, Euer Ehren?« sagte Billy.

»Na, auf den Pferderücken wie ich auch«, erwiderte der kleine Mann.

»Wollt Ihr mich zum Narren halten«, sagte Billy, »wollt ihr vielleicht behaupten, die Binse, die ich drüben im Sumpf gebrochen habe, sei jetzt ein Pferd?«

»Aufgestiegen! Und keine langen Reden«, sagte der kleine Mann und schaute jetzt wieder sehr wütend drein, »das beste Pferd, auf dem du je gesessen hast, war ein Klepper gegen das, auf dem du jetzt im Sattel sitzt.«

Billy, der all das für einen Scherz hielt, aber seinen Herrn nicht erzürnen wollte, tat wie ihm geheißen.

»Borram! Borram! Borram!« rief der kleine Mann, und das bedeutet soviel wie »werde groß!« und augenblicklich wurden aus den Binsen zwei schöne Pferde, die rasch dahinjagten. Aber Billy, der die Binse zwischen die Beine genommen hatte, ohne weiter darauf zu achten, was er tat, stellte nun fest, daß er falsch herum auf dem Pferd saß, was insofern unangenehm war, als ihm der Schwanz des Viehs ständig ins Gesicht schlug. Aber so rasch war der Ritt losgegangen, daß er es nicht fertig gebracht hatte, sich umzudrehen und ihm jetzt nichts anderes übrig blieb, als sich am Schwanz festzuhalten. Endlich kam der Ritt zu einem Ende. Sie hielten am Tor eines vornehmen Hauses.

»Nun Billy«, sagte der kleine Mann, »mach einfach alles nach, was du mich auch tun siehst, und bleib dicht hinter mir! Da du aber den Schwanz eines Pferdes nicht von dessen Kopf unterscheiden kannst, paß auf, daß du nicht solange herumtorkelst, bis du plötzlich auf deinem Kopf und nicht mehr auf deinen Fußsohlen stehst. Denn hier geht es um ein altes Gebräu. Es kann eine Katze zum Sprechen bringen und einen Mann stumm machen.«

Der kleine Mann sagte dann noch ein paar seltsame Worte, die für Billy keinen Sinn ergaben, und beide fuhren sie darauf durch das Schlüsselloch und in einen Weinkeller, wo alle Arten von guten Weinen lagerten.

Der kleine Mann hielt sich ans Trinken, und Billy, dem dieses Beispiel nicht unangenehm war, hielt eifrig mit.

»Ihr seid ein guter Herr, soviel steht fest«, sagte Billy, »gleichgültig, was nachkommt. Ich will Euch gern weiterhin eifrig dienen, wenn Ihr nur fortfahrt, mir soviel zu trinken zu verschaffen.«

»Ich habe mit dir keinen Vertrag«, sagte der kleine Mann, »und ich denke auch gar nicht daran, einen solchen mit dir zu schließen. Auf jetzt, und mir nach.«

Und fort waren sie, durch ein Schlüsselloch und durch das nächste und dann wieder auf die Binsen, die sie draußen abgestellt harten. Sie jagten dahin und traten nach den Wolken, die vor ihnen wie Schneebälle hingen, sobald die Worte »Borram, Borram, Borram« von ihren Lippen gekommen waren. Als sie Fortfield wieder erreicht hatten, entließ der kleine Mann Billy, hieß ihn aber am nächsten Abend zur selben Stunde wieder zur Stelle zu sein. So ging das immer weiter, Nacht für Nacht, einmal nach Süden, dann wieder nach Norden, bis es keinen Weinkeller eines vornehmen Herrn in ganz Irland mehr gab, in dem sie nicht schon gewesen wären und sie über die verschiedenen Weinsorten besser Bescheid wußten als selbst ein altgedienter Butler.

Eines Nachts aber, als Billy Mac Daniel den kleinen Mann wieder traf und dieser ihn zum Sumpf hinüberschickte, um Pferde für die Reise zu holen, sagte der Herr zu seinem Diener: »Billy, heute brauch ich ein Pferd zusätzlich, denn es könnte sein, daß wir in Begleitung sind, wenn wir heimkommen.«

Also brachte Billy, der inzwischen schon gelernt hatte, keine langen Fragen zu stellen, eine dritte Binse mit, wunderte sich aber, wer das wohl sein werde, der auf dem Heimweg mit ihnen reiten sollte. Vielleicht bekam er nun einen Gehilfen. »Wenn das so ist«, überlegte sich Billy, »werde ich ihn immer die Pferde holen lassen, denn ich sehe nicht ein, warum nicht jeder Zoll von mir selbst ebensogut als Herr hingehen kann wie mein Meister.« Also ritten sie los. Billy führte das dritte Pferd, und sie hielten nicht inne, bis sie eine hübsche Farm in der Grafschaft Limerick erreichten, nahe dem Schloß von Carrigogunniel, das, wie man sagt, von dem großen Brian Boru errichtet worden ist. Im Haus war ein großes Fest im Gange, aber der kleine Mann blieb vorerst draußen stehen und lauschte. Dann wandte er sich plötzlich um und sagte:

»Billy, morgen werde ich tausend Jahre alt.« »Tatsächlich?« sagte Billy, »Gottes Segen, Sir!« »Sag dieses Wort nicht wieder, Billy«, meinte der kleine alte Mann, »es könnte für immer mein Ruin sein. Nun Billy, da ich morgen tausend Jahre auf der Welt sein werde, denke ich, ist es höchste Zeit, daß ich mich verheirate.«

»Das würde ich auch meinen«, sagte Billy, »daran kann's keinen Zweifel geben. Wenn Ihr je heiraten wollt, dann jetzt.«

»Und zu diesem Zweck«, sagte der kleine Mann, »sind wir auch den ganzen Weg hierher geritten, denn in diesem Haus heiratet heute abend der junge Darby Riley Bridget Rooney. Sie ist ein großes hübsches Mädchen und kommt aus ordentlichem Haus. Ich habe beschlossen, sie zu heiraten und sie dann mitzunehmen.«

»Und was wird Darby Riley dazu sagen?« meinte Billy.

»Schweig!« sagte der kleine Mann und schaute wieder streng drein. »Ich habe dich nicht mitgenommen, damit du mir dumme Fragen stellst«, und ohne weitere Vorbereitung murmelte er wieder jene seltsamen Worte, die ihm die Kraft verliehen, durch Schlüssellöcher zu fahren, als ob er Luft sei, und bei denen Billy sich vornahm, sie sich einzuprägen, während er sie ihm nachsprach. Die beiden fuhren also hinein, und um eine bessere Übersicht zu haben, setzte sich der kleine Mann auf den großen Balken, der quer über die Köpfe von allen hin durch das ganze Haus lief, und Billy setzte sich neben ihn. Da er es aber nicht gewohnt war, an einem solchen Fleck zu sitzen, baumelten seine Beine ganz unordentlich herunter, während der kleine Mann sich so geschickt mit untergeschlagenen Beinen hinsetzte, als sei er sein Leben lang ein Schneider gewesen.

Da waren sie nun also, der Herr und sein Knecht, und schauten auf den Spaß herab, der da unten vor sich ging, und unter ihnen waren der Priester, der Pfeifer, der Vater von Darby Riley mit Darbys zwei Brüdern und mit dem Sohn seines Onkels, und von Bridget Rooney waren Vater und Mutter da. Stolz war das alte Paar an diesem Abend auf seine Tochter, und recht hatten sie, und vier Schwestern feierten mit. Sie hatten brandneue Bänder an ihren Kappen und dann erst die drei Brüder, die sahen so sauber und wach aus wie nur je drei Jungen in Munster, und da saßen auch noch die Onkels und Tanten und Cousins und Cousinen, auf daß das Haus voll werde, und es gab zu essen und trinken in Hülle und Fülle, und es hätte auch noch gereicht, wenn es doppelt soviel Gäste gewesen wären.

Nun geschah es, daß gerade da, als Mrs. Rooney dem Hochwürden ein Stück von dem Schweinekopf abgeschnitten hatte, der schön mit Wirsing ausgestopft war, die Braut niesen mußte, was alle am Tisch ansteckte, aber keine Sterbensseele sagte »Gott segne dich« zum Nachbarn, wie es sich doch eigentlich gehört. Alle waren davon ausgegangen, daß der Priester »Gott segne Euch!« sagen werde, was ja eigentlich auch seine Pflicht und Schuldigkeit gewesen wäre, und niemand wollte ihm das Wort aus dem Mund nehmen, aber er hatte es eben auch vergessen über dem guten Stück Schweinskopf und dem Gemüse. Und nach einem kurzen Augenblick des Verschnaufens ging aller Spaß und alles Reden weiter. All diesem sahen Billy und sein Meister aus der Höhe herab voller Aufmerksamkeit zu. »Ha!« rief der kleine Mann freudig aus, stieß das eine Bein übermütig von sich, und in seinen Augen begann es zu funkeln, während seine Augbrauen immer mehr gotischen Spitzbögen glichen. »Ha«, sagte er und schaute erst lustvoll auf die Braut hinab und sah dann Billy an:

»Die Hälfte von ihr habe ich schon. Sie muß nur noch zweimal niesen, und sie ist mein, Priester, Meßbuch und Darby Riley hin oder her.«

Wieder nieste Bridget, aber diesmal so leise, daß es kaum jemand außer dem kleinen Mann überhaupt wahrnahm und niemand darauf verfiel »Gott segne dich!« zu sagen.

Billy betrachtete unterdessen das arme Mädchen mit mitleidiger Miene, denn er konnte nicht umhin sich vorzustellen, wie schrecklich es für ein junges hübsches Mädchen von neunzehn Jahren mit großen blauen Augen, durchsichtiger Haut, Grübchen an den Wangen und den ballrunden Brüsten, auf die er von seinem Platz eine besonders gute Aussicht hatte, sein müsse, gezwungen zu werden, ein häßliches kleines Mannsbild zu heiraten, das genau tausend Jahre weniger einen Tag alt war.

In diesem kritischen Augenblick nieste die Braut zum dritten Mal und Billy brüllte so laut er konnte »Gott segne uns!« Ob dieser Ausruf Teil eines Selbstgesprächs war oder ob er aus der Macht der Gewohnheit kam, wußte Billy selbst nicht genau zu sagen, aber kaum waren die Worte heraus, als das Gesicht des kleinen Mannes vor Wut und Enttäuschung rot aufglühte und mit einem schrillen Ton, als sei ein Dudelsack zerrissen, sprang er von dem Balken, auf dem er gehockt hatte, herab. Und dabei gab er dem armen Billy einen wütenden Tritt in den Rücken und raunte ihm zu:

»Du bist aus meinen Diensten entlassen, Billy Mac Daniel. Nimm diesen Tritt als Lohn!«

Der unglückliche Feendiener landete mit dem Gesicht nach unten mitten auf dem Eßtisch.

Wenn Billy erstaunt war, so waren es die anderen, die um den Tisch saßen, erst recht. Aber als sie seine Geschichte vernahmen, legte Father Cooney sogleich Messer und Gabel aus der Hand und verheiratete das junge Paar auf der Stelle, und Billy Mac Daniel tanzte Rinka auf ihrer Hochzeit und konnte trinken soviel er wollte, und das war, wenn man es recht bedachte, noch besser als Tanzen!

Von dem Far Darrig oder Fir Dhearga (fir jaraga) meint Yeats kurz und bündig:

»Far Darrig bedeutet soviel wie Roter Mann, denn er trägt eine rote Kappe und ein rotes Gewand, auch er liebte ›practical jokes‹, und zwar meist ziemlich greuliche. Das ist alles, was er tut.« Der Fear Dearg von Munster ist nach der Beschreibung von Crofton Croker »ein kleiner Mann, ungefähr zweieinhalb Fuß groß, mit einem scharlachfarbenen Zuckerhut auf dem Kopf, einem langen scharlachfarbenen Gewand, grauem Haar und runzligem Gesicht«. Ihm etwas

abzuschlagen, bringt Unglück. Es scheint aber auch noch einen anderen Far Darrig zu geben, einen Mann mit einem roten Kopf, der meist in Geschichten von Sterblichen, die im Feenland gefangensitzen, eine Rolle spielt. Durch seinen Rat und seine Hilfe können viele dieser Besucher der Anderswelt entkommen. Über das Treiben des Far Darrig in Donegal erzählt eine von Miss Letitia Maclintock gesammelte Geschichte.

Far Darrig und der Tinker, der keine Geschichte wußte

Pat Diver, der Tinker, war ein Mann, der an das Wanderleben gewöhnt war und auch an ungewöhnliche Nachtquartiere. Er hatte schon in rauchigen Blockhütten mit Bettlern die Decke geteilt, er hatte in den wilden Bergen von Innishowen schon in der Ecke einer Destille geschlafen, in der man poteen (*schwarz, also illegal gebrannter Schnaps*) brannte, er hatte sein müdes Haupt schon auf nackten Heideboden gebettet. Er hatte im Graben geschlafen, kein anderes Dach über dem Kopf als das Himmelsgewölbe, aber all diese Nächte voller Abenteuer waren zahm und blaß, verglichen mit dem, was ihm in jener besonderen Nacht zugestoßen war.

Am Tag, der dieser Nacht vorausging, hatte er alle Kessel und Pfannen in Moville und Greencastle geflickt und war auf dem Weg nach Culdaff, als die Nacht ihn auf einer einsamen Gebirgsstraße einholte.

Er klopfte an so manche Tür auf der Suche nach einem Nachtlager, während der er das Halfpence-Stück in seiner Tasche klingeln ließ, wurde aber überall abgewiesen.

Wo war die vielgerühmte Gastfreundlichkeit von Inishowen, auf die man sich doch immer sollte verlassen können? Was hatte es für einen Zweck, daß man ein Geldstück besaß, sogar zahlen wollte, wenn die Menschen alle so mißtrauisch waren. Dies bedenkend, ging er auf ein Licht zu, das etwas weiter in der Ferne stand und klopfte schließlich auch dort an. Ein alter Mann und eine Frau saßen vor dem offenen Feuer.

»Würden Sie mir ein Nachtlager geben, Herr?« fragte Pat respektvoll.

»Wißt Ihr eine Geschichte zu erzählen?« fragte der alte Mann.

»Nein, Herr, könnt nicht behaupten, daß ich ein guter Geschichtenerzähler wäre«, erwiderte der erstaunte Tinker.

»Dann macht mal, daß Ihr weiterkommt. Wir nehmen hier nur Leute, die eine gute Geschichte wissen.« Das war in einem so entschiedenen Tonfall gesagt, daß Paddy gar nicht mehr wagte, noch etwas einzuwenden, sondern sich zögernd abwandte, um seine traurige Reise fortzusetzen.

»Eine Geschichte!«, murmelte er kopfschüttelnd, »Märchen, wie sie alte Weiber den kleinen Kindern erzählen!«

Als er sein Bündel mit den Werkzeugen aufnahm, bemerkte er, daß hinter dem Wohnhaus eine Scheune stand, und geleitet vom Mond, der inzwischen aufgegangen war, fand er seinen Weg dorthin.

Es war eine saubere, geräumige Scheune mit einem hohen Strohhaufen in der einen Ecke. Hier war ein Nachtquartier, das nicht zu verachten war. Pat wühlte sich ins Stroh und war bald eingeschlafen. Er konnte noch nicht lange geschlafen haben, als er von dem Geräusch von Füßen geweckt wurde. Vorsichtig schaute er durch eine Öffnung in dem Stroh, das ihn bedeckte. Er sah vier riesige große Männer hereinkommen. Sie zerrten hinter sich eine Leiche* her, die sie roh auf den Boden warfen.

Dann zündeten sie ein Feuer mitten in der Scheune an, befestigten die Leiche an einem Seil und hängten sie an einem der Deckenbalken auf. Es schien so, als sollte der Tote von allen Seiten geröstet werden, denn einer der vier stand am Feuer und stieß die Leiche immer wieder an, damit sie sich drehte.

»Komm du doch mal«, sagte er nach einer Weile zu dem größten unter den vier, »ich bin's leid. Jetzt kannst du dich ja mal um ihn kümmern.«

»Eh, warum ich denn...«, erwiderte der große Mann. »Da steckt doch dieser Pat Diver unter dem Stroh, warum nehmen wir ihn nicht mal ran dazu?«

Unter großem Lärmen riefen die vier den armen Pat, der, als er sah, daß es keinen Ausweg gab, sich sagte, es sei doch klüger hervorzukriechen, solange er noch gebeten wurde.

»Also Pat«, sagten sie, »du hältst die Leiche da in Bewegung, aber wenn du sie verbrennen läßt, knüpfen wir dich dort auf und rösten dich auch mal ein wenig.«

Pat standen die Haare zu Berge, und kalter Schweiß trat ihm auf die Stirn, aber was blieb ihm anderes übrig, als sich dieser fürchterlichen Arbeit zu unterziehen.

Als sie sahen, daß er eifrig bei der Sache war, gingen die riesigen Männer fort.

Bald jedoch schlugen die Flammen so hoch, daß sie das Seil versengten, und die Leiche schlug mit einem dumpfen Geräusch am Boden auf, Funken und Asche flogen herum, denn der Kopf war direkt in die Glut gefallen. Mit einem Aufschrei entwich der Wächter durch die Scheunentür und rannte draußen um sein Leben.

Er rannte solange, bis er vor Müdigkeit fast umfiel, und als er merkte, daß er sich in einer Senke, die mit hohem Gras bewachsen war, befand, überlegte er sich, hier werde es sich bis zum Morgen schon aushalten lassen.

Aber kaum hatte er sich hingelegt, da hörte er schon wieder die schweren Schritte, und er sah die vier Männer, von denen der eine die Leiche über der Schulter trug. Er ließ seine Last auf den Boden fallen, atmete schwer und sagte dann:

»Ich bin müde. Jetzt ist mal jemand anders dran, sich mit ihm ein Stück abzuschleppen.«

»Nicht ich«, hörte Pat eine andere Stimme sagen, »aber da liegt Pat Diver, er soll herkommen und die Leiche ein Stück tragen.«

»Komm, komm …« riefen die Männer, und Pat, fast tot vor Angst, richtete sich aus dem Gras auf. Er taumelte unter dem Gewicht der Leiche dahin, bis sie Kiltown Abbey, eine mit Efeu überwucherte Ruine, erreichten, wo eine braune Eule die ganze Nacht lang schreit und vergessene Tote unter den Mauern unter dichtem Gestrüpp von Unkraut schlafen. Zu dieser Zeit wurde dort niemand mehr beigesetzt, aber Pats riesige Gefährten liefen zu dem verwilderten Friedhof und begannen damit, eine Grube auszuheben.

Als Pat sah, wie beschäftigt sie waren, überlegte er sich, daß er doch versuchen könne zu entkommen, und er kletterte auf einen hohen Schwarzdornstrauch am Zaun in der Hoffnung, sich in dessen Zweigen zu verstecken.

»Ich bin's leid«, sagte der Mann, der in der Grube stand, »hier nimm den Spaten und mach du weiter.«

»Ich nicht«, erwiderte ein anderer, »aber Pat Diver sitzt ja da in den Ästen, wie wäre es, wenn er herunterkäme und sich mal beteiligen würde.«

Also kam Pat angstvoll herunter und griff sich den Spaten, aber eben in diesem Augenblick begannen auf einem Gut in der Nähe die Hähne zu krähen. Da sahen die riesigen Männer einander an. »Wir müssen fort«, sagten sie, »du hast Glück gehabt, Pat Diver, daß die Hähne krähten, denn sonst hätten wir dich mit der Leiche gleich mit unter die Erde gebracht.«

Zwei Monate vergingen, und Pat wanderte durch die Grafschaft Donegal, hierhin und dorthin, als er an einem Markttag nach Rashoe kam.

Unter der Menge, die den »Diamond« füllte, sah er plötzlich einen großen Mann.

»Wie geht's, Pat Diver?« sagte er, beugte sich zu ihm herunter und sah dem Tinker in die Augen.

»Ihr seid mir gegenüber im Vorteil, Herr, denn ich habe nicht das Vergnügen, Euch zu kennen«, stammelte Pat.

»Was, du kennst mich nicht mehr, Pat?« Geflüster. – »Nun, wenn du diesmal nach Innishowen zurückkommst, hast du aber eine Geschichte zu erzählen!«

Der Geschichtenerzähler in Verlegenheit

Zu der Zeit, da die Tuatha de Danann in Irland herrschten, regierte in Leinster ein König, der große Freude an guten Geschichten hatte. Wie die anderen Könige der Insel, hatte auch er einen eigenen Geschichtenerzähler, der vom König dafür gut bezahlt wurde, daß er ihm jeden Abend vor dem Einschlafen eine neue Geschichte erzählte. Viele Geschichten kannte er. Er hatte schon ein hohes Alter erreicht, und noch jeden Tag war ihm eine neue Geschichte eingefallen. Und so groß war sein Einfallsreichtum, daß der Monarch, was immer ihm auch tagsüber Schlimmes oder Unangenehmes widerfahren sein mochte, sich unbedingt darauf verlassen konnte, am Abend mit einer neuen Geschichte in den Schlaf zu finden.

Eines Tages nun stand der Geschichtenerzähler zeitig auf, wie es seine Gewohnheit war, ging hinaus in den Garten und versuchte an die Ereignisse zu denken, aus denen er für den Abend eine Geschichte entstehen lassen wollte. Aber an diesem Morgen war es wie verhext. Er schritt den ganzen Park ab, er lief zu seinem Haus zurück, und es wollte ihm einfach nichts Neues und Ungewöhnliches einfallen. Er hatte keine Schwierigkeiten damit, sich den Anfang auszudenken, etwa »eines Tages sprach der König von Irland« oder »es war einmal ein König, der hatte drei Söhne«, aber weiter kam er dann einfach nicht. Schließlich ging er zum Frühstück und fand, daß seine Frau schon ganz aufgeregt war, weil er sich verspätet hatte:

»Warum kommst du denn nicht zum Frühstück, mein Lieber?« sagte sie.

»Ich mag heute nichts essen«, erwiderte der Geschichtenerzähler, »solange ich schon in den Diensten des Königs von Leinster stehe, habe ich mich nie zum Frühstück hingesetzt, ohne nicht schon meine Geschichte für den Abend bereit zu haben, aber heute morgen bin ich wie vernagelt. Ich weiß gar nicht, was ich tun soll. Ich könnte mich ebensogut hinlegen und auf der Stelle sterben. Welche Schande, wenn der König mich heute abend ruft, und ich weiß keine Geschichte.«

Gerade in diesem Augenblick sah die Frau aus dem Fenster.

»Siehst du dort diesen schwarzen Fleck am Ende des Feldes?« fragte sie.

»Ich sehe nichts«, erwiderte ihr Mann.

Sie gingen näher und entdeckten einen elend aussehenden alten Mann, der dort am Boden lag, sein Holzbein neben sich.

»Wer seid Ihr, mein guter Mann?« fragte der Geschichtenerzähler.

»Ach, wer ich bin, spielt weiter keine Rolle. Ich bin arm, alt, lahm, hinfällig und übel dran. Ich habe mich hier nur ein wenig ausgeruht.«

»Und was hat es mit dem Würfelbecher in Eurer Hand für eine Bewandtnis?«

»Ach, ich warte darauf, daß jemand kommt, der mit mir spielt«, erwiderte der alte Mann.

»Vielleicht willst du mit ihm spielen«, sagte die Frau zu ihrem Mann, »vielleicht fällt dir dann eine Geschichte ein für den Abend.« Ein glatter Stein wurde zwischen sie hingestellt, auf dem ließen sie die Würfel ausrollen.

Es dauerte nicht lange, da hatte der Geschichtenerzähler jeden Penny, den er besaß, verloren.

»Mag es dir Glück bringen, Freund«, sagte er, »was kann man an einem solchen Tag anderes erwarten!« – »Wollen wir weiter spielen?« fragte der alte Mann.

»Unsinn, Mann. Meinst du, ich will es riskieren, daß meine Frau an den Bettelstab kommt?«

»Vielleicht gewinnst du ja auch.«

»Vielleicht auch nicht«, sagte der Geschichtenerzähler.

»Spiel mit ihm, Mann«, sagte die Frau, »von mir aus kannst du ruhig unsere Pferde setzen. Mir macht es nichts aus zu Fuß zu gehen.«

»Also meinetwegen«, sagte der Geschichtenerzähler. Er setzte sich wieder hin, und mit einem Wurf verlor er Pferde, Hunde und Wagen.

»Willst du weitermachen?« fragte der Bettler.

»Du willst mich wohl auf den Arm nehmen. Was hätte ich noch als Einsatz?«

»Ich setze alles, was ich besitze, gegen deine Frau«, sagte der alte Mann.

Der Geschichtenerzähler wollte sich schweigend abwenden, aber seine Frau hielt ihn zurück.

»Nimm an«, sagte sie, »dies ist das dritte Mal. Vielleicht hast du diesmal Glück. Bestimmt wirst du jetzt gewinnen.«

Sie spielten wieder, und der Geschichtenerzähler verlor. Kaum war das geschehen, da stand zu seinem Erstaunen die Frau auf und setzte sich neben den Bettler.

»Du willst mich also verlassen«, stellte der Geschichtenerzähler fest.

»Er hat mich gewonnen«, sagte sie, »willst du etwa den armen Mann betrügen?«

»Hast du denn gar nichts mehr zum Setzen?« fragte der alte Mann.

»Das weißt du sehr gut!«

»Ich setz alles, was ich habe, einschließlich der Frau, und du setzt dich selbst«, sagte der alte Mann.

Wieder spielten sie, und wieder verlor der Geschichtenerzähler.

»Also, hier bin ich. Was willst du jetzt mit mir anfangen?«

»Das wirst du gleich hören«, sagte der alte Mann und nahm aus seiner Tasche eine lange Schnur und einen Stock.

»Also«, sagte der alte Mann zu dem Geschichtenerzähler, »welches Tier wärest du lieber: ein Reh, ein Fuchs oder ein Hase? Jetzt hast du noch die Wahl, später nicht mehr.«

Um eine lange Geschichte kurz zu machen, der Geschichtenerzähler wählte den Hasen; der alte Mann legte ihm die Schnur um, berührte ihn mit dem Stab und – schwupp, da hoppelte ein langohriger Hase über den Rasen.

Aber nicht lange, denn niemand anderes als die Frau rief die Hunde und hetzte sie auf ihn. Der Hase floh, die Hunde setzten ihm nach. Rund um das Feld lief eine hohe Mauer, so daß er nicht heraus konnte, und der Bettler und die Frau hatten ihr Vergnügen daran, zuzuschauen, wie er in der Klemme saß.

Vergeblich versuchte er, sich bei seiner Frau zu verstecken, die stieß ihn zurück. Endlich rief der Bettler die Hunde zurück und verwandelte den Hasen wieder in den Geschichtenerzähler zurück.

»Wie hat dir das gefallen?« fragte der Bettler.

»Vielleicht gefällt das anderen nicht übel«, sagte der Geschichtenerzähler und warf seiner Frau einen Blick zu, »ich, für meinen Teil, kann gut ohne das auskommen.«

»Wäre es zuviel verlangt«, fuhr er fort, »nun endlich einmal von dir zu erfahren, wer du bist und woher du kommst und weshalb es dir solchen Spaß macht, einen alten Mann wie mich so zu plagen?«

»Ach«, erwiderte der Fremde, »ich bin ein komischer Nichtsnutz, den einen Tag arm, den anderen Tag reich, und wenn du meine Gewohnheiten kennenlernen willst, dann komm mit mir.«

»Ich bin nicht mein eigener Herr. Ich kann nicht so ohne weiteres fort.«

Der Fremde griff mit der einen Hand in seine Tasche und zog einen gutaussehenden Mann mittleren Alters hervor, zu dem sprach er:

»Bei allem, was du gehört und gesehen hast, seit du dort in der Tasche gesteckt hast, kümmere dich um diese Dame, um den Wagen und die Pferde. Ich möchte, daß immer alles bereit steht, falls ich es brauchen sollte.«

Kaum hatte er das gesagt, als alles verschwand und der Geschichtenerzähler sich bei Foxes' Ford in der Nähe des Schlosses von Red Hugh O'Donnell wiederfand. Er konnte alles sehen, aber für die anderen war er unsichtbar.

O'Donnell saß in seiner Halle, dick und traurig sah er aus.

»Geh«, sprach er zu seinem Türsteher, »und schau, wer oder was da kommt.«

Der Türsteher ging, und er sah einen dürren grauen Bettler. Die Hälfte seines Schwertes schaute hinter seinem Rücken hervor, seine Schuhe waren vollgesogen mit schmutzigem Wasser, und die Enden seiner beiden Ohren ragten aus den Löchern im Filz seines Hutes hervor, um die Schultern trug er einen zerfetzten Mantel, und in der Hand hatte er einen grünen Stock von einem Stechpalmenstrauch.

»Glück Euch, O'Donnell«, sagte der Bettler.

»Und Euch auch«, sagte O'Donnell, »von wo kommst du, und was ist dein Gewerbe?«

»Ich komme vom äußersten Strom auf Erden. Aus den Tälern, wo die weißen Schwäne gleiten. Eine Nacht wohne ich auf Islay, eine andere Nacht auf der Isle of Man, eine dritte Nacht schlafe ich auf dem kalten Hügel.«

»Dann müßt Ihr ein großer Reisender sein«, sagte O'Donnell, »vielleicht habt Ihr unterwegs etwas gelernt.«

»Ich bin ein Gaukler«, sprach der Bettler, »und für fünf Silberstücke sollt Ihr meine Kunststücke sehen.«

»Die sollt Ihr haben«, sagte O'Donnell, und der Bettler holte drei kleine Strohhalme hervor und legte sie auf die Handfläche.

»Den in der Mitte blase ich fort«, sagte er, »und die beiden anderen bleiben liegen.«

»Das schafft Ihr nie«, sagte jemand.

Aber der Bettler hielt zwei der Strohhalme mit den Fingern fest, blies und der mittlere Strohhalm wirbelt davon.

»Gut gegeben«, sagte O'Donnell, und er zahlte die fünf Silberstücke.

Der Bursche, der die Wette angenommen hatte, legte die Strohhalme auf seine flache Hand, blies und die ganze Hand flog fort mit den Strohhalmen.

»Du lernst es nie, und du wirst es nie lernen«, sprach O'Donnell.

»Sechs Silberstücke, O'Donnell, und ich zeige Euch noch ein ganz anderes Kunststück«, sagte der graue hagere Bettler.

»Nur zu!«

»Seht Ihr meine beiden Ohren! Ich werde das eine bewegen und das andere still halten.«

»Sie sind nicht zu übersehen, aber das schafft Ihr nie.«

Der hagere graue Bettler legte eine Hand an das eine Ohr und zog daran, daß es sich bewegte. O'Donnell lachte und zahlte.

»Das sind mir vielleicht Kunststücke«, rief ein bartloser Bursche, »das kann schließlich jeder.«

Und er griff sich ans Ohr, um daran zu ziehen, aber plötzlich hielt er das Ohr in der Hand. »Du wirst auch nie klüger«, sagte O'Donnell.

»Nun, Herr«, sprach der hagere graue Bettler, »einiges habe ich Euch schon geboten, aber was ich jetzt zeige, ist das Geld, das ich dafür verlange, mehr als wert. Wieder sechs Silberstücke?«

»Ihr habt mein Wort«, sagte O'Donnell.

Da griff der graue hagere Bettler in seine Achsel und holte dort einen Beutel mit Seide hervor. Er rollte den Ballen auf und warf die Bahnen so, daß sie eine Leiter hinauf in den blauen Himmel bildeten. Dann nahm er einen Hasen und setzte ihn auf das Tuch, holte einen Hund mit roten Ohren, und dieser rannte schnell dem Hasen nach.

»Nun«, sagte der hagere graue Bettler, »will etwa jemand dem Hund nachrennen?«

»Ich will es«, rief ein Bursche.

»Dann fort mit dir«, sagte der Gaukler, »aber ich warne dich, wenn du es zuläßt, daß der Hase getötet wird, schlage ich dir deinen Kopf ab.«

Der Bursche rannte hinterdrein, und bald waren die drei verschwunden. Nach einer Weile blickte der hagere graue Bettler auf:

»Ich fürchte«, sprach er, »der Hund frißt den Hasen, und der Bursche ist eingeschlafen unterwegs.«

Indem er dies sagte, rollte er die Seidenbahnen wieder zusammen und herab kam der Hund mit den roten Ohren, die letzten Brocken vom Fleisch des Hasen gerade noch im Maul.

Der Bettler schlug dem Burschen mit einem Streich den Kopf ab und tötete dann den Hund.

»Das mißfällt mir«, sagte O'Donnell, »ich mag es nicht, daß an meinem Hof ein Bursche und ein Hund getötet werden.«

»Zweimal fünf Silberstücke für jeden«, rief der Gaukler, »und ihre Köpfe sollen wieder auf ihren Schultern sitzen.«

»Einverstanden«, sagte O'Donnell.

Das Geld wurde gezahlt, und sieh da, die Köpfe saßen ihnen wieder auf den Schultern, wo sie hingehörten! Und wenn auch beide noch lange lebten, so hat doch der Hund nie mehr einen Hasen angerührt, und der Bursche hielt die Augen immer weit offen. Kaum hatte der graue Bettler diese Wunder vollbracht, da war er verschwunden, und niemand wußte zu sagen, ob er durch die Luft davongeflogen war oder ob die Erde ihn verschlungen hatte.

Er verschwand wie die Welle, die sich an der nächsten Welle bricht,
so wie ein Wirbelwind auf den anderen folgt,
Wie der fürchterliche Eissturm,
so rasch, so geschwind, so lustig und stolz.
Nichts vermochte ihn aufzuhalten,
bis er kam zum Hof des Königs von Leinster.
Er setzte mit einem Freudensprung
über die Turmspitze von Hof und Palast des Königs.
Trüb war der Sinn des Königs von Leinster.

Es war die Stunde, zu der er gewohnt war, sich eine Geschichte erzählen zu lassen. Aber er mochte nach rechts oder nach links einen Boten schicken, alle kamen sie zurück, ohne daß sie den Geschichtenerzähler hätten finden können.

»Geh an das Tor«, befahl er dem Türhüter, »und sieh nach, ob dort irgendwer etwas vom Geschichtenerzähler gehört hat.«

Der Türhüter eilte, und wen sah er da? Niemand anderen als den dürren grauen Bettler in verschmutzten Schuhen, das Leder voll Wasser gesogen. Die Ohren schauten durch die Löcher in seinem Hut. Seine Schulterknochen kamen zwischen den Rissen in seinem Umhang zum Vorschein, und in den Händen trug er eine Harfe mit drei Saiten.

»Was kannst du?« fragte der Türhüter.

»Ich kann spielen«, sagte der Bettler. »Hab keine Angst«, fügte er an den Geschichtenerzähler gewandt hinzu, »du wirst alles mit ansehen können, aber für die anderen bist und bleibst du unsichtbar.«

Als der König hörte, daß draußen ein Harfenspieler stand, hieß er ihn hereinkommen.

»Man sagt, daß ich die besten Harfenspieler in den fünf Fünfteln von Irland habe«, sagte er, und dann befahl er den Musikanten zu spielen.

Der hagere graue Bettler hörte zu.

»Habt Ihr je dergleichen gehört?« fragte der König. »Habt Ihr, mein König, je eine Katze schnurren gehört, wenn sie vor einer Schüssel mit Brühe sitzt? Habt Ihr das Summen der Käfer im Zwielicht schon einmal gehört, oder eine schrillzüngige Frau, die keift, daß es einem fast den Schädel sprengt?«

»Gewiß habe ich das«, sagte der König.

»Die ärgsten Laute von alldem schienen mir melodischer als das Spiel Eurer Musikanten.«

Als die Harfenspieler das hörten, zogen sie ihre Schwerter und warfen sich auf ihn, aber statt ihn zu verletzen, schlugen sie sich gegenseitig den Schädel ein.

Als der König das sah, überlegte er und fand, es sei hart, wenn die Harfenspieler sich nicht mehr damit zufrieden gäben, nur die Musik zu morden, sondern sich nun auch schon gegenseitig totschlügen.

»Hängt diesen Burschen, der an all dem schuld ist«, befahl er, »wenn ich schon keine Geschichte bekomme, will ich wenigstens Frieden haben.«

Heran kam die Wache, ergriff den grauen hageren Bettler, marschierte mit ihm zum Galgen und knüpfte ihn dort auf. Als sie nun wieder zurück in die Halle des Königs kamen, sahen sie doch niemand anderen als den Bettler dort auf einer Bank sitzen und Ale trinken.

»Euch kein Willkommen«, rief der Hauptmann der Wache, »wir haben Euch doch gerade aufgehängt. Wie könnt Ihr dann hier sein?«

»Ob ich es selbst bin, meint Ihr?«

»Wer sonst?« sagte der Hauptmann.

»Mag sich Eure Hand in einen Schweinefuß verwandeln, wenn Ihr daran denkt, die Schlinge zu knüpfen. Warum sprecht Ihr davon, daß Ihr mich aufhängen wollt?«

Zurück eilte die Wache zum Galgen, dort aber hing der Lieblingsbruder des Königs.

Zurück rannten sie zum König, der aber war eingeschlafen. »Bitte, Eure Majestät«, sagte der Hauptmann, »wir haben diesen Vagabunden dort aufgehängt, aber er ist lebendig und munter, als sei nichts gewesen.« – »Hängt ihn wieder auf«, sagte der König und schlief sofort wieder ein.

Sie taten wie ihnen geheißen, aber als sie nun an den Galgen kamen, hing dort statt des Bettlers der erste Harfenspieler des Königs in der Schlinge. Der Hauptmann der Wache wußte kaum noch ein und aus.

»Wollt Ihr mich etwa noch ein drittes Mal hängen?« fragte der hagere graue Bettler.

»Scher dich fort«, sagte der Hauptmann, »und so schnell wie möglich. Mit dir haben wir gerade genug Ärger gehabt.«

»Jetzt nehmt Ihr langsam Vernunft an«, antwortete der Bettler, »und da Ihr endlich damit aufhört, einen Fremden nur deswegen zu hängen, weil er mit Eurer Musik nicht einverstanden ist, will ich Euch prophezeien, daß Ihr Eure Freunde froh und munter am Fuß des Galgens antreffen werdet.«

Nach diesen Worten war er verschwunden; und der Geschichtenerzähler fand sich wieder an der Stelle, an der er dem grauen hageren Bettler zum ersten Mal begegnet war. Dort standen auch immer noch seine Frau, seine Pferde, seine Hunde und sein Wagen.

»Und nun«, sprach der dürre graue Bettler, »will ich Euch nicht länger plagen. Hier ist Euer Besitz, hier ist Eure Frau, kurz alles, was Ihr beim Spielen an mich verloren habt. Tut damit, was Euch gefällt.«

»Was den Wagen, die Hunde und die Pferde angeht«, sprach der Geschichtenerzähler, »so danke ich Euch. Meine Frau und mein Geld könnt Ihr behalten.«

»Nein«, antwortete der Bettler, »ich will beides nicht. Und was Eure Frau betrifft, so dürft ihr nicht zu schlecht von ihr denken. Als sie die Hunde auf Euch hetzte, habe ich sie durch Zauber dazu gezwungen. Ich bin kein Bettler und auch nicht so alt und arm wie Ihr vielleicht denkt. Ich bin Angus of the Bruff, und indem Ihr den König mit Euren Geschichten unterhieltet, habt Ihr auch mir so manche gute Tat getan. Heute morgen hörte ich durch Zauber, in welchen Schwierigkeiten Ihr Euch befandet, und ich beschloß, Euch zu helfen. Was nun Eure Frau betrifft: Dieselbe Macht, die Eure Gestalt veränderte, veränderte ihren Sinn. Vergeßt und vergebt, wie Mann und Frau es tun sollten, und jetzt habt Ihr wohl eine Geschichte für den König von Leinster, wenn er Euch zu sich ruft.«

Mit diesen Worten war er verschwunden. Wahrlich, nun hatte der Geschichtenerzähler eine Geschichte und noch dazu eine so recht nach dem Geschmack des Königs. Vom ersten bis zum letzten Augenblick erzählte er alles, was ihm widerfahren war, und so lang und laut lachte der König, daß er in dieser Nacht überhaupt nicht einschlief. Er sagte seinem Geschichtenerzähler, wenn ihm wieder einmal keine Geschichte einfiele, solle er sich nur keine Sorgen machen, sondern ihm dann immer wieder seine Erlebnisse mit dem grauen hageren Bettler zum Besten geben. Und wann immer der Geschichtenerzähler davon erzählte, mußte sich der König ausschütten darüber vor Lachen.

Der Pooka, Phouka oder Púca ist eine Fee in Tiergestalt. Manche leiten seinen Namen von poc (Ziegenbock) ah und betrachten ihn als den Vorvater des Puck bei Shakespeare. Er lebt in einsamen Gebirgen und in alten Ruinen, von denen es in Irland ja mehr als genug gibt. Verräterisch ist die Angabe, daß er immer größer wird je einsamer es irgendwo ist. Gewöhnlich hat er die Gestalt eines Pferdes oder eines Esels, manchmal aber auch die eines Adlers oder einer Fledermaus. Die bekannteste Geschichte ist die von dem Pooka von Kildare. In ihr tritt er in seiner Tiergestalt, aber als ‚guter Hausgeist' auf, eine Rolle, die sonst den Brownies vorbehalten ist. Douglas Hyde berichtet, daß aus einem bestimmten Hügel in Leinster eine schlanke schreckliche Stute hervorkam und mit menschlicher Stimme zu jedermann über den Novembertag sprach. Das Feenwesen gab kluge Antworten, und man konnte es befragen, was einem bis November in einem Jahr zustoßen werde. Die Leute stellten Geschenke an den Hügel bis Patrick und der Klerus kamen und dies verboten.

Das klingt nach einem Heiligtum der keltischen Pferdegöttin Epona, vielleicht in einer Grotte, an einer Quelle, in der geweissagt wurde. Auf dem Boden der Bundesrepublik hat sich ein solches Heiligtum in einer Quellenhöhle unter anderem im Saarland erhalten. Der Pooka soll Grabräuber vertreiben und aufschrecken. Aber er hilft auch jenen, denen er sich zu Dankbarkeit verpflichtet fühlt. Er vertreibt das Nachtgelichter böser Feen und errettet das Vieh armer Bauern vor dem Ertrinken. Einen armen und verachteten Teufel wie den Pfeifer aus Dunmore in der Grafschaft Galway, trägt er auf seinem Rücken bis in ein Feenhaus auf dem Croagh Patrick und beschenkt ihn schließlich mit einem Dudelsack, auf dem man die schönste Musik spielen kann, die man je* *in der Grafschaft zu hören bekommen hat. Er kann aber auch bös und gewalttätig als panischer Schrecken auftreten, wie in jener Geschichte, die in gedruckter Form zum ersten Mal in T. Crofton Crokers 38 Texte umfassenden Sammlung »Fairy Legende and Traditions of the South of Ireland« erschien und von den Brüdern Grimm in ihrem Band »Irische Elfenmärchen« mit übernommen wurde.*

Das gebückte Mütterchen

Margreth Barrett war in ihrer Jugend schlank, artig und wohlgesittet und zeichnete sich durch die Vereinigung zweier Eigenschaften aus, die man nicht oft beisammen findet. Sie war nämlich eine sehr sparsame Hausfrau und zugleich die beste Tänzerin in ihrem Geburtsort, dem Dorfe Ballyhuley. Gegenwärtig ist sie in den Sechzigern. In den letzten zehn Jahren ihres Lebens ist sie nicht mehr imstande gewesen, aufrecht zu gehen. Sie hält sich gebückt; der Kopf berührt fast den Boden, doch ihre Glieder gebraucht sie, soweit das bei dieser Haltung möglich ist, mit völliger Freiheit; ihre Gesundheit ist gut, ihr Geist beweglich, und in der Familie ihres ältesten Sohnes, bei welchem sie seit dem Tod ihres Mannes lebt, verrichtet sie alle häuslichen Arbeiten, welche ihr Alter und jenes Gebrechen zulassen. Sie wäscht die Kartoffeln, macht Feuer an, kehrt das Haus (lauter Geschäfte, wobei ihr, wie sie mit guter Laune bemerkt, ihr krummer Rücken sehr zustatten kommt), spielt mit den Kindern und erzählt ihren Hausgenossen und den Freunden aus der Nachbarschaft, die sich oft rund um sie beim Feuer versammeln und ihr in den langen Winterabenden zuhören, allerlei Geschichten. Die anziehende Kraft ihrer Unterhaltung wird sehr gepriesen, sowohl wegen ihrer guten Laune als auch wegen ihrer Erzählungen; und drollige und scherzhafte Begebenheiten, die sich auf ihre gekrümmte Gestalt beziehen, dann aber das Ereignis selbst, welches schuld an diesem Mißgeschick ist, sind das Lieblingskapitel ihrer Gespräche. So hörte man sie unter anderem erzählen, wie an einem bestimmten Tag, nach einer schlechten Ernte, als verschiedene Pächter dieser Gegend auf dem Feld eine Bittschrift um Verminderung des Pachtgeldes verfaßt hatten, das Papier zum Schreiben auf ihren Rücken gelegt und dieser als ein leidlich guter Tisch befunden worden war.

Margreth, wie alle gescheiten Erzähler, pflegte sich, sowohl was die Ausführlichkeit als den Inhalt ihrer Geschichten anging, nach den Zuhörern und den Umständen zu richten. Sie wußte, daß bei hellem Tageslicht, wenn die Sonne glänzend scheint, die Bäume knospen, die Vögel rings um uns singen, rührige und gesprächige Menschen ihren Geschäften oder Vergnügungen nachgehen; sie wußte, doch gewißlich ohne die Ursache zu kennen oder sich viel darum zu bekümmern, daß, wenn wir mit dem wirklichen Leben und der wirklichen Welt beschäftigt sind, der gläubige Sinn fehlt, ohne welchen Erzählungen, die sonst aufs gewaltigste die Teilnehmer anregen, keinen Eindruck hinterlassen. Doch am Weihnachtsabend bei flackerndem Herd, wenn die Winde kalt um die Mauern pfeifen und durch die Türen des kleinen Hauses dringen und daran erinnern, daß draußen Kräfte stärker als der Mensch am Werke sind, in solchen Stunden pflegte Margreth Barrett ihren Erinnerungen und ihrer Phantasie, oder beiden, ohne Rückhalt nachzugeben, und bei einer solchen Gelegenheit war es, wo sie umständlich erzählte, wie sie zu dieser gekrümmten Gestalt gekommen sei.

»Es war gerade unter allen Tagen im Jahr der Tag vor dem Mai, wo ich hinaus in den Garten ging, die Kartoffeln zu jäten.

Ich wäre den Tag nicht herausgegangen, wäre ich nicht traurig und kummervoll gewesen und gern für mich allein.

Die Burschen und Mädchen im Haus lachten alle, scherzten und machten Bälle zum Schleudern oder Bänder zurecht für die Vermummten am folgenden Tage. Ich konnte das nicht ertragen. Am letzten Osterfest war es zehn Jahre her, daß ich meinen armen Mann begraben hatte, und ich dachte daran, wie vergnügt und voller Freude ich gewesen war so manches lange Jahr vorher, eben in jenen Tagen, da Robin neben mir saß und ich die Bänder für den Schleuderball schnitt und nähte, die ich darauf den Burschen gab mit dem Gefühl, allen Mädchen an den Ufern des Blackwaters vorgezogen zu werden, von dem hübschesten und besten Schleuderer in dem Dorf.

Ich verließ das Haus und ging in den Garten. Ich blieb da den ganzen Tag und kam nicht heim zum Essen. Ich weiß nicht, wie es war, und nur soviel, daß ich in kummervollen Gedanken fortfuhr zu jäten, einige von den alten Liedern singend, die ich aber und abermals in den Tagen gesungen habe, die nun dahin sind, vor dem, der nimmer zurückkehrt, sie anzuhören.

Die Wahrheit zu sagen, es war mir unerträglich, hinzugehen und schweigend und finster zu Haus zu sitzen, unter Menschen, die lustig und jung waren und ihre besten Tage vor sich hatten. Es ward spät, ehe ich an die Heimkehr dachte, und ich verließ den Garten erst einige Zeit nach Sonnenuntergang. Der Mond stand am Himmel; kein Wölkchen war zu sehen, hier und da blinkte schon ein Stern. Die Sonne war zwar schon untergegangen, aber der Mond leuchtete noch nicht mit voller Helligkeit. Sein Licht lag bleich und silberfarbig auf den Dingen. Dünne Nebelstreifen zogen über die Felder hin.

In der Richtung gegen Sonnenuntergang war es noch heller. Dort leuchtete es rot und feurig durch die Bäume, als ob unten eine große Stadt in Brand auflodere. Überall herrschte Schweigen wie auf einem Kirchhof, nur dann und wann hörte man in der Ferne einen Hund bellen oder eine Kuh brüllen. Kein lebendes Wesen war zu sehen, weder auf dem Wege noch auf dem Feld. Ich wunderte mich erst, dann erinnerte ich mich, daß es der Abend vor Mai war und daß mancherlei, Gutes und Böses, in dieser Nacht umherschwärme und ich die Gefahren meiden müsse wie jeder andre. Ich ging so rasch zu wie ich konnte und gelangte bald an das Ende der Mauer, die das Gut umgibt, wo die Bäume hoch und dicht auf jeder Seite des Weges aufsteigen und sich meist mit den Wipfeln berühren. Mein Herz hatte ein Vorgefühl, als ich unter ihre Schatten kam. Die Öffnung oben ließ so viel Licht herab, daß ich einen Steinwurf weit vor mir sehen konnte.

Plötzlich hörte ich in den Ästen auf der rechten Seite des Weges ein Rascheln und sah etwas, das einem kleinen schwarzen Ziegenbock ähnlich war, nur die langen, breiten Hörner auswärtsgerichtet statt rückwärts gekrümmt; es stand auf den Hinterfüßen am Rand der Mauer und schaute auf mich herab. Der Atem stockte mir, und ich konnte mich fast eine Minute lang nicht bewegen. Ich mußte, wie es auch zuging, meine Augen unverwandt dahin richten, aber es schaute immer starr auf mich herab. Endlich nahm ich mich zusammen und ging fort, aber ich hatte noch keine zehn Schritte getan, als ich dieselbe Erscheinung auf der Mauer zu meiner Linken erblickte, genau in derselben Stellung, nur noch drei- oder viermal so hoch und beinahe so groß wie der größte Mann. Die Hörner sahen schrecklich aus, es starrte mich an wie dort. Meine Beine zitterten, die Zähne schnatterten, und ich glaubte jeden Augenblick, ich würde tot hinfallen. Endlich war es mir, als wäre ich gezwungen zu gehen, und ich ging wirklich fort, aber ich fühlte nicht, wie ich mich bewegte oder wie meine Beine mich trugen. Eben als ich an der Stelle vorbeikam, wo das entsetzliche Wesen stand, hörte ich ein Geräusch, als ob etwas die Mauer herabspränge und hatte ein Gefühl, als wenn ein schweres Tier auf mich stürzte, das mit den Vorderfüßen mich fest um die Schultern packend die Hinterfüße in meinen faltigen, zusammengesteckten Rock* verwickelte. Ich wundere mich heute noch, wie ich die heftige Erschütterung ertragen habe, aber ich fiel weder noch schwankte ich bei der Wucht, sondern ging darauf los, als hätte ich die Stärke von zehn Männern; jedoch fühlte ich, daß ich gezwungen war, mich fortzubewegen und nicht die Macht hatte stillzustehen, wie ich es wünschte. Doch ich keuchte ängstlich, ich wußte, was ich tat, so deutlich wie ich es in diesem Augenblick weiß; ich versuchte zu schreien, doch ich konnte es nicht, versuchte zu laufen, aber es war nicht möglich, versuchte rückwärts zu schauen, aber Kopf und Nacken waren wie in einen Schraubstock gespannt. Ich konnte nur meine Augen nach beiden Seiten hindrehen, und dann erblickte ich so klar und deutlich, als wäre es in vollem Licht der lieben Sonne, einen schwarzen und gespaltenen Fuß fest auf meine Schulter gelegt. Ich hörte ein leises Atmen in meinem Ohr, ich fühlte, daß bei jedem Schritt, den ich tat, meine Beine an die Füße jenes Wesens stießen, das auf meinem Rücken hing. Endlich sah ich das Haus, und es war mir ein willkommener Anblick, denn ich dachte, ich würde erlöst sein, wenn ich es erreichte. Ich kam bald vor die Türe, doch sie war verschlossen. Ich schaute nach dem kleinen Fenster hin, aber es war ebenfalls geschlossen, die anderen Hausbewohner waren an einem solchen Abend vorsichtiger als ich; ich sah drinnen das Licht. Es drang durch die Spalten der Türe, ich hörte Menschen im Haus reden und lachen. Nur drei Ellen war ich von meinen Verwandten entfernt, die alles getan haben würden, um mich zu retten. Möge Gott mich davor bewahren, noch einmal so zu leiden wie ich in jener Nacht gelitten habe! Etwas Fürchterliches hielt mich fest. Ich war unfähig, mir selbst zu helfen, meine Freunde anzurufen oder meine Hand auszustrecken. Ich konnte weder klopfen noch auch nur meinen Fuß heben, um an die Türe zu stoßen und sie wissen zu lassen, daß ich draußen stand. Es war, als ob meine Hände am Leib festklebten, als ob meine Füße an den Boden geheftet wären und als liege das Gewicht eines Felsens auf ihnen. Endlich kam mir der Gedanke, mich zu bekreuzigen, und meine rechte Hand, die sonst nichts tat, tat es für mich. Die Last blieb auf meinem Rücken, keine Veränderung trat ein. Ich bekreuzigte mich abermals, es blieb wie es gewesen war. Ich gab mich verloren, doch ich bekreuzigte mich zum dritten Mal, und kaum hatte meine Hand das Zeichen ausgeführt, als ich spürte, wie die Last von meinem Rücken sprang. Die Tür fuhr auf, als hätte der Blitz in sie eingeschlagen, ich stürzte vorwärts, fiel mit der Stirne voran auf die Dielen. Als ich wieder aufstand, war mein Rücken krumm. Von jener Nacht an bis zu dieser Stunde konnte ich mich nicht wieder aufrichten.«

Es entstand eine kurze Pause, als Margreth Barrett geendigt hatte. Diejenigen, welche die Geschichte schon kannten, hatten mit dem Ausdruck halb befriedigter Teilnahme zugehört, gemischt indessen mit jenem feierlichen Gefühl, welches eine Erzählung übernatürlicher Wunder erregt. Sich auf ihren Sitzen bewegend, verließen sie die Stellung, in welcher sie während der Erzählung verharrt hatten und nahmen eine andere an, welche zu erkennen gab, daß ihre Neugierde in Beziehung auf die Ursache dieser seltsamen Begebenheit schon längst befriedigt war. Diejenigen aber, welche sie noch nicht gekannt hatten, behielten den Ausdruck und die Stellung gespannter Aufmerksamkeit und ängstlicher, aber feierlicher Erwartung. Ein Enkel der Margreth von etwa neun Jahren (doch kein Kind des Sohnes, bei welchem sie lebte), hatte noch nie die Geschichte gehört. So wie seine Aufmerksamkeit wuchs, drängte es sich immer fester an die Seite der alten Frau, und beim Schluß schaute es unverwandt nach ihr hin, mit seinem Leib über ihre Knie zurückgebogen und sein Gesicht zu ihr aufgerichtet, mit einem Ausdruck, in welchem die Neigung zu weinen mit der Neugierde zu kämpfen schien. Nach einem augenblicklichen Stillschweigen konnte es nicht länger seine Neugierde bezähmen, und ihre grauen Locken mit einem Händchen fassend, während Tränen der Furcht und des Erstaunens gerade von seinen Augenwimpern herabtröpfelten, rief es: »Großmutter, wer war das?« Margreth lächelte erst nach dem ältern Teil der Zuhörer, dann nach ihrem Enkel hin, und ihm sanft über die Stirn streichelnd sagte sie: »Es war die Pooka!«

Daß es nicht nur auf oder vielmehr unter der Erde Feen gibt, sondern auch in und unter dem Wasser, kann, wenn man um die Anfänge der Vorstellung von der Anderswelt weiß, nicht erstaunen. Die Anderswelt der Ufer, Strände und des Meeres ist bevölkert mit den Merrows und Silkies.

Bei schönem wie bei schlechtem Wetter sitzt der Merrow auf einem Felsen und hält nach Treib- oder Strandgut von untergegangenen Schiffen Ausschau. Er ist ein umgänglicher Bursche mit einer roten Nase, hat einen grünen Leib, grüne Haare und grüne Zähne, Schweinsaugen, Flossen statt Arme und ist immer nackt.

Die Seefrau, das weibliche Gegenstück zum Merrow, ist hübsch, grazil, hat einen langen Fischschwanz und feine, spinnwebartige Häute zwischen den Fingern. Ihr Kleid ist so weiß wie der Schaum der See und mit purpurnem Seegras bestickt. Ihr Haar, in dem etwas Salz aus dem Meereswasser klebt, schimmert wie Tau. Wie der Merrow trägt auch sie einen roten Hut. Sie hat spöttische Augen und um die Schultern einen dunklen Überwurf, der auf ihren hübschen Busen mehr neugierig macht, als daß er ihn verhüllt.

Die Seefrauen verlocken sterbliche Männer mit ihrer exotischen Schönheit. Sie holen sich einsame Fischer auf ihren Lieblingsfelsen zum Tête-à-tête. Kommt ihnen auf See ein Boot zu nahe, so tauchen sie unter und ihr Gelächter wirkt als Liebeszauber.

Wo sie sich im Meer an der Wasseroberfläche sehen lassen, wissen die Fischer, daß der Sturm nicht weit ist.

Auf See sind sie ebenso wild wie schön, während sie auf Land scheu und unterwürfig werden. Fischer, die wegen der Auswanderung der Bevölkerung ganzer Ortschaften keine Frau fanden, pflegten allein an der Küste spazieren zu gehen, in der Hoffnung, auf eine Seefrau zu treffen.

Gelingt es einem Sterblichen, einer Meerfrau ihre rote Kappe oder ihren dunklen Umhang wegzunehmen, so vergißt sie ihre wäßrige Herkunft und ist auch bereit, ihn zu heiraten. Sie wird ihm eine gute Ehefrau sein, sehr gewissenhaft all ihre häuslichen und erotischen Pflichten erfüllen, sich allerdings nie ganz an das Landleben gewöhnen. Eine verheiratete Meeresfrau lacht selten und schließt ungern nähere Bekanntschaft mit irdischen Frauen.

Wenn sie ihre rote Kappe wiederfindet, die ein vorsichtiger Ehemann sorgfältig zu verstecken pflegt, erinnert sie sich an ihr Leben in der maritimen Anderswelt, gibt Heim, Kinder und Mann auf und verschwindet wieder in die See.

Weniger unheimliche Geschöpfe als die Meeresfrauen sind die Silkies. Sie sind bei Tag Seehunde und bei Nacht Frauen. Leise tauchen sie aus den Wellen auf und lassen ihre Schwimmhäute auf dem Strand zurück. Jedem, der sie ihnen fortnimmt, müssen sie bedingungslos gehorchen. Auch die Silkies sind gute Ehefrauen, aber häufig verlassen sie die Häuser der Sterblichen, wandern zu Klippen am Meer, wo sie schweigend dasitzen und melancholisch in die Fluten starren. Wenn sich ihre als Matrosen oder Fischer tätigen Ehemänner auf dem Meer verirrt haben, sitzen sie auf den Klippen und geleiten sie mit einem seltsam überhobenen Gesang sicher in den Hafen und in ihre Arme.

Eine Feengeschichte voller drastischem Humor und dem Sprachwitz ländlicher Erzähler steht in Crofton Crokers »Legends of the South of Ireland«, seiner 1825 erschienenen Sammlung.

Die Seelenkäfige

Jack Dogherty lebte an der Küste in der Grafschaft Clare. Jack war ein Fischer, so wie schon sein Vater und sein Großvater Fischer gewesen waren. Wie sie, so wohnte auch er allein, und das bedeutet, eben nur zusammen mit seiner Frau in einer abgelegenen Gegend. Manche Leute nahm es Wunder, daß es die Doghertys auf diesem wilden Fleck zwischen gewaltigen zertrümmerten Felsen, vor sich nichts als die Weite des Ozeans, aushielten. Aber die Doghertys wußten sehr wohl, warum sie gerade dort lebten.

Es war tatsächlich die einzige Stelle an diesem Küstenstrich, wo es sich wirklich gut leben ließ. Es gab dort einen hübschen kleinen Bach, in dessen Mündung man ein Boot verankern konnte, und es lag dann dort so gemütlich da wie eine Möwe in ihrem Nest.

Vom Meeresufer fielen Felsklippen schräg bis weit hinaus in großen Platten ab. Wenn nun draußen auf dem Atlantik ein kräftiger Weststurm blies, ging an diesem Felsen so manch vollbeladenes Schiff in Trümmer, und die Ballen mit Baumwolle und Tabak, die Weinschläuche, die Rumtonnen, Zuckersäcke und Karaffen voller Genever fanden ihren Weg ans trockene Land. Dunbeg Bay war für die Doghertys eine wahre Goldgrube.

Was die armen, in Seenot geratenen Matrosen anging, so taten die Doghertys ihre Christenpflicht. In diesem Punkt war ihnen nichts nachzusagen. Auch bei grober See fuhr dann Jack mit seinem kleinen curragh, das sich an Seetüchtigkeit gewiß nicht mit Andrew Hennessys mit Segeln bestükktem Rettungsboot messen konnte, hinaus, die Mannschaft von einem Wrack zu bergen.

Aber wenn ein Schiff schon völlig zerschlagen dalag und seine Mannschaft längst ertrunken war, wer konnte es dann Jack verargen, wenn er mitnahm, was da noch in den Lagerräumen herumstand oder in der aufgeregten See herumschwamm?

»Wer wird dabei geschädigt?« pflegte Jack zu sagen. »Was den König angeht, Gott hab ihn selig, so weiß jeder, daß er reich genug ist, auch wenn er nichts von dem mitbekommt, was die See uns schenkt.«

Wenn nun Jack auch das Leben eines Einsiedlers führte, so war er doch ein lustiger und gutmütiger Bursche. Kein anderer hätte es wohl fertiggebracht, die hübsche Biddy Mahony herumzukriegen, die das gemütliche und warme Haus ihres Vaters mitten in der Stadt Ennis verließ, um von nun an als Jacks Frau viele Meilen fort inmitten von Felsen zu leben, als nächste Nachbarn nur Seehunde und Seemöwen.

Aber Biddy wußte, daß Jack ein Mann war, der eine Frau glücklich machen konnte.

Er belieferte alle Häuser der reichen Leute in der Grafschaft mit dem besten Fisch, und auch für das, was das Meer sonst noch herschenkte, fanden sich dort Abnehmer, die nicht schlecht zahlten. Nein, Jack hatte gewiß eine gute Wahl getroffen. Es gab keine Frau weit und breit, bei der man besser aß, mit der zusammen man besser trank, bei der man weicher schlief und die am Sonntag in der Kirche eine bessere Figur machte als Biddy.

Jack hatte im Laufe seines Lebens so mancherlei Seltsames zu Gesicht bekommen, und man kann auch sicher sein, daß ihm bei seinem Beruf manch Furchtbares zu Ohren kam. Aber das focht ihn nicht an. Was nun die Nixen, Meeresfrauen und die Merrows, die Wassermänner, betraf, so hatte er vor dererlei Gelichter keine Angst. Im Gegenteil, im stillen wünschte er sich schon längst, einmal einer Meeresfrau zu begegnen. Er hatte gehört, sie seien in vielem Christenmenschen ganz ähnlich. Er war neugierig. Und manchmal kam er sich so allein vor – trotz Biddy.

Also kam es dahin, daß er geradezu verzweifelt nach Meeresfrauen Ausschau hielt, und das waren die Tage, an denen er auch nicht einen einzigen Fisch heimbrachte, was dann seine Frau jedesmal sehr verwunderte.

Arme Biddy! Sie ahnte nicht, hinter welchen Fischen er her war.

Es ging Jack schließlich ziemlich nahe, daß er in einer Gegend wohnte, in der Meeresfrauen so zahlreich sein sollten wie Hummer und er dennoch noch nie eine aus der Nähe gesehen hatte.

Sein Pech erboste ihn um so mehr, als er wußte, daß sowohl sein Großvater wie auch sein Vater ständig Umgang mit Wasserfrauen und Wassermännern gehabt hatten.

Er erinnerte sich sogar daran, als Kind gehört zu haben, daß sein Großvater, damals das Familienoberhaupt, im Sinn gehabt hatte, eine der Meeresfrauen, die sich in der Bachmündung tummelten, zur Patin seines Kindes zu machen. Angeblich war er nur davon abgekommen, weil er einen Zornesausbruch des Priesters fürchtete. Endlich besann sich das Glück darauf, daß es nur recht und billig sei, auch Jack das zu bescheren, was seinem Vater und seinem Großvater vor ihm zuteil geworden war.

Als er eines Tages an der Küste nordwärts ging, etwas weiter als gewöhnlich, schaute draußen etwas von einem Felsen herüber. Soweit er dieses Etwas aus der Ferne erkennen konnte, hatte es einen schlanken, grünen Körper. Er hätte aber schwören können, daß dieses seltsame Wesen einen Zylinderhut in der Hand hielt. Und gerade das konnte doch wohl nicht wahr sein.

Jack starrte sich fast eine halbe Stunde lang die Augen aus dem Kopf und rührte weder Hand noch Fuß. Endlich war es mit seiner Geduld zu Ende. Er pfiff schrill durch die Zähne und rief einen Gruß hinüber.

Da setzte das Wesen tatsächlich den Zylinderhut auf, sprang von dem Felsen ins Wasser und war verschwunden.

Jacks Neugier war jetzt wachgekitzelt. Tag für Tag lief er zu der Stelle, aber nie bekam er den Wassermann mit dem Zylinderhut zu Gesicht.

Er dachte lange über die Sache nach, ärgerte sich, daß es in seinem Fall ausgerechnet ein Wassermann und keine Meeresfrau gewesen sei, und gab sich schließlich mit der Feststellung zufrieden, er müsse alles wohl nur geträumt haben.

An einem stürmischen Tag, als die See die Wellen haushoch türmte, beschloß er dann aber doch, wieder einmal auf dem Felsen nachzusehen. Und tatsächlich, da turnte jemand herum, sprang ins Wasser, tauchte auf, erklomm abermals den Felsen und war nach einem Kopfsprung wieder verschwunden.

Jack wußte jetzt, was er zu tun hatte. Wenn er den Wassermann sehen wollte, brauchte er nur einen Tag mit stürmischer See abzuwarten und an den Strand gegenüber dem Felsen gehen. Aber damit gab er sich nicht zufrieden. Wer etwas hat, will immer mehr. Er wollte den Wassermann näher kennenlernen.

An einem besonders stürmischen Tag, als sich Jack auf dem Weg zu seinem Beobachtungsplatz befand, drückte der Wind das Wasser so stark landeinwärts, daß Jack in einer der zahlreichen Höhlen Zuflucht suchen mußte, die es dort an der Küste gibt.

Dort sah er sich plötzlich einem Wesen mit grünen Haaren, langen grünen Zähnen, einer roten Nase und Schweinsaugen gegenüber. Es hatte einen Fischschwanz, an den Oberschenkeln Schuppen, und die Beine waren recht kurz. Das Wesen trug keine Kleider, hatte aber einen Zylinder unter dem Arm und schien angestrengt über irgendetwas nachzudenken.

Jack nahm all seinen Mut zusammen. Jetzt oder nie, sagte er sich.

Er trat also vor den Wassermann hin, zog seine Mütze, machte eine Verbeugung und sagte: »Zu Ihren Diensten, Herr.«

»Zu deinen Diensten mit Freuden, Jack Dogherty«, antwortete der Wassermann.

»Ich staune, daß Sie meinen Namen kennen«, sagte Jack.

»Wie werde ich den Namen von Jack Dogherty nicht kennen. Mein lieber Freund, ich war schon mit deinem Großvater befreundet, noch ehe er Judy Regan zur Frau nahm. Ach Jack, ich habe deinen Großvater wirklich gern gemocht. Er war ein ganzer Mann. Wenn es daran ging, ein Glas Brandy zu leeren, konnte man immer auf ihn rechnen«, sagte der Wassermann und zwinkerte lustig mit seinen Äuglein. »Ich hoffe, du bist in dieser Hinsicht deinem Großvater nachgeschlagen.«

»Das will ich meinen«, antwortete Jack, »wenn meine Mutter mich mit Brandy gestillt hätte, hinge ich heute noch an ihren Brüsten.«

»Es tut gut, jemanden so mannhaft reden zu hören. Wir beide müssen näher miteinander bekannt werden. Das sind wir deinem Großvater schuldig. Aber Jack, ich meine deinen Vater, der konnte bei weitem nicht so viel vertragen.«

»Ich stelle mir vor«, sagte Jack, »da Euer Ehren unter Wasser leben, werden Euer Ehren gewiß gezwungen sein, viel zu trinken, um sich an einem so scheußlich feuchten Ort warm zu halten. Nun, man sagt ja selbst von manchen Christenmenschen, sie würden trinken wie die Fische. Darf ich mir die Frage erlauben: Woher bezieht Ihr denn Euren Schnaps?«

»Woher beziehst du denn deinen, Jack?« fragte der Wassermann und rieb sich seine rote Nase zwischen Zeigefinger und Daumen.

»Hubbuhoo«, rief Jack, »jetzt sehe ich, wie es mit Euch steht. Aber ich nehme an, Euer Ehren haben dort unten irgendwo einen guten, trockenen Keller.«

»Reden wir nicht vom Keller«, sagte der Wassermann und blinzelte wissend mit dem linken Auge.

»Ich könnte mir vorstellen«, fuhr Jack fort, »daß Euer Keller eine Besichtigung wert wäre.«

»Das kann man wohl sagen«, antwortete der Wassermann, »und wenn du am nächsten Montag wieder hier zur Stelle bist, können wir miteinander über diese Angelegenheit noch ein bißchen weiterplaudern.«

Jack und der Wassermann schieden als gute Freunde. Und als sie sich am nächsten Montag wieder trafen, war Jack nicht wenig erstaunt, als er sah, daß der Wassermann diesmal zwei Zylinderhüte trug.

»Wenn die Frage erlaubt ist«, sagte Jack, »warum haben denn Euer Ehren heute zwei Zylinderhüte bei sich? Hattet Ihr etwa im Sinn, mir einen davon zu verehren, als Andenken an diese ungewöhnliche Begegnung?«

»Nein, nein, Jack«, sagte der andere, »so leicht komme ich auch nicht zu diesen Hüten, daß ich sie auf diese Weise wegschenken würde; aber ich wollte dir vorschlagen, mit mir hinunterzutauchen und zum Essen mein Gast zu sein. Deshalb habe ich den Hut mitgebracht.«

»Der Herr segne und beschütze mich«, rief Jack erstaunt, »ich soll mit Euch auf den Grund des salzigen Ozeans tauchen. Die Wogen würden mich doch gewiß zermalmen, ich würde ersticken, ganz abgesehen davon, daß ich wohl dann auch noch ertrinken müßte. Und was soll dann aus meiner armen Biddy werden? Was würde die wohl dazu sagen?«

»Ach, was Frauen sagen …! Wer kümmert sich denn um Weibergekeif! Dein Großvater hätte gewiß nicht so gesprochen. Wie oft habe ich ihm diesen Hut aufgesetzt, und dann ist er kühn mir nachgetaucht. Und all die guten Mahlzeiten und die vielen kleinen Gläschen Brandy, die wir dort unten zusammen genossen haben.«

»Meinen Euer Ehren es ernst, oder macht Ihr einen Spaß?« fragte Jack. »Nun denn, Klage über mich für Jahr und Tag, wenn ich meinem Großvater an Tapferkeit auch nur um ein Deut nachstehe. Auf denn …, aber bitte keine faulen Tricks. Ich bin dabei, mag's auch um Kopf und Kragen gehen!« rief Jack.

»Der Großvater, wie er leibt und lebt«, sagte der Wassermann, »also los, und mach genau das, was ich auch mache.«

Sie verließen die Höhle, sprangen ins Wasser und schwammen ein Stück, bis sie den Felsen erreichten. Der Wassermann kletterte hinauf und Jack folgte ihm. Auf der vom Land abgewandten Seite war es so steil wie eine Hauswand. Tief unter ihnen lag das Meer.

»Nun denn, Jack«, sprach der Wassermann, »setz diesen Hut auf und halt deine Augen weit offen. Halt dich an meinem Schwanz fest. Immer mir nach, und du wirst sehen, was es zu sehen gibt.«

Dann brachen sie auf. Sie schwammen und schwammen, und Jack meinte schon, der Weg werde nie ein Ende nehmen. Manchmal wünschte er sich, daheim vor seinem Feuer zu sitzen, neben sich Biddy. Aber was hatte das für einen Sinn, sich so etwas zu wünschen, da er sich doch viele Meilen unter den Wellen des Atlantischen Ozeans befand. Also hielt er sich immer brav an dem Schwanz des Wassermannes fest, und zum Schluß stiegen sie tatsächlich aus dem Wasser und hatten wieder festen Boden unter den Füßen. Sie landeten vor einem hübschen Haus, dessen Dach mit Austernschalen gedeckt war. Der Wassermann wandte sich um und hieß Jack eintreten. Vor Staunen konnte Jack kaum sprechen. Er vermochte kein Lebewesen zu entdecken, außer vielen Krabben und Hummern, die ganz vergnügt über den Sand spazierten. Über ihnen war die See wie ein Himmel, und die Fische, die dort schwammen, sahen aus wie Vögel.

»Warum sagst du nichts?« fragte der Wassermann. »Ich möchte wetten, so gemütlich hast du es dir nicht vorgestellt. Nun, bist du erstickt, bist du zermalmt worden, bist du ertrunken? Hast du Sehnsucht nach deiner Biddy?«

»Nein, alles in Ordnung«, sagte Jack mit einem gutmütigen Grinsen, »aber wer in aller Welt hätte gedacht, daß es solche Dinge zu sehen gibt?«

»Jetzt komm. Wollen mal schauen, was es zu essen gibt.«

Jack war wirklich hungrig, und es machte ihm Freude, als er sah, daß aus dem Schornstein des Hauses eine Rauchfahne aufstieg. Sie kamen in eine Küche, in der war alles vorhanden, was es braucht. Es gab dort Schüsseln und viele Pfannen und Töpfe, und zwei junge Wassermänner kochten. Sein Gastgeber aber führte ihn in ein Zimmer, das schäbig genug möbliert war. Kein Tisch und kein Stuhl, nur Bretter und Holzstämme, um sich hinzusetzen.

Wenigstens brannte im Kamin ein helles Feuer, ein Anblick, der auf Jack beruhigend wirkte.

»Komm, ich will dir jetzt zeigen, wo ich … na, du weißt schon was, aufbewahre«, sprach der Wassermann mit einem schlauen Lächeln und öffnete eine kleine Tür. Und dann führte er Jack in einen Keller, in dem drängten sich nur so die Flaschen, Fässer und Fäßchen.

»Was sagst du dazu, Jack Dogherty? Nun, du siehst, auch unter Wasser läßt sich's aushalten.«

»Kein Zweifel«, sagte Jack und schnalzte mit der Zunge.

Sie gingen in den anderen Raum zurück, und dort war das Essen gerichtet. Es gab kein Tischtuch. Aber das war nicht so schlimm. Auch zu Hause bei Jack wurde nicht jeden Tag ein Tischtuch aufgelegt.

Das Essen hingegen hätte sich in dem besten Haus des Landes sehen lassen können. Es gab Fische, Hummer und Austern. Dazu aber kredenzte man die besten ausländischen Spirituosen. Wein, sagte der Merrow, sei hier unten zu kalt für den Magen.

Jack aß und trank, bis er fast barst, dann nahm er sein Glas und sagte:

»Auf Eure Gesundheit, Euer Ehren. Ich bitte um Verzeihung. Wir kennen uns nun schon eine ganze Weile, aber Euren Namen weiß ich immer noch nicht.«

»Stimmt«, sagte der andere, »das habe ich ganz vergessen. Ich heiße Coomara.«

»Ein mächtig anständiger Name«, rief Jack, »auf Eure Gesundheit und möget Ihr die nächsten fünfzig Jahr noch erleben.«

»Fünfzig Jahre«, sagte Coomara, »sehr nett. Wenn du fünfhundert gesagt hättest, wäre es etwas gewesen, das zu wünschen sich lohnt.«

»Bei den Gesetzen«, rief Jack, »Ihr bringt es auf ein beträchtliches Alter, hier unter Wasser. Ihr habt meinen Großvater noch gekannt. Er ist schon lange tot. Hier muß es sich aushalten lassen.«

»So ist es. Aber komm, Jack. Schnaps darf nicht stehn, er muß fließen.«

So leerten sie Glas um Glas, doch zu Jacks Erstaunen wurden sie nicht betrunken. Das mochte, so überlegte er sich, daher kommen, daß das Meer ihre Köpfe kühl hielt.

Der alte Coomara schien sich sehr wohl zu fühlen und begann zu singen. Aber von all den Liedern, die er da sang, konnte sich Jack später nur an einen Refrain erinnern:

Rum fum, budel bum.
Rippel dippel, nippel not,
Fippel fappel, foddel fot
Raffel taffel, knudel schwum.

Was das bedeuten sollte, fand er nie heraus. Vielleicht hatte es ja auch gar nichts zu bedeuten, wie das ja bei vielen leider heute so ist. Schließlich sagte Coomara zu Jack:

»Nun, mein Junge, will ich dir auch noch mein Kuriositäten-Kabinett zeigen.«

Darauf führte er Jack in einen Raum, in dem standen auf Brettern an der Wand viele Tausende von Hummerkörben.

»Nun, was sagst du dazu?« fragte Coomara.

»Bei meiner kleinen Seele«, antwortete Jack, »das kann sich sehen lassen, aber dürfte ich vielleicht erfahren, was es mit diesen Dingen da auf sich hat, die wie Hummerkörbe aussehen?«

»Ach, die Seelenkäfige meinst du?« – »Bitte, was, Herr?«

»In diesen Körben pflege ich die Seelen aufzubewahren.«

»Arrah! Wessen Seelen?« fragte Jack, »Ihr wollt doch nicht behaupten, daß Fische Seelen haben.«

»Oh nein«, erwiderte Coo ganz kühl, »Fische haben keine Seele, es handelt sich um die Seelen der ertrunkenen Matrosen.«

»Der Herr bewahre uns vor Kummer«, stammelte Jack, »wie in aller Welt seid Ihr zu diesen Seelen gekommen?«

»Ganz einfach. Wenn ein Sturm aufkommt, setze ich ein paar von diesen Körben aus, und dann, wenn Matrosen ertrunken sind und ihre Seelen den Körper verlassen, sind sie so zu Tode erschrocken, weil sie die Kälte nicht gewohnt sind, daß sie Zuflucht in diesen Körben suchen. Ich nehme sie mit heim, und hier haben sie es trocken und warm. Ist doch gut für die armen Seelen, daß es hierzulande noch eine solche Unterkunft für sie gibt!«

Jack war wie vom Donner gerührt. Er konnte kein Wort mehr hervorbringen. Sie gingen zurück in das Speisezimmer, und nach ein paar Gläsern Brandy, der wieder ausgezeichnet schmeckte, stand Jack auf. Er dachte an Biddy und fürchtete, sie könne sich Sorgen machen. Er sagte zu Coo, jetzt sei es für ihn Zeit, an den Heimweg zu denken.

»Wie du willst, Jack«, sagte Coo, »aber nimm doch noch ein Gläschen auf den Weg. Du hast eine kühle Reise vor dir.«

Jack wußte, daß es unhöflich ist, jemandem einen Abschiedsschluck abzuschlagen.

»Ich frage mich nur«, sagte er, »wie komme ich jetzt nur wieder nach Hause?«

»Mach dir keine Sorgen«, sagte Coo, »ich zeig dir schon den Weg.« Sie traten vor das Haus. Coomara nahm einen der Zylinder und setzte ihn zugeklappt Jack auf den Schädel, dann hob er Jack hoch, so daß er mit dem Kopf ins Wasser eintauchte.

»Gute Reise«, rief er dann, »du kommst genau an der Stelle aus dem Wasser, an der du mit mir hineingestiegen bist. Und noch eines Jack, wenn du oben bist, vergiß bitte nicht, den Hut wieder ins Wasser zu werfen. Wenn du mich aber einmal sprechen willst, dann wirf an dieser Stelle einen großen Stein in die Fluten.«

Darauf ließ er Jacks Beine los, und dieser schoß wie eine Luftblase nach oben und kam tatsächlich an eben diesem Punkt der Küste an Land, von dem sie aufgebrochen waren.

Er warf den Hut ins Wasser, und dieser versank auf der Stelle, als sei er schwer wie ein Stein.

Die Sonne war eben untergegangen, und Jack sah in einen ruhigen Sommerabendhimmel. Ein einzelner Stern zeigte sich schon, und die Wellen des Atlantik spiegelten seine Strahlen.

Es war schon recht spät, und Jack beeilte sich, heimzukommen. Daheim erzählte er Biddy wohlweislich kein Wort von seinen Abenteuern.

Aber das Bild der Hummerkörbe mit den armen Seelen beschäftigte ihn doch sehr, und er überlegte hin und her, wie er es anstellen könne, die Seelen der Matrosen zu befreien. Zuerst hatte er vor, mit dem Priester darüber zu reden. Aber was konnte ein Priester in diesem Fall schon tun, und was scherte sich Coo um einen Priester? Außerdem war Coo ja doch ein ganz netter Kerl und dachte sich wohl nichts Böses dabei. Jack mochte Coo.

Schließlich überlegte er sich, das beste werde wohl sein, Coo einmal zu sich zum Essen einzuladen, ihn betrunken zu machen und dann hinunterzufahren und die armen Seelen freizulassen.

Dazu war es zunächst einmal nötig, daß Biddy aus dem Weg war, denn Jack war gescheit genug, auch weiterhin all das vor ihr geheimzuhalten.

Jack gab sich nun plötzlich sehr fromm. Er sagte zu Biddy, es könne für ihr beider Seelenheil nichts schaden, wenn sie einmal eine Wallfahrt zur Saint John's Quelle bei Ennis unternehme. Biddy fand diesen Vorschlag nicht schlecht, würde sie doch bei diesem Ausflug auch ihre Verwandten wieder einmal besuchen können. Also brach sie eines schönen Morgens auf, nicht ohne Jack noch einmal eingeschärft zu haben, er solle ja im Haus nach dem Rechten sehen, solange sie nicht da sei.

Die Luft war rein.

Fort lief Jack zu dem Felsen und gab Coomara das verabredete Zeichen für eine Zusammenkunft. Er warf den Stein ins Wasser, und schwupp, schon tauchte Coo auf.

»Guten Morgen, Jack« sagte er, »was gibt's denn so früh am Morgen?«

»Nichts besonderes«, antwortete Jack, »ich wollte Euch nur fragen, ob Ihr Lust hättet, heute zu mir zum Essen zu kommen.«

»Gern, Jack. Um wieviel Uhr wär's denn recht?«

»Wann es Euch beliebt … nun, sagen wir gegen eins. Dann bleibt genug Zeit, daß Ihr noch bei Tageslicht wieder heimkommt.«

»Abgemacht«, sagte Coo, »bis dann … !«

Jack lief heim, kochte ein herrliches Fischessen und stellte soviel Schnaps auf den Tisch, daß man zwanzig Mann hätte betrunken machen können. Auf die Minute genau war Coo zur Stelle, seinen Zylinderhut unter dem Arm.

Das Essen war fertig. Sie setzten sich zu Tisch, ließen es sich schmecken und tranken, wie nur Männer trinken können.

Jack, der an die armen Seelen dachte, schenkte Coo eifrig nach, ermunterte ihn zu singen und hoffte, es werde ihm gelingen, den Wassermann unter den Tisch zu trinken. Er hatte aber nicht daran gedacht, daß er nun nicht mehr das ganze Meer über sich hatte.

Der Brandy stieg ihm in den Kopf, und als Coo abschob, lag sein Gastgeber stocksteif da wie ein Hering am Karfreitag.

Jack wachte erst am anderen Morgen wieder auf. Er fühlte sich elend.

»Das schaffe ich nie«, sagte er sich, »diesen alten Trunkenbold kann ich einfach nicht unter den Tisch trinken. Wie in aller Welt kann ich dann aber den armen Seelen in den Hummerkörben helfen?«

Nachdem er einen ganzen Tag mit Nachdenken sich abgequält hatte, kam ihm endlich ein erleuchtender Gedanke.

»Ich hab's«, rief er und schlug sich auf die Schenkel, »ich möchte schwören, daß Coo nie einen Tropfen poteen getrunken hat, so alt er auch ist. Damit kommen wir ans Ziel. Nur gut, daß Biddy zwei Tage fort ist, und ich alles noch einmal versuchen kann.«

Jack lud Coo also wieder zu sich ein, und Coo fragte teilnahmsvoll, ob es ihm inzwischen besser gehe, ein so standfester Trinker, wie sein Großvater einer gewesen sei, werde wohl aus ihm nie.

»Schon gut«, meinte Jack, »versuchen wir's noch einmal. Ich wette, heute trinke ich mit Euch, bis Ihr betrunken, wieder nüchtern und abermals wieder betrunken seid.«

»Da halt ich mit«, sagte Coo, »bin dir sehr verbunden.«

Während des Essens achtete Jack darauf, daß sein Schnaps immer reichlich mit Wasser verdünnt war, während er Coo den stärksten Brandy, den er im Keller hatte, einschenkte. Schließlich sagte er:

»Und nun, Euer Ehren ... habt Ihr je in Eurem Leben poteen getrunken? Den echten Gebirgstau?«

»Nein«, sagte Coo, »was ist denn das, wo kommt das Zeug denn her?«

»Oh, das ist mein Geheimnis«, antwortete Jack, »aber es ist ein gutes Stöffchen, das dürft Ihr mir glauben, fünzigmal besser als Brandy oder Rum. Biddys Bruder hat mir einen Tropfen davon geschickt, im Tausch gegen Brandy, und da Ihr ja ein Freund der Familie seid, möchte ich Euch gern damit bewirten.«

»Nun, wollen sehen, wie das Zeug schmeckt«, sagte Coomara.

Der poteen war von der rechten Sorte. Er war erstklassig, und er schlug ein. Coo war entzückt, er trank und sang »Rum fum, budel bum«, bis er zu Boden stürzte und augenblicklich fest einschlief. Sofort schnappte sich Jack, der eisern darauf geachtet hatte, daß er nüchtern blieb, den Hut, rannte zum Felsen, sprang in die Fluten und kam bald darauf in Coos Klause an.

Alles war still, wie auf einem Friedhof um Mitternacht – kein Wassermann, ob alt oder jung, war zu sehen. Er lief in das Kuriositäten-Kabinett und öffnete die Hummerkörbe. Zu sehen gab es da nichts. Nur eine Art Pfeifen und Zirpen ließ sich vernehmen. Darüber war er erstaunt, bis ihm einfiel, daß der Priester häufig erklärt harte, kein Sterblicher könne die Seele sehen, wie man ja auch den Wind oder die Luft nicht sehen kann.

Nachdem er glaubte, alles Nötige sei geschehen, um den armen Seelen ihre Freiheit wiederzugeben, stellte er die Hummerkörbe wieder an ihren Platz, schickte den Seelen ein Gebet nach und machte sich dann Gedanken über seine Rückkehr ins Diesseits. Er setzte den Zylinder so auf, wie er ihm von Coo bei seinem ersten Aufstieg aufgesetzt worden war, stellte aber dann fest, daß das Wasser hoch über seinem Kopf war, daß er es nicht schaffte, hinzugelangen, jetzt da kein Wassermann da war, der ihn hätte hochheben können. Er ging auf die Suche nach einer Leiter, konnte aber keine finden. Endlich gelangte er zu einer Stelle, an der das Wasser ziemlich weit nach unten durchhing.

Gerade in diesem Augenblick kam ein Heilbutt oben vorbei und ließ seine Schwanzflosse herabhängen. Jack schnellte hoch, bekam die Flosse des Fisches zu fassen, der Fisch wollte davon und zog ihn mit. Im Nu gelangte Jack zu dem Felsen zurück und schickte sich an, von dort aus nach Haus zu eilen. Dabei bedachte er nicht ohne Selbstgefälligkeit die gute Tat, die ihm gelungen war.

Unterdessen war daheim die Hölle los, denn kaum war Jack zu seiner Befreiungsexpedition aufgebrochen, da kam Biddy von ihrer Wallfahrt zurück. Als sie das Haus betrat, stieß sie auf ein unglaubliches Durcheinander, wie es eben entsteht, wenn ein Mann zweimal kocht.

»Das sieht ja heiter aus hier«, rief sie aus, »wie konnte ich nur diesen Mann heiraten. Offenbar hat er einen Vagabunden von der Landstraße hereingeholt, während ich für sein Seelenheil gebetet habe. Und was dann geschehen ist, läßt sich leicht erraten. Er hat mit ihm das Tröpfchen poteen getrunken, das noch übrig war.«

Aber es sollte noch schlimmer kommen.

Sie hörte fremdartige Laute und blickte auf Coomara, der unter dem Tisch lag und schnarchte.

»Heilige Jungfrau hilf«, schrie sie, »der Schnaps hat ihn in ein wildes Tier verwandelt. Klar doch, ich habe oft sagen hören, daß der Alkohol Männer zu Tieren werden läßt. Ach Jack, Lie … Liebling, was soll ich nur mit dir machen, oder was soll ich ohne dich machen? Wie kann eine anständige Frau daran denken, mit einem Tier zusammenzuleben?«

Unter solchen Wehklagen rannte Biddy aus dem Haus und wußte nicht wohin, als sie plötzlich Jacks vertraute Stimme hörte.

Froh genug war sie, ihn heil und gesund vor sich zu sehen.

Jack mußte nun, ob er wollte oder nicht, ihr die ganze Geschichte erzählen. Sie konnte ihm nicht lange böse sein. Zwar ärgerte sie sich, daß er ihr nicht schon eher etwas davon gesagt hatte, aber sie mußte auch anerkennen, daß er den armen Seelen einen großen Dienst erwiesen hatte.

Beide kehrten zusammen ins Haus zurück. Jack weckte Coomara, und als er merkte, daß der Wassermann immer noch einen Brummschädel hatte, bat er ihn, nicht böse zu sein.

»Schließlich ist das schon so manchem braven Mann so gegangen«, tröstete er ihn.

Er empfahl ihm, als Heilmittel das Haar eines Hundes zu schlucken, der ihn schon einmal gebissen habe. Coo aber wußte nicht, wo er ein solches Hundehaar herbekommen sollte. Er machte sich eilig davon. Ohne auch nur ein Wort des Dankes zu sagen, sprang er ins Salzwasser.

Coomara vermißte die Seelen nie. Er und Jack blieben gute Freunde. Noch an die fünfzig Mal erfand Jack Ausreden, die es ihm ermöglichten, in das Haus unter dem Meer einzusteigen und wieder und wieder jene Hummerkörbe zu öffnen, die inzwischen dazugekommen waren.

Eines Morgens aber, als Jack an der bewußten Stelle wieder einmal einen schweren Stein in die Wellen warf, tauchte kein Coomara mehr auf. Am nächsten Morgen versuchte es Jack abermals, aber auch diesmal hatte er keinen Erfolg. Da er aber keinen Zylinderhut besaß, war es ihm nicht möglich, sich hinab auf den Meeresboden tragen zu lassen, um nachzuschauen, was aus dem alten Coo geworden war.

In diesem Text parodiert sich die Feengeschichte fast selbst, und doch sind auch in ihm trivialisiert all jene Motive vorhanden, die sich schon in den großen Feentexten aus der Sagaliteratur vorfinden: eine Anderswelt unter oder hinter den Wellen, in dem sich ein Mangel, der in der realen Welt empfunden wird, in Überfluß verkehrt, die Vorstellung, daß die Toten dort wohnen und andere Zeitbegriffe gelten als in der Welt der Sterblichen. Noch unmittelbarer aber lebt der alte Totenglaube und die Erinnerung an eine weibliche Gottheit in der Erscheinung der Feenfrau, der Banshee, fort. Der Name kommt zustande durch die Zusammensetzung der gälischen Worte »bean« (Frau) und »sidhe« (Fee). Ein langgezogener, stechender Ton in der Nacht, der anschwillt und wieder leiser wird, traurig, aber zugleich süß-verlockend – so wird ihr Gesang beschrieben. Und der »keen« (caoine), der Totenschrei der Bauernschaft, soll eine Nachahmung dieses Gesanges sein.

Wenn die Banshee singt, kündigt sie damit den Tod eines Sterblichen an. Allerdings wird eine solche Vorwarnung ihres Ablebens nur Angehörigen jener irischen Familien zuteil, deren Namen mit »Mac« oder »O« beginnen, was anzeigt, daß es sich um einen Klan handelt, der von den Milesiern abstammt. Die Banshee zeigt sich auf dunklen Hügeln oder in Gebüschen in der Nähe des entsprechenden Hauses. Scharf kontrastiert ihre weiße Gestalt und das silbergraue Haar zum Nachtblau des Himmels. Ein grauweißes Gewand aus Spinn-

weben hängt um ihren dünnen Leib, der vor Kälte oder Trauer zittert und so dünn ist, daß man meint, der Wind müsse ihn zerbrechen. Das Gesicht ist bleich wie das eines Toten, die Augen blutunterlaufen vom endlosen Weinen. »Weiße Frau des Kummers« nennen sie die Leute auch, »Frau des Todes«, »Frau des Friedens« oder »Geist der Luft« und dabei wird jene ambivalente Aura spürbar, die die Banshee umgibt: Der Tod hat seinen Schrecken, aber es wohnt ihm auch ein Anflug erotischer Verlockung inne: Erinnerung an den Glauben der Wiedergeburt der Toten aus dem Schoß der großen Muttergöttin.

Unerkannt besucht die Banshee manchmal das Begräbnis des geliebten Toten. Dabei entringen sich ihrer Brust Schreie, die eigentlich unter den übrigen Totenklagen herausgehört werden müßten, weil sie so unwirklich sind, daß sie nicht aus der Brust eines Sterblichen stammen können. Die Banshee heult aber auch in dämonischem Vergnügen vor dem Sterben der Feinde jener großen alten Familien Irlands, und man sagt, sie nähre sich von Haß und Liebe. In ihrer großen Anhänglichkeit folgt sie Angehörigen dieser Familien über Land und Meer. Ihre Klagen wurden in England, in Amerika und in Australien gehört, und wo sonst immer Iren gezwungen waren sich niederzulassen. In Irland, aber vor allem in den schottischen Highlands, begegnet man einer Verwandten, der Bean-nighe (ausgesprochen Ben-nijeh). Man sieht sie an entlegenen Bächen die blutbefleckten Hemden jener waschen, die bald sterben werden. Sie ist klein, meist grün gekleidet und hat rote Schwimmhäute zwischen den Zehen. Sie kündigt Übel an, aber jedem, der sie erkennt, ehe sie ihn gesehen hat, und dem es gelingt, sich zwischen sie und das Wasser zu stellen, erfüllt sie drei Wünsche. Sie wird auch auf drei Fragen antworten, aber dann ihrerseits verlangen, auf drei Fragen Antwort zu erhalten, und die Antworten müssen ehrlich sein. Jeder, der kühn genug ist, eine ihrer herabhängenden Brüste zu ergreifen und daran zu saugen, kann sich als ihr Adoptivkind betrachten, und sie wird gut für ihn sorgen. Auch in ihre Verwandtschaft gehört die Caonteach, die nur noch wilder und großartiger auftritt. Wenn jemand sie stört, schlägt sie ihn mit dem nassen Linnen auf die Beine, und oft fault dem Opfer dann das Bein ab.

Im Zusammenhang mit der Banshee steht auch die Todeskutsche, ein durchsichtiges Gefährt. Hält es vor einem Haus, so bedeutet das, jemand wird hier am nächsten Tag sterben. Sie wird von einem Kutscher ohne Kopf gelenkt und von schwarzen, manchmal aber auch von weißen Pferden gezogen, die keine Schädel haben. Wenn jemand die Todeskutsche berührt oder ihren Wagenschlag öffnet, so spritzt ihm ein Schwall Blut ins Gesicht.

Bei der Vielzahl der Feenwesen ist es naheliegend, daß es auch einen Herrscher über ihr Reich geben muß. Es ist dies Fionnbhar (sprich: Finnwar), der Feenkönig von Ulster.

Von Fionnbhar oder Finvarra ist bekannt, daß er eine besondere Vorliebe für sterbliche Frauen hegt. Er hat zahlreiche Kundschafter in seinen Diensten, die herausfinden sollen, wo ein besonders hübsches Mädchen oder eine schöne Braut wohnt. Diese Mädchen werden dann durch Zauber in den Feenpalast von Knockma in Tuam versetzt. Die Feenmusik wiegt sie in süße Träume, über denen sie ihr irdisches Leben vergessen. In der Geschichte von »Ethna der Braut« wiederholt sich, gewissermaßen in der Sprache eines bäuerlichen und nicht mehr höfischen Erzählers, der bekannte Saga-Stoff von Etain, die Midhir im Tara der Könige von Eochaid entführt.

Ethna die Braut

Es war einmal ein großer Herr in einem Teil des Landes, der freite ein schönes Mädchen, das hieß Ethna, die schönste Braut weit und breit.

Ihr Mann war so stolz auf sie, daß er Tag für Tag ihr zu Ehren ein Fest geben ließ, und von morgens bis in die Nacht kamen Herren und Damen, und keiner dachte an etwas anderes als an Tanzen, sich Vergnügen und an die Jagd.

Eines Abends, als es gerade auf dem Fest besonders lustig zuging und Ethna in einer silbernen Robe, die von Juwelen zusammengehalten wurde, unter den Tanzenden schwebte, herrlich wie die Sterne am Himmel, ließ sie plötzlich die Hand ihres Tänzers los und sank ohnmächtig zu Boden.

Man trug sie in ihr Zimmer, aber sie blieb bewußtlos. Am Morgen erwachte sie und erzählte, sie sei in der Nacht in einem wunderschönen Schloß gewesen. Sie sei dort so glücklich gewesen, daß sie nur wieder schlafen und in ihren Träumen dorthin gehen wolle. Man ließ sie den ganzen Tag über nicht aus den Augen, aber als die Schatten des Abends sich senkten, fiel sie wieder in eine Trance, aus der nichts sie aufwecken konnte, und zwar, nachdem unter ihrem Fenster eine leise Musik zu vernehmen gewesen war.

Man setzte eine alte Amme zu ihr und hieß sie wachen, aber die Frau wurde schläfrig von der Stille und schlief endlich ganz und gar ein. Sie wachte nicht eher auf, als bis es wieder heller Tag war. Als sie zum Bett hinsah, stellte sie zu ihrem Schrecken fest, daß die junge Frau verschwunden war. Der ganze Haushalt war sehr bald auf den Beinen. Überall wurde gesucht. Aber weder im Schloß, noch in den Gärten oder im Park war Ethna zu finden. Der Mann schickte Kundschafter nach allen Himmelsrichtungen aus – keiner hatte sie gesehen, kein Zeichen, keine Spur fanden sich von ihr, weder bei den Lebendigen noch bei den Toten.

Dann bestieg der junge Herr sein schnellstes Pferd und ritt fort nach Knockma, um Finvarra, den König der Feen zu befragen, ob er etwas von der

Braut gehört habe, denn der junge Herr und Finvarra waren befreundet, und viele Fäßchen gefüllt mit gutem spanischen Wein ließ man nachts vor den Fenstern des Schlosses stehen, damit die Feen sie mitnähmen. Wie konnte er wissen, daß Finvarra selbst zum Verräter geworden war. Also ritt er wie wild, bis er Knockma, den Hügel der Feen, erreicht hatte.

Und als er sein Pferd an dem Rath der Feen zügelte, hörte er Stimmen in der Luft, und eine dieser Stimmen sagte:

»Recht froh ist Finvarra, daß er doch noch zu so einer schönen Braut gekommen ist. Das Mädchen wird ihren Mann nie wiedersehen.«

»Und doch«, antwortete eine andere Stimme, »wenn er einen Spaten an den Hügel setzte und bis zum Mittelpunkt der Erde graben würde, könnte er seine Braut finden, aber das ist schwere Arbeit, und Finvarra hat mehr Kraft als ein Sterblicher.«

»Das wollen wir erst noch sehen!« rief da der junge Herr. »Weder Feen, noch Teufel, noch Finvarra sollen sich zwischen mich und meine schöne junge Frau stellen.« Und sofort gab er Befehl, alle Arbeiter des Landes sollten sich mit Spaten und Spitzhacke versammeln und solange graben, bis sie auf das Feenschloß stießen.

Die Arbeiter kamen, eine große Menge, und sie gruben einen tiefen Graben in den Hügel bis in seinen Mittelpunkt. Am Abend gingen sie heim, und als sie am Morgen wiederkamen, da war nichts mehr von einem Graben zu sehen. Da sah der Hügel aus, als habe ihn nie ein Spaten berührt. Denn Finvarra wollte es so, und er hat Macht über Erde, Luft und See.

Aber der junge Herr war ein tapferer Mann in seinem Herzen, er hieß seine Männer mit der Arbeit fortfahren, und wieder schaufelten sie einen Graben bis in den Mittelpunkt dieses Hügels. Wieder gingen sie am Abend heim, um sich auszuruhen, und wieder war, als sie am Morgen wiederkehrten, das Erdreich des Hügels völlig unversehrt.

Da war dem jungen Herrn, als müsse er vor Wut sterben, aber plötzlich hörte er eine Stimme in der Luft flüstern:

»Besprengt die Erde, die ihr ausgehoben habt, mit Salz, und sie werden eure Arbeit nicht wieder rückgängig machen können.«

Da kam wieder neues Leben in sein Herz, und er ließ im ganzen Reich ausrufen, Salz müsse her. Am Abend aber wurde es über das ausgehobene Erdreich gestreut.

Am nächsten Morgen waren alle gespannt, was geschehen sei. Zu ihrer Freude war der Graben nicht wieder zugeschüttet worden. Da wußte der junge Herr, daß er Macht hatte über Finvarra, und er bat seine Männer, fleißig weiter zu graben, denn weit konnte es nun bis zum Palast der Feen nicht mehr sein.

Plötzlich, als sie noch weiter vorangekommen waren, hörten sie Feenmusik in der Luft.

»Seht ihr«, sagte einer, »Finvarra ist besorgt. Wenn nämlich ein Sterblicher mit seinem Spaten seinen Feenpalast berührt, dann zerfällt er zu Staub und wird fortgeweht wie ein Nebel.«

»Dann soll Finvarra eben die Frau herausgeben. Er hat seine Ruhe, und wir haben auch unsere Ruhe«, meinte ein anderer.

In diesem Augenblick hörte man die Stimme Finvarras. Klar wie das Signal aus einem silbernen Horn drang sie durch den Hügel.

»Hört auf«, rief er, »legt euren Spaten fort, ihr Sterblichen, und bei Sonnenuntergang wird die Braut ihrem Mann zurückgegeben werden. Ich, Finvarra, habe gesprochen.«

Da ließ der Herr die Arbeit einstellen, und sie warteten bis Sonnenuntergang. Darauf bestieg er seine große kastanienfarbene Stute, ritt bis zum Rand des Grabens und wartete dort. Ein rotes Licht fuhr über den ganzen Himmel, und dann sah er seine Frau den Pfad entlangkommen in ihrem Kleid aus silbernen Spinnweben, schöner als je zuvor, und er sprang aus dem Sattel, hob sie vor sich aufs Pferd und ritt mit ihr wie der Sturmwind zu seinem Schloß davon. Und dort legte er Ethna auf ihr Bett, aber sie schloß die Augen und sagte kein Wort. Tag um Tag verging, und immer noch redete sie nicht, noch lächelte sie. Sie schien wie in Trance. Große Sorge überkam alle, denn sie fürchteten, sie hätte vielleicht von der Nahrung der Feen gegessen und der Zauber könne nie mehr gebrochen werden. Der junge Herr war sehr elend. Aber als er eines Abends heimgeritten kam, hörte er Stimmen in der Luft, und eine dieser Stimmen sagte:

»Es ist nun ein Jahr und einen Tag her, daß der junge Herr seine schöne Frau von Finvarra heimgebracht hat. Aber was hat das genutzt? Sie spricht nicht, sie ist wie tot, denn ihr Geist ist bei den Feen, obgleich ihre äußere Hülle bei ihm ist.«

Und die andere Stimme antwortete:

»Und so wird es bleiben, bis der Zauber gebrochen ist. Er muß den Gürtel an ihrer Hüfte lösen, der mit einer verzauberten Nadel befestigt ist, er muß Asche vor die Tür streuen und die verzauberte Nadel in der Erde vergraben, dann wird ihr Geist auch aus der Anderswelt zurückkehren, und sie wird wieder sprechen und lebendig sein.«

Als er das hörte, gab der junge Herr seinem Pferd die Sporen. Er erreichte das Schloß, eilte in das Zimmer, wo Ethna stumm und schön wie eine Wachsfigur lag. Entschlossen, nun zu prüfen, ob die Stimmen die Wahrheit gesprochen hatten, öffnete er den Gürtel und nach großen Schwierigkeiten zog er die Zaubernadel heraus. Er verbrannte den Gürtel, streute die Asche vor die

Tür und vergrub die Nadel in einem tiefen Loch in der Erde unter einem Feendorn, damit niemand sie wieder ausgrabe. Darauf kehrte er zu seiner jungen Frau zurück, die lächelte, als sie ihn ansah. Groß war seine Freude, als er sah, daß die Seele in die schöne Gestalt zurückgekehrt war. Er küßte sie, und nun vermochte sie auch wieder zu sprechen und sich zu erinnern, aber das Jahr, das sie im Feenland verbracht hatte, schien ihr wie der Traum einer Nacht, aus dem sie eben erwacht war.

Darauf unternahm Finvarra keinen Versuch mehr, sie zu entführen, aber der tiefe Graben in dem Hügel ist bis zum heutigen Tag zu sehen und heißt »The Fairy's Glen«. Also kann kein Zweifel daran bestehen, daß die Geschichte auch wahr ist.

Während Feen sich meist auf die Göttergestalten der Tuatha de Danann zurückverfolgen lassen, sind auch prominente Gestalten historischer Adelsgeschlechter heute als Feen in der Anderswelt zu finden. So Earl Gerald (gälisch Georoidh Iarla), der auf einem Rath bei Mullymast sein Schloß hatte und später auf einer Stute mit silbernen Hufen häufig beim Umreiten des Curragh of Kildare gesehen wurde. Dieser irische Adlige aus dem Haus der Fitzgeralds ist so etwas wie ein irischer Barbarossa und die große Höhle unter dem Rath ein gälischer Kyffhäuser, denn in ihr wartet Earl Gerald mit seinen Rittern schlafend bis zu dem Tag, da er den Kampf mit den Engländern um die Herrschaft über Irland beginnen wird.

Ähnliches gilt für die O'Donoghues, die der Sage nach Ross Castle bei Killarney erbaut haben sollen, das später kampflos an die Truppen Cromwells fiel. Aus einem der Fenster von Ross Castle soll der berühmte Prinz O'Donoghue in die Fluten des Sees hinabgesprungen und so ins Feenreich eingegangen sein.

In einer anderen Version über seine Verwandlung in einen Feenprinzen klingen frühkeltische Motive mit an.

Ihr zufolge war O'Donoghue der reichste und stolzeste Mann seiner Zeit in ganz Kerry und konnte durch seine Kenntnisse der schwarzen Kunst Wunder vollbringen. Aber bei all seinem Reichtum und seinen Zauberkräften war er zunächst doch ein Sterblicher. Also ging sein Verlangen, als er älter wurde, vor allem dahin, den Tod zu besiegen. Er schloß sich für sieben lange Wochen in das Turmzimmer von Ross Castle ein und studierte dort Zauberbücher. Keiner wußte, woraus die seltsame Brühe bestand, die er hinter verschlossenen Türen köchelte. Dann rief er eines Tages seine Frau zu sich. Als sie die Kammer betrat, eröffnete er ihr, er wolle wieder jung werden, und dazu brauche er ihre Hilfe.

»Siehst du dort diesen Kessel«, sagte er, »du mußt mich mit einem Messer, das einen schwarzen Griff hat, in Stücke schneiden; und die Stücke wirst du in den Kessel werfen. Dann verschließe die Tür, und in sieben Wochen wirst du*

mich wieder am Leben finden, aber nicht größer als ein dreijähriges Kind. Kann ich mich auf dich verlassen?«

»Wenn du es befiehlst, will ich es wohl tun«, antwortete die arme Frau.

»Besser, wir machen erst einen Versuch«, sagte er, »denn solltest du plötzlich bei dem Experiment Angst bekommen, wird von mir nicht mehr übrig bleiben als von einer Tür die Angel. Ich lese dir jetzt einige Seiten aus meinem schwarzen Buch vor, aber wenn du vor Angst oder Schrecken schreist, werde ich für immer ausgelöscht sein.«

Also steckte er die Nase in die Seiten seines Zauberbuches, und während er las, erschienen die gräßlichsten Dinge der Welt, und es gab ein solches Getöse, als werde das Schloß im nächsten Augenblick in tausend Teile zerbrechen.

Die gute Frau ertrug alles recht tapfer, bis sie ihr eigenes Kind tot vor sich auf dem Tisch liegen sah. Da konnte sie nicht mehr länger an sich halten und stieß einen lauten Schrei aus.

Das Schloß zitterte wie Laub im Wind, und O'Donoghue sprang aus dem Fenster und verschwand in den Gewässern des Loch Lein (See von Killarney). Sein Pferd, sein Stuhl, sein Tisch, seine Bücher verschwanden mit ihm, und alles wurde zu Stein verwandelt. Also vollzog sich O'Donoghues Fahrt in die Anderswelt, wo er bis heute in einem schönen Palast auf dem Grund des Sees leben soll. Manchmal zeigt er sich den Eingeborenen, nie einem Fremden. Mal tut er gute Taten, mal narrt er die Sterblichen.

O'Donoghue zahlt eine Pacht

»Klage und zehnmal Klage. Die Welt ist weit, aber was soll ich noch in ihr und wohin soll ich mich wenden?« stammelte Bill Doddy, als er auf einem Felsen am See von Killarney saß.

»Was ist da überhaupt noch zu tun? Morgen ist der Tag der Pachtzahlung, und Tim, der alte Antreiber, schwört, wer die Pacht nicht zahlt, den wird er auf die Straße setzen. Judy, die Kinder und ich, wir werden verhungern müssen, wenn man uns unter das fahrende Volk stößt, denn Gott weiß, ich besitze nicht einmal einen halben Penny. O wirra waher, daß ich erleben muß, daß es dahin kommt.«

»Was habt Ihr, armer Mann?« sagte ein großer, stattlich aussehender Gentleman, der eben in diesem Augenblick aus dem Ginsterbusch trat.

Nun saß Bill, wie gesagt, auf einem Felsen und überschaute ein weites Stück Land. Nichts blieb dabei seinem Blick verborgen, außer eben jenem Ginstergesträuch, das in einer Senke am Rand des Sees aufwuchs. Und er war nicht wenig erstaunt, als er plötzlich dort einen feinen Herrn heraustreten sah. Er fragte sich, ob der Fremde von dieser Welt sei oder aus einer anderen, aber dann faßte er sich doch ein Herz und erzählte ihm, wie schlecht die Ernte gewesen war, daß ein übelwollender Nachbar ihm auch noch die Butter verhext hatte und wie Tim, der Antreiber, ihn nun mit der Exmittierung bedrohte, wenn er nicht den Zins auf Schilling und Penny genau bis zwölf Uhr am nächsten Tag zahlte.

»Eine traurige Geschichte in der Tat«, sagte der Fremde, »aber gewiß wird doch auch der Agent Eures Herrn ein Einsehen haben, wenn er von Eurem Pech hört.«

»Wiha, seit wann hat ein Agent ein Herz«, sagte Bill, »offenbar kennt Ihr Euch mit den Agenten der Großgrundbesitzer nicht so genau aus. Außerdem hat er schon seit langem ein Auge auf meine Farm geworfen. Er möchte sie gern für sein Ziehkind haben. Nein, nein, ich kann von diesem Schurken wirklich keine Gnade erwarten. Er setzt uns auf die Straße. Das ist so sicher wie das Amen in der Kirche.«

Bei den letzten Worten räusperte sich der Fremde, so, als sei etwas für ihn Unangenehmes erwähnt worden.

Dann sagte er: »Hier, nehmt das, mein Freund«, und er schüttete den Inhalt seiner Geldbörse in Bills alten Hut. »Zahlt den Kerl damit«, fuhr er fort, »ich will dafür sorgen, daß er keine Freude an diesem Zins hat. Ich kann mich noch an Zeiten erinnern, da ging es anders zu in diesem Land. Damals hätte man einen solchen Schurken aufgehängt, ehe auch nur einer imstande gewesen wäre, ›Fin MacCool‹ zu sagen.«

Bill starrte so lang und eindringlich auf die Goldstücke, daß ihm beinahe die Augen aus dem Kopf herausgesprungen wären, und als er aufsah und seinem Wohltäter danken wollte, war dieser verschwunden. Mit Blicken suchte er das umliegende Gelände ab, und es war ihm, als sehe er da jemanden auf einem weißen Pferd weit draußen auf dem See davonreiten.

»Bestimmt war das der Prinz O'Donoghue, Gott segne ihn«, flüsterte Bill, als das Pferd mit dem Reiter verschwunden war. »Tomasheen Dannihy, der in der Kupfermine schafft, hat ihn auch eines Morgens am See gesehen, gefolgt von all seinen Männern zu Pferde. Jeder hatte ein blankes Schwert in der Hand, das strahlte so hell wie ein Blitz, und am Pferd aufgebunden führte noch jeder eine Muskete mit. Und Ned Doolin, der Bootsmann, sah ihn in der Nähe der Kaninchen-Insel. Er war ganz in Weiß, trug einen spitzen Hut und Schuhe mit großen Spangen dran. Und jetzt ist er also auch mir begegnet. O Wunder!«

Und er rannte wie ein Verrückter davon, um Judy von O'Donoghue zu erzählen, ihr die Goldstücke zu zeigen und sie an seiner Freude teilhaben zu lassen.

Am nächsten Tag stand Bill vor dem Agenten, nicht den Hut in der Hand, die Augen niedergeschlagen und mit zittrigen Knien, sondern gerade wie ein Eschenbaum, wie ein Mann, der weiß, daß man ihm nichts anhaben kann.

»Warum nimmst du deinen Hut nicht ab, Bursche? Weißt du nicht, daß du mit einer Respektsperson redest?« fragte der Agent.

»Ich weiß, daß ich nicht mit dem Bischof rede«, antwortete Bill, »und tatsächlich zieh ich meinen Hut nur vor Menschen, die ich liebe. Das Auge, das uns alle sieht, weiß, daß wenig Grund besteht, Euch zu respektieren oder zu lieben.«

»Nichtsnutz«, rief der Agent, die Stirn schwarz wie die Schürze eines Schmiedes vor Zorn, »dir will ich beibringen, was es einbringt, aufsässig zu sein. Ich habe die Macht. Denk dran!«

»Die Macht, bis an die Küste dieses Landes, ich weiß«, sagte Bill, das Haupt immer noch bedeckt, als sei er der Bruder von Brian Boru und rede mit einem dänischen Seeräuber.

»Hast du den Zins?« fragte der Agent. »Wenn auch nur ein Penny fehlt, setze ich dich auf die Straße, noch ehe es Nacht wird.«

»Hier ist das Geld, und Ihr werdet mir bitte auch sofort eine Quittung schreiben«, sagte Bill und warf ihm das Gold auf den Tisch.

Dem Agenten brachen die Augäpfel fast aus den Höhlen, als er die Münzen sah, denn es waren echte Gold-Guineas und nicht zerschlissene Banknoten, die eigentlich nur noch als Fidibus taugten.

Er nahm das Geld, stellte die Quittung aus, und Bill ging davon, stolz wie ein Pfau mit zwei Schwänzen.

Als der Agent ein paar Minuten später an seinen Schreibtisch trat, lag dort, wo er die Goldstücke hingelegt hatte, ein Haufen Pfefferkuchen. Er fluchte und schrie, aber es hatte alles keinen Zweck. Auf den Kuchen war der Kopf des Königs eingeprägt, gerade so wie auf den Guineas. Zwecklos über die Sache ein Wort zu verlieren, die Leute hätten ihn nur ausgelacht. Von dieser Stunde an wurde Bill Doody reich. Was immer er begann, es gelang ihm, und er segnete noch oft den Tag, da er den Prinzen O'Donoghue traf, der bei den Feen in der Anderswelt lebt, auf dem Grund des Sees von Killarney.

Die Vision des Mac Conn Glinne

Cathal, König von Munster, war ein guter König und ein großer Krieger. Aber es kam dahin, daß ein gesetzloses wildes Biest in seinem Körper Behausung nahm, weshalb er ständig Hunger verspürte, der nicht gestillt werden konnte. Schon zum Frühstück verschlang er nun gewöhnlich ein ganzes Schwein, eine

Kuh und ein Kalb und drei Dutzend Weizenkuchen und trank dazu ein ganzes Faß frisches Bier aus. Wenn er aber irgendwo ein Festmahl hielt, bedeutete das den Ruin für den ganzen Bezirk, der all die Nahrungsmittel für den gefräßigen König aufzubringen hatte.

Nun lebte in Armagh ein berühmter junger Gelehrter mit Namen Anier Mac Conn Glinne, der hörte von der seltsamen Krankheit des Königs Cathal und von den Unmengen an Essen und Getränken, an Weizenmehl, Bier und Met, die am Königshof verbraucht wurden. Also machte er sich dorthin auf, um sein Glück zu suchen und den König von seinen Leiden zu kurieren.

Er war zeitig am Morgen auf den Beinen, krempelte die Ärmel seines Hemdes hoch und hüllte sich in seinen faltenreichen Mantel. In seine rechte Hand nahm er einen knorrigen Stock, sagte seinen Freunden Lebewohl und ging fort.

Er reiste über Land, quer durch ganz Irland, bis er an das Haus des Pichan kam. Dort blieb er, erzählte Geschichten, und alle wurden vergnügt.

Aber Pichan sprach:

»All die Fröhlichkeit, die du uns schenkst, macht mich tief im Herzen nicht froh.«

»Was nagt dort?« fragt Mac Conn Glinne.

»Weißt du nicht, Mann, daß heute abend Cathal mit seinem ganzen Hofstaat hier einfällt? Der Hofstaat macht Mühe, aber der König macht Kummer. Seine Freßsucht ist nur mit einer der Plagen zu vergleichen, die Gott über das Ägypterland kommen ließ. Dreierlei müßte wenigstens zur Stelle sein: Ein Sack Hafer, ein Sack Äpfel und ein Sack voller Kuchen. Dererlei stopft er als Vorspeise in seinen Rachen, der Unersättliche.«

»Wie wäre es«, sprach Mac Conn Glinne, »wenn ich den König von seiner Freßsucht heilte!«

»Das ganze Land würde dir die Füße küssen, aber davon wird keiner reich. Also besser, ich verspreche dir je ein weißes Schaf aus jedem Pferch zwischen Carn und Cork.«

»Einverstanden und abgemacht«, antwortete Mac Conn Glinne. Cathal, der König, kam mit seinem Gefolge und einem Trupp Berittener. Kaum hatte der König sich hingesetzt und auch nur die Schnürsenkel gelöst, da begann er auch schon, jeden Apfel in Reichweite in sich zu stopfen.

Pichan und die Männer von Munster blickten traurig und sorgenvoll drein, weil sie ihre Zweifel hatten, ob Mac Conn Glinne gelingen werde, was er versprochen hatte.

Der aber stand auf, griff nach einem Wetzstein, stopfte ihn sich in den Mund und begann, darauf herumzukauen.

»Bist du närrisch, mein Junge, oder was ist dir?« fragte Cathal.

»Ach … nichts weiter«, war die Antwort, »es schmerzt mich, Euch allein essen zu sehen.«

Da schämte sich der König und warf ihm einen Apfel zu, und man sagt, es seien zuvor drei Halbjahre vergangen, seitdem er sich das letzte Mal habe zu einer solchen Wohltat hinreißen lassen.

»Erlaubt mir, daß ich mir etwas wünsche«, bat Mac Conn Glinne. »Genehmigt bei meiner Ehre«, sagte der König.

»Dann wünsche ich mir, daß Ihr eine Nacht mit mir fasten sollt.«

Der Gedanke allein war furchtbar für den König, aber er hatte den Wunsch bei seiner Ehre zugestanden, und wo kämen wir hin, wenn auf ein Königswort kein Verlaß mehr wäre.

Am Morgen bestellte Mac Conne Glinne saftigen Schinken, zartes Roast Beef, Honig in einer Wabe und englisches Salz, das man in einem schön polierten Gefäß aus Silber herbeitrug. Ein Feuer brannte im Kamin: ohne Rauch, ohne Gestank, ohne Funken. Mac Conne Glinne spießte Fleischstücke auf und schickte sich an, sie über dem Feuer zu rösten. Dann rief er:

»Seile und Schnüre her … und starke Männer!« Die Stricke wurden gebracht, und die stärksten Krieger kamen.

Er hieß sie, den König ergreifen und ihn so festbinden, daß dieser sich nicht mehr bewegen konnte. Dann setzte er sich vor ihn hin, nahm das Messer aus dem Gürtel, schnitt ein Stück von dem gerösteten Fleisch ab, tauchte es in Honig und führte es vor dem Mund des Königs spazieren.

Als der König sah, daß er nichts bekommen und vierundzwanzig Stunden würde fasten müssen, schrie und schalt er und befahl, man solle Mac Conn Glinne töten.

Aber das wagte keiner.

»Nur ruhig«, sagte der, »es ist nicht der König, der da befiehlt. Es ist das gesetzlose, wilde Biest, das aus ihm spricht.«

»Herr König«, fuhr Mac Conn Glinne fort, »letzte Nacht hatte ich eine Vision. Ich muß Euch davon erzählen.«

Und während er zu rezitieren begann, führte er Fleischbrocken um Fleischbrocken an dem Mund und der Nase des Königs vorbei und aß sie am Ende selbst. Dies aber war es, was er sang, wenn er gerade nicht zu kauen hatte:

Einen See aus frischer Milch sah ich,
In der Mitte einer lieblichen Ebene.
Darin lag ein wohlgefügtes Haus auf einer Insel,
Das Dach mit Butter gedeckt,
Puddings, frisch gekocht,

Dienten als Dachrost.
Zwei weiche Türpfosten aus Schlagsahne,
Als Betten herrliche Schinken,
Die Zaunstangen – Käse,
Würste die Balken.
Wahrlich, ein reich gefülltes Haus war dies,
Mit genügend Vorrat für den Hunger des stärksten Essers.

»Als ich nun diese Vision hatte«, erzählte Mac Conn Glinne, »hörte ich, wie mir jemand ins Ohr flüsterte:

›Geh keinen Schritt weiter, Mac Conn Glinne. Du weißt doch, was das Essen angeht, verträgst du nicht viel.‹

›Was ist da zu tun?‹ fragte ich, denn die Vision hatte mich recht freßgierig werden lassen.

Da forderte die Stimme mich auf, weiterzugehen, bis ich zu der Einsiedelei des Zauberdoktors käme. Dort würde mir schon der Hunger werden, den es für eine solche Fülle leckerer Speisen braucht. Im Hafen auf dem See entdeckte ich ein hübsches Boot aus Rindfleisch. Das Heck war aus Fett, der Bug aus Butter, die Ruder aus Streifen von Wildfleisch. Ich ruderte hin über die Weite des Frischen Milchsees, durch die Strömung von Brühe, an den Flußmündungen aus Pastete vorbei, über die Strudel von Buttermilch, vorüber an den Inseln aus Käse. Ich umschiffte vorsichtig die Vorgebirge aus altem Quark, bis ich zu Füßen des Buttergebirges wieder festen Boden betrat und im Land der Früh-, Viel- und Alles-Fresser vor der Eremitage des Zauberdoktors stand.

Wunderbar wahrlich sah diese Einsiedelei aus. Umgeben war sie von siebenhundert Stapeln, aufgesetzt aus gut abgehangenen Schinken. Statt Dornen auf jeder Stakete des Zaunes sah ich leuchtendes Fett. Das Tor war aus Sahne, die Riegel bestanden aus Dauerwurst.

Auf dem Hof traf ich den Türsteher Speckbursch, einen Mann aus dem Butterklan, in weichen Sandalen aus altem Frühstücksspeck, mit Beinkleidern aus Kochfleisch, einem Hemd aus Roast Beef, den Gürtel aus Lachshaut, den Heim aus Grießbrei, so saß er auf einer Stute aus Speck. Deren vier Hufe waren aus Haferbrot, ihre Ohren aus Quark, und sie hatte Augen aus Honig im Kopf. In der Hand hielt er eine Peitsche. Die Peitschenschnüre waren vierundzwanzig feine weiße Puddings, und allein jeder saftige Tropfen, der von einem der Puddings herabfiel, hätte einen gewöhnlichen Sterblichen satt werden lassen.

Als ich weiterging, stieß ich auf den Zauberdoktor. Statt in Handschuhen steckten seine Hände in Rumpsteaks, denn er war gerade dabei, in seinem Haus Ordnung zu schaffen, an dessen Wänden Kutteln hingen.

In der Küche saß der Sohn des Zauberdoktor mit einem Fischhaken aus Fett in der Hand, der hing an einer Schnur aus Rindermark. Damit angelte der Bursche in einem Teich voller Wein. Mal landete er einen Schinken, dann wieder einen zarten Rehrücken. Schließlich aber stürzte er vor lauter Gier nach noch üppigeren Fängen in den Teich und ertrank. Ich trat in ein Nebenzimmer. Ein Sofa stand dort. Aber wie konnte ich ahnen, daß es aus nichts als aus Butter bestand. Ich setzte mich und versank in dem goldgelben Brei bis zu den Haarspitzen. Acht Männer hatten alle Mühe, mich wieder herauszuhieven.

Endlich führte man mich vor den Zauberdoktor. ›Was fehlt dir?‹ fragte er mich.

›Ach, ständig wünsche ich mir, ein großes Stück von jeder Fleischsorte, die es auf der Welt gibt, liege vor mir, um endlich einmal voll und ganz den Hunger stillen zu können, der in mir zwackt.‹

›Wahrlich‹, meinte der Doktor, ›das ist ein böses Übel. Aber ich will dir ein Rezept verraten, das wird dich und einen jeden, dem es so geht wie dir, von der Freßsucht heilen.‹

›Also, was verschreibt ihr?‹ fragte ich ungeduldig. ›Wenn du heute abend heimkommst, so wärme dich erst einmal vor einem rotglühenden Eichenfeuer gut durch … Mach dann dreimal neun Brocken, ein jeder so groß wie ein Fasanenei. In jedem Brocken soll ein Anteil Mehl aus jeder Getreideart sein: Weizen und Hafer, Gerste und Roggen. Dazu gibst du etwas Soße, einen winzigen Tropfen, soviel eben wie zwanzig Männer sich auftun, die nicht unter dieser Krankheit leiden.

Ehe du nun immer einen Brocken ißt, trinkst du jeweils einen guten Schluck dick-sahniger Milch. Und hast du den Brocken heruntergeschlungen, so vergiß nicht, noch einmal Sahne nachzuschütten. Ist dies geschehen, dann wirst du so sicher wie das Amen in der Kirche von deiner Freßsucht geheilt sein. Und nun geh'‹, fuhr er fort, ›im Namen des fetten Käses, möge der saftige Schinkenspeck deinen Weg glätten. Die gelbkremige Sahne sei mit dir, ein Kessel voller Kartoffelsuppe erleuchte dein Angesicht …!‹«

Als nun Mac Conn Glinne seine Vision rezitiert hatte, mit der Aufzählung der herrlichen Fleischsorten und der Beschreibung des Duftes der in Honig getauchten Brocken, die am Spieß steckten, kam das gesetzlose Biest, das im König saß, aus dessen Bauch heraufgestiegen und setzte sich lauernd auf dessen Lippe. Da bewegte Mac Conn Glinne seine Hand, in der er die Spieße hielt, gegen den Mund des Königs hin, wo das gesetzlose Biest hockte und danach gierte, davon zu fressen. Mac Conn Glinne aber achtete darauf, daß er mit den Spießen nicht weiter als eine Armlänge an die Lippen des Königs herankam. Das gesetzlose Biest sprang aus dem Mund hervor, verbiß sich in den Spieß. Mac Conn Glinne aber legte jenen Spieß, nach dem es geschnappt hatte und an dem es nun hing, in die Glut des Herdfeuers und stellte den Kessel des königlichen Haushaltes darauf. Also saß das gesetzlose Biest gefangen. Dann räumte man das ganze Haus leer, bis sich schließlich außer dem Kessel, dem Spieß und dem Feuer nicht einmal das Bein einer Küchenschabe darin befand und zündete es an allen vier Ecken an.

Als da nur noch ein rotlodernder Turm aus Flammen war, flüchtete das gesetzlose Biest auf die Dachbalken, und als es ihm schließlich auch dort zu brenzlig wurde, sprang es auf in die Luft, und es ward auf Erden nie mehr gesehen, wohl aber in der Hölle. Dem König aber richtete man ein Bett mit Federkissen, und Musikanten und Sänger, Barden und Gaukler unterhielten ihn von Mittag bis Mitternacht. Dann verfiel er in einen tiefen, wohltätigen Schlaf. Als er danach erwachte, war er endgültig geheilt. Aus Dankbarkeit schenkte er Mac Conn Glinne eine Kuh aus jedem Bauernhof und ein Schaf aus jedem Gehöft in Munster. Zudem machte er ihn zum Vorschneider und Speisenabschmecker an der königlichen Tafel.

Also ward Cathal, König von Munster, von seiner Freßsucht befreit, und Mac Conn Glinne gewann dabei großen Ruhm.

Kehren wir nach dieser Umschau unter den einzelnen Feenwesen wieder zu der Frage nach der Entstehung und Entwicklung der Vorstellung von der Anderswelt zurück.

Eine Theorie, die von den Texten des mythologischen Zyklus bzw. dem »Buch der Invasionen« ausgeht, besagt, Feengeschichten seien Erinnerungen an die Urbevölkerung eines Landes, die von Eroberern besiegt und unterdrückt worden ist. Die Unterlegenen zogen sich in unwegsame Gegenden zurück, in unterirdische Verstecke. Sie überfielen hin und wieder die Eroberer. Verständlicherweise mußten sie in der Nacht tätig werden und heimlich vorgehen. Angereichert wurden die Erinnerungen an solche Zwischenfälle mit den Mythen der Eroberer selbst, der keltischen Stämme vom Kontinent.

Eine zweite Theorie hält nun Feen für ehemalige Götter und Helden, deren Bedeutung und Größe in dem Augenblick dahinschwand, als neue Götter eingesetzt wurden.*

Für diese Theorie finden sich einige überzeugende Beispiele. So, wenn einer der Unsterblichen unter den Tuatha de Danann, nämlich Fionnbhar (sprich: Finnwar), der in dem Sidh Meadha Wohnung nahm, uns jetzt als Feenkönig von Ulster mit gleichem Namen und gleichem Wohnsitz, nämlich in einem Hügel fünf Meilen westlich von Tuam, wiederbegegnet, oder ein irdischer Fürst auf die Entführung seiner Frau durch eben diesen Feenkönig genau so reagiert wie im mythologischen Zyklus Eochaid auf die Entführung Etains durch Midhir.

So, wenn aus einem bekannten, aber von den Engländern besiegten Häuptling aus dem Klan der O'Donoghues ein Feenprinz wird, der auf dem Grund des Sees von Killarney wohnt, welcher durch Feenzauber einen armen Pachtbauern rettet und einen unbarmherzigen und im Volk verhaßten Agenten eines englischen Großgrundbesitzers bestraft und demütigt, ein Feenprinz, in dessen Macht es auch steht, ein Spitzenspiel in Hurling zwischen einer Feenmannschaft aus Waterford und einer anderen aus Kerry zu arrangieren.

Selbst hinter dem Lepracaun scheint, wenn man an die mittelalterliche Geschichte um den Feenkönig Iubdan denkt, dessen stärkster Untertan eine Distel köpft, einmal ein Gott gestanden zu haben.

Eine dritte Theorie hält die Feen für Personifizierungen von Naturgeistern. Die frühen Menschen glaubten bekanntlich, daß jedes Objekt eine spirituelle und physikalische Natur habe. Ein Baumgeist wurde nach dieser Theorie in späteren Zeiten anthropomorphisiert, also vermenschlicht und zur Dryade. Aus einem Wassergeist wurde eine Undine. Der Geist eines Berges oder Hügels wurde zu einer Fee, die unter einem Strauch, in einem alten Fort oder im Innern des Hügels selbst wohnte. Auch für diese Theorie lassen sich viele Geschichten als Beleg anführen. Dabei kann man auch die allmähliche Bewußtseinsveränderung vom Magischen zum Mythischen erkennen.

Flüssen, Quellen und anderen Naturphänomenen wohnte für die Menschen eine spirituelle Essenz, eine Kraft, inne. Sie konnte sich auswirken, und sie stellte sich schließlich als Person dar. So verehrten die Kelten beispielsweise die Göttin Sequana die Quellgöttin des Flusses Seine.

Nun haben wir gehört, wie sich mit dem Feenwesen Púca oder Pooka die Vorstellung von panischem Schrecken verbindet, er aber auch in Tiergestalt auftritt. Erklärbar wird das, wenn wir daran denken, daß jedes Quell- oder Hügelheiligtum einen Schutzgeist besaß, der sich, sofern die entsprechenden Riten beachtet wurden, als Katze, Fisch oder Vogel materialisieren konnte. Er nahm eben jene Gestalt an, die der großen Erdmuttergottheit gefiel. Derartige Heiligtümer waren die Leibesöffnungen der Erdmutter, was sich bei den Kelten auch in den Sheela-na-gig, wie man sie heute noch an irischen und englischen Klöstern und Kirchen finden kann, ausdrückt. Diese grotesken Abbilder der Schöpfungs- und Todesgöttin zeigen einen Muttermund, der ein Wesen verschlingt und sind eindeutig der Ausdruck männlicher Angstphantasien.*

Die keltischen Nachfolgegottheiten der alten großen Erdmutter waren einmal die Matronae, die ursprünglich wohl mit dem Quellheiligtum der Marne in Verbindung standen, und die Pferdegöttin Epona die manchmal mit einem Pferd oder mit einem Fohlen gezeigt wird. Hinter ihr steht jene weibliche Gottheit des Wild-Orgiastischen, die Männer in liebestolle Esel (Apuleius) oder auch in Schweine (Kirke/Odysseus) verwandelt. In verharmloster Form taucht Epona in Sagen wie der von Lady Godiva auf einer Frau, die, angeblich nur mit ihrem langen Haar bedeckt, durch die Straßen von Coventry ritt, aber auch in Geschichten um den Pooka.

In der Banshee begegnen wir einem der drei Gesichter der großen Göttin, die über Geburt, Leben und Tod herrschte und sich als Mädchen, Braut und Mutter oder hexenhafte Alte zeigte. Und daß Vorstellungen sich überkreuzen, verschlingen und überlappen, bis ein Gewebe entsteht, dessen einzelne Fäden sich nur noch mit größter Schwierigkeit isolieren lassen, wird klar, wenn man sich im Zusammenhang mit der Gestalt der Banshee und ihrer Verwandten noch folgende Fakten vergegenwärtigt. Der Fluß Clyde auf der Britischen Insel ist nach der Quellgöttin Clóta benannt. Übersetzt aber heißt dieser Name soviel wie »die göttliche Wäscherin«, was bestimmt wiederum mit jener Totengöttin zu tun hat, die die blutigen Hemden derer wäscht, die in der Schlacht fallen oder am nächsten Tag sterben werden.

Eine vierte und vielleicht wichtigste Theorie hält die Feen für die Geister der Toten oder für die Toten selbst. Als der amerikanische Forscher Evans Wentz zu Anfang des Jahrhunderts Leute in ländlichen Gegenden von Irland, Schottland und Wales über ihre Vorstellungen von Feen befragte, erhielt er in Irland von John Boglin, einem 60jährigen Mann aus Kilmessan nahe Tara (Meath) die Auskunft:*

»Die Feen sind die Toten. Nach dem, was die Leute hier in der Gegend glauben, sind die Feen die Geister der Verstorbenen. Die Überlieferung sagt, daß Hugh O'Neil im 16. Jahrhundert nach einem Marsch in den Süden mit seiner Armee auf dem Rath oder Fort von Ringletown deswegen sein Lager aufschlug, weil er sich so den Beistand der mächtigen Toten, die in dem Rath wohnten, sichern wollte. Man erzählte weiter, daß man Gerald Fitzgeraldin der Grafschaft Louth aus dem Hügel von Mollyellen herauskommen sah. Er führte ein Pferd am Zügel und trug altirische Kleidung mit einer Brustplatte, Speer und Kriegsrüstung.«

So ist auch verständlich, daß der Feenkönig von Ulster zugleich auch König über das Totenreich ist und der Merrow, dem Jack Dogherty begegnet, die Seelen ertrunkener Matrosen in Hummerkörben einlagert.

Weil die Feen mit den Toten in Zusammenhang gebracht werden, verläuft die Begegnung des Tinkers, der keine Geschichte kannte, mit Far Darrig noch einigermaßen glimpflich, denn Feen müssen wie Gespenster beim ersten Hahnenschrei die Menschenwelt verlassen.

Bei einer Analyse des in der Thematik ähnlichen Märchens »Der Geschichtenerzähler in Verlegenheit« wird deutlich, welchen Einfluß geschichtliche Ereignisse bzw. die jeweiligen sozialen Zustände auf die Veränderung der aus frühesten Zeiten stammenden Stoffe hatten.

Leider gibt Joseph Jacobs keine Quelle für sein Märchen an. Er sagt nur im Vorwort seines Buches, daß die irischen Märchen – der Band enthält auch Texte aus Schottland und Wales – vorwiegend aus der sogenannten Pale, also aus einem Gebiet östlich, nördlich und südlich von Dublin kommen, in dem die Engländer seit dem 15. Jahrhundert ständig als Besatzungsmacht präsent waren.

Das Märchen spielt in einem feudalen Milieu. Zwar erinnert der König von Leinster noch insofern an den alten irischen König, als er einen Barden, eben den Geschichtenerzähler, besitzt, aber der Hofstaat ist der eines modernen Monarchen, es wird von Soldaten gesprochen, nicht von Kriegern.

Dieser schon halb modernisierte und anglisierte König erlebt nun mit dem Verschwinden seines Geschichtenerzählers den Einbruch des alten gälischen Bewußtseins, wie denn auch der Geschichtenerzähler durch die Vorgänge daran erinnert werden soll, daß er, auch am Hof eines englischen Monarchen, sein Amt nur dann zur Zufriedenheit seines Herrn ausüben kann, wenn er den alten Traditionen treu bleibt, zu den mythologischen Wurzeln gälischen Geschichtenerzählens zurückkehrt. Der dürre graue Bettler verkörpert Irland. Er ist aber zugleich auch Manannan, der frühzeitliche Herr der Anderswelt. Denn ein Attribut Manannans ist es, in einem Sack, der aus der Haut eines Kranichs gemacht ist, die Schätze der Welt bei sich zu tragen.

Nicht zufällig wird in dem Vers, mit dem der graue Bettler auf die Frage des zweiten Andersweltwesens, Red Hugh O'Donnell, antwortet, ausdrücklich die Isle of Man erwähnt. Sie ist Manannans Heimat, bewacht von heiligen Vögeln, die vorbeifahrenden Reisenden zukrächzen:*

Tritt nicht ein!
Bleib fort!
Geh vorbei!

Hat man den Bettler als Manannan »enttarnt«, so gibt auch das dreimal scheiternde Erhängen einen Sinn und überhaupt all die gewaltsamen Tode in dieser Geschichte, die durch Zauber wieder rückgängig gemacht werden. Als Herr der Anderswelt hat Manannan die Kraft, ewiges Leben zu spenden.

Schließlich taucht in dem Text noch zweimal ein anderes Motiv auf die Hunde mit den roten Ohren, die den Hasen jagen. Wir erkennen sie wieder: Es sind die Hunde, mit denen Arawn, der König der Unterwelt im »Mabinogion« einem Reh nachsetzt.

Gleich doppelt wird also darauf verwiesen, daß dieser graue Bettler etwas mit dem Totenreich und der Anderswelt zu tun hat.

Faszinierend ist auch ein scheinbar so unbedeutendes Motiv wie die Episode, in der die Frau des Geschichtenerzählers auf ihren in den Hasen verwandelten Mann die Hunde hetzt.

Sie enthält einen Verweis auf eine mythologische Geschichte aus Wales:

Caridwen hat zwei Kinder, Creiwy, das schönste Mädchen unter der Sonne, und Afagddu, den häßlichsten Knaben der Welt. Da er nun so abstoßend aussah, beschloß Caridwen, ihm wenigstens große Klugheit zu verleihen. Also stellte sie nach einem Rezept des Zauberers Vergil von Toledo einen Zaubertrank her, der Inspiration und Wissen verleihen sollte.*

Das Gebräu mußte bezeichnenderweise ein Jahr in einem Kessel am Kochen gehalten werden.

Zu jeder Jahreszeit warf Caridwen neue Zauberkräuter hinein.

Während sie die Kräuter pflückte, stellte sie Gwion, den Sohn des Gwreang an und ließ ihn den Kessel umrühren.

Gegen Ende des Jahres spritzten drei Tropfen der Flüssigkeit aus dem Kessel und fielen auf Gwions Finger. Er steckte den Finger in den Mund um die ätzende Flüssigkeit abzulecken. Sofort verstand er die Sprache der Tiere und Pflanzen und hatte Kenntnis von allen vergangenen und zukünftigen Ereignissen. So wußte er auch, daß er auf der Hut sein mußte vor Caridwen, die beschlossen hatte, ihn zu töten, sobald sie seiner zum Umrühren des Zaubertranks nicht mehr bedurfte.

Er floh, und sie verfolgte ihn in der Gestalt einer schwarzen kreischenden Hexe.

Durch die Zauberkraft, die er durch die drei Tropfen erlangt hatte, verwandelte er sich in einen Hasen; sie nahm die Gestalt eines Windhundes an …

Ohne Zweifel ist auch Caridwen ein »Nachfolgebild« der großen Muttergottheit des alten Europa. Gewiß auch spiegelt die Geschichte die Angst der Männer in einer von Frauen beherrschten Welt, oder ähnliche Ängste, wie sie sich auch in den schon erwähnten sheela-na-gig abbilden.

So betrachtet wäre die Szene mit dem in den Hasen verwandelten Märchenerzähler und dem Hund, der von seiner Frau auf ihn gehetzt wird, als ein Fingerzeig zu verstehen, sich nicht zu weit bzw. nur mit Vorsicht mit den Kräften des Archaisch-Wilden, oder wie wir heute sagen würden, mit den Mächten des ES, einzulassen, weil man von ihnen verschlungen und überwältigt werden kann.

Schmunzeln macht es uns, in welcher Weise das Unheimlich-Beängstigende, das dieser Szene innewohnt, am Schluß rational fortgewischt wird, indem der graue Bettler erklärt, die Frau habe nicht aus eigenem Willen so gehandelt, er habe ihr Bewußtsein verzaubert. Nun solle der Ehemann der Frau vergeben und verzeihen, wie das unter braven Eheleuten üblich sei.

Spätestens an dieser Stelle wird deutlich, daß diese Geschichte, als sie der Sammler aufzeichnete, ebenfalls nicht mehr in all ihren Sinnbezügen verstan-

den worden ist, sich jedenfalls die sozialen Beziehungen zwischen Mann und Frau nun ganz anders regelten als zur Zeit ihrer Entstehung. Greifen wir nun noch einmal zurück zu jenem Märchen vom Tinker, der keine Geschichte wußte, deswegen kein Nachtlager bekam. Auch bei ihr ist der ursprüngliche Sinn kaum noch zu erkennen. Die vier Männer, unter denen der größte wohl Far Darrig ist, wirken mehr wie Mörder oder Räuber, denn wie übernatürliche Wesen. Die »Botschaft« der Geschichte läßt sich damit umschreiben, daß der Mensch einmal schlimmste Angst ausgestanden haben muß, soll sich sein Vorstellungsvermögen ausweiten und intensivieren. Das merkwürdige Zeremoniell, bei dem eine Leiche über einem Feuer aufgehängt wird, mag ursprünglich eine schamanische Praktik abbilden. In diesem Text wirkt es merkwürdig aufgesetzt. Daß ein weitreichenderer Sinnzusammenhalt als der jemandem Angst zu machen, darin enthalten ist, bleibt unverständlich.

Hier wird also an zwei Texten, die Varianten ein und derselben Geschichte darstellen, jene Abschwächung und Veränderung deutlich, die im Laufe der Zeit aus einer Göttergeschichte einen makabren Witz werden läßt.

Nur beiläufig ist bisher erwähnt worden, daß Herrschaftsverhältnisse und soziale Bedingungen diesen Prozeß freilich entscheidend beeinflußt haben. Machte eine erste Veränderung aus den Schatten der Unterdrückten Wesen einer Anderswelt, so wäre nun doch etwas ausführlicher auf die zweite große Veränderung einzugehen, die darin zu sehen ist, daß zwischen 432 und 462 das Christentum in Irland Fuß faßte.

Die neue Religion wurde den keltischen Iren nicht aufgezwungen. Ihre alte Götterwelt wurde zunächst nicht verketzert oder tabuisiert.

Patrick und seine legendären Missionarshelfer in weißen Roben verstanden sich ausdrücklich als Beschützer der alten geheiligten Plätze. Die Göttinnen Irlands wurden aus dem Schlaf erweckt und mit Christus, Gottes Sohn, vermählt. Christus selbst wurde zunächst als eine neue heroische Verkörperung des alten Kriegsgottes Cuchulain hingestellt. »Die christlichen Missionare nützten den Reiz, den solche Zusammenhänge für die Einbildungskraft der Iren hatten, gründlich aus«, schreibt John Sharkey. »Die Änderungen in den Ritualen wurden auf beiden Seiten mit größter Vorsicht vollzogen und zwar während Jahrhunderten, in denen man von den Vorgängen auf dem Kontinent und dem Zusammenbruch des Römischen Imperiums nicht berührt wurde. Es gab Ausnahmen, aber im allgemeinen verlief der Übergang friedlich. Die keltischen Heroen und Göttinnen wurden christianisiert.

St. Brigit, eine heilige Frau aus dem 5. Jahrhundert, von der es hieß, sie sei vor Sonnenaufgang des 1. Februar, dem Fest des Imbolc, geboren worden, und deren Mutter selbst nach der christlichen Heiligenlegende ›im Dienst eines Druiden‹ gestanden haben soll, hatte alle Eigenschaften der triadischen Göttin der

Kelten. Die neue Brigit wurde die Schutzpatronin des Herdes, des Heimes, der Quellen und des Heilens. Ihr Kloster wurde um das heilige Feuer gebaut, das zu Ehren der alten Göttin in Kildare brannte, und der Brauch, ein solches Feuer ständig zu unterhalten, lebte fort bis in die Zeit der normannischen Invasion im 12. Jahrhundert.

Zuvor mag sich dort ein Heiligtum befunden haben, in dem vielleicht auch geweissagt wurde, wie in Delphi mit einer heiligen Flamme, heilenden Quellen und einer der Quelle oder dem Hain innewohnenden Göttin. Das Kirchenlied für die neue Heilige war auch für die Anhänger der alten Göttin durchaus akzeptabel: ›Brigit, ausgezeichnete Frau, plötzliche Flamme, mag die hellwilde Sonne uns das immerwährende Königreich bringen.‹«

Erst sehr allmählich hat sich das speziell irische Christentum dem kontinentalen angepaßt, und eine gewisse besondere nationale Eigenständigkeit gegenüber Rom ist immer geblieben.

Die krasse Sinnesfeindlichkeit des neuzeitlichen irischen Katholizismus muß wohl als Reaktion auf den englischen Puritanismus verstanden werden, mit dem man zu konkurrieren hatte, nachdem zumindest seit Cromwells Zeiten große puritanische Kolonien in Irland eingerichtet worden waren (Plantations). Gerade aber weil die Einführung des Christentums in Irland recht friedlich vor sich ging; hielt sich zunächst und noch lange hin eine starke keltisch-heidnische Unterströmung; ein Bewußtseinszustand, dem sich manch einer gern dort auslieferte, wo er überzeugendere Tröstungen und Kompensationsmöglichkeiten zu bieten hatte als eben das Christentum. Ein für die Tradierung von Geschichten, für die Art des Entstehens, entscheidender Einschnitt ist dann das Jahr 1690 mit dem Sieg Williams III. (protestantisch) über James III. (katholisch).

Mit James floh der größte Teil des alten irischen Adels nach Frankreich. Die Folge war, daß der Beruf des Barden ausstarb, weil es keine Mäzene mehr gab. Die Lust zum Geschichtenerzählen lebte weiter. Sie tauchte nach guter und langbewährter kultureller Tradition in Irland unter. Geschichten erzählt wurden von nun an unter dem Strohdach der Bauernhütte.

Überall dort, wo der kontinentale und britische Einfluß am stärksten war, fand eine Abflachung, Vergröberung der Stoffe statt. Überall dort sank das Vorkeltisch-Keltische zurück, während es sich in den von den Briten nie völlig kontrollierten Gebieten nicht nur hielt, sondern voller Stolz als Ausdruck der Eigenständigkeit und Identität sogar noch betont wurde.

Man vergleiche nur eine Sammlung wie die von Patrick Kennedy Anfang des 19. Jahrhunderts aus dem Südosten von Irland mit der von Jeremiah Curtin, die erst in der zweiten Hälfte des 19. Jahrhunderts entstand, aber Texte aus dem Südwesten und Westen enthält. Beide Männer sammelten unter Bauern. Die Lebensbedingungen waren hier wie da katastrophal. 1887 schreibt Curtin* *aus dem Südwesten: »Die Armut und die Unterdrückung, die das Volk in Irland erleiden muß, ist unvorstellbar.« Und auch bei Kennedy finden sich Hinweise auf die katastrophalen Lebensbedingungen der Leute, die ihm erzählten. Aber die Stoffe, die er zu hören bekam, hatten große Ähnlichkeit mit englischen Hausmärchen, für die Varianten aus anderen Ländern auf dem Kontinent bekannt sind, während Curtins Märchen zunächst einmal schon viel länger sind und einen differenzierten Aufbau und eine komplizierte Symbolik aufweisen. Unter ihnen finden sich auch zahlreiche Märchen, in denen Motive von Reisen in die Anderswelt auftauchen.*

Hier ist nun der Punkt erreicht, um auf eine eigene Theorie zu sprechen zu kommen. Sie hat gegenüber den zuvor erwähnten vielleicht den Vorteils, auch eine Erklärung dafür anzubieten, warum nicht nur in Irland, sondern auch in Wales, Schottland, ja selbst in Englands sich in entlegenen Gegenden die Vorstellung von der Anderswelt und der damit zusammenhängende Feenglaube in einem solchen Umfang und Ausmaß, was die Zahl der Geschichten angeht, aber auch mit so großer Intensität, was das Bewußtsein der Menschen betrifft, erhalten hat.

Meine Theorie läßt sich zunächst in einem einfachen Satz zusammenfassen. Er lautet:

Ursache und Anstoß für Vorstellungen von der Anderswelt und für den Feenglauben ist immer ein Mangel. Der Mangel kann höchst unterschiedlicher Art sein. Gehen wir von der Situation im Westen Irlands aus. Noch heute ist dies eine, im Vergleich mit dem übrigen Europa, dünn besiedelte, isolierte Gegend, in der Natur und Naturgewalten noch nicht in dem Maße wie anderswo durch eine »Zweite Natur« überlagert worden sind.

Ist es nicht einleuchtend, daß Menschen, die große Angst vor immer wiederkehrenden, von der Natur bedingten Katastrophen haben, auch in besonderem Maße dazu neigen, an Wesen zu glauben, die dann helfen?

Bei Menschen, die isoliert, einsam, auf sich selbst zurückgeworfen, kaum durch äußere Einflüsse abgelenkt sind, wird sich Vorstellungskraft in besonderem Maße regen und ihnen dazu verhelfen, wenigstens in der Einbildung;ihre Isolation zu überwinden.

In einer Gegend, in der mehr Stille, mehr Ruhe herrschen als anderswo, mehr Monotonie, muß sich beim Menschen auch ein anderes Zeitgefühl einstellen. Es wird sich ein Zeitsinn entwickeln, der mit der Uhrzeigerzeit nicht mehr übereinstimmt, in dem objektiv kurze Zeit sehr lang empfunden und lange Zeit als sehr rasch vergangen wahrgenommen wird.

Haben sich erst einmal mehrere solcher Reaktionen zu einer Struktur zusammengefügt, so werden freilich auch Bereiche mit einbezogen, die zunächst mit der Dominanz von Natur und der Isolation des Menschen nur bedingt etwas zu tun haben.

Erotische Wunsch- und Angstträume, die häufig als Antrieb von Feengeschichten auszumachen sind, haben gewiß Menschen auch anderswo. Auf den zweiten Blick aber sieht man: Im irischen Westen haben geographische und sozialhistorische Bedingungen bestanden, die auch hier eine besondere Mangelsituation herstellten.

Die Menschen wohnten weit auseinander. Die sozialen Gegebenheiten führten dazu, daß viele Männer spät, manche nie heiraten konnten. Sexuelle Wünsche wurden vom Christentum tabuisiert, der alte Glaube ließ sie nicht nur zu, er begriff sie als einen zentralen Bereich menschlicher Existenz. Wirtschaftliche Not und Elend bestanden über Jahrhunderte hin fort. Was Wunder, daß man wenigstens in der Phantasie sich ein Land schuf, in dem Milch und Honig flossen, und dieses Land noch näher und intensiver zu sich heranrückte, indem man einfach Phantastisches als wirklich ansah.

So entstand und hielt sich ein Bewußtseinszustand, den wir, die an die Dominanz des Rationalen gewöhnten Fremden, einerseits als abergläubisch belächeln, der andererseits aber auch eine Faszination auf uns ausübt, die wir wahrnehmen, aber nicht genau zu erklären vermögen. Wäre es denkbar, daß uns in dem Mangel, der mit dem Feenglauben kompensiert wird, Mangelerscheinungen in unserem modernen, von der industriellen Massengesellschaft geprägten Bewußtsein entgegentreten, die uns unerträglich geworden sind?

II. Kapitel

in welchem man vernimmt,
was die Feen in der Anderswelt, aber
auch unter den Sterblichen
tun und treiben

»Die Feen sind, wie schon gesagt, Gegenbilder zur Menschenwelt. Es gibt Kinder und Alte unter ihnen, sie üben alle Arten von Gewerben aus und gehen Handwerken nach; sie besitzen Vieh, Hunde und Waffen. Sie brauchen Nahrung, Kleidung, Schlaf. Sie sind anfällig für Krankheiten und können getötet werden. So weit geht die Ähnlichkeit, daß sie sich sogar betrinken. Leute, die ihre Hügel betreten, finden, daß die Feen denselben Beschäftigungen nachgehen wie die Menschen. Die Frauen spinnen, weben, mahlen Mehl, backen, kochen, braten. Die Männer tanzen, machen Musik, vergnügen sich und sitzen in der Mitte auf dem Boden um ein Feuer wie Tinker. Manchmal werden Reisen unternommen, um sich zu verproviantieren oder um seinen Spaß zu haben!«

J. G. Campbell*

Die Mehrzahl der Texte über die Anderswelt, die bisher erzählt worden sind, stammen aus dem vorvorigen Jahrhundert. Durch den Hang der Romantik, im Alten, zeitlich Zurückliegenden die goldene Zeit zu sehen, aber auch durch neue Problemstellungen in den Religionswissenschaften, war das Interesse an Mythen, Märchen und Sagen besonders in den angelsächsischen Ländern im 19. Jahrhundert ausgeprägt.

Mit Crofton Croker, Patrick Kennedy, P. W. Joyce, Joseph Jacobs, Jeremiah Curtin, Lady Wilde, Lady Charlotte Guest, Lady Gregory, William Carleton und William Larminie sind nur die Namen der wichtigsten unter jenen Frauen und Männern genannt, denen es zu verdanken ist, daß irische Folklore, so wie sie im 19. Jahrhundert mündlich tradiert wurde, erhalten blieb.

Wie diese Frauen und Männer sammelten, wieviel bei der Ausformung der von nun an gedruckt vorliegenden Geschichten gewissermaßen »Originalton« und wieviel individuelle Zutat des Sammlers ist, läßt sich in den meisten Fällen kaum noch eindeutig feststellen. Das gibt diesen Texten, abgesehen von ihrem Unterhaltungswert, etwas Fragwürdiges. Wer es ganz genau und umfassend wissen will, was die Feen treiben, kann sich jedoch an die Zusammenfassung seriöser Forschungsergebnisse halten.

Ich schlage also das »Standard Dictionary of Folklore, Mythology and Legend« auf. Ich finde darin unter dem Stichwort »Feen und Anderswelt« kurz und bündig die folgende Feststellung:

»Die meisten Feengeschichten handeln von Beziehungen zu Sterblichen.

Die folgenden Varianten sind denkbar: 1. Feen helfen den Sterblichen. 2. Feen schaden den Sterblichen. 3. Feen entführen Sterbliche zu einem bestimmten

Zweck. 4. Feen vertauschen Kinder. 5. Sterbliche besuchen das Feenland. 6. Feenfrauen oder -männer lieben Sterbliche und umgekehrt ...«

Aber warum? Was treibt sie dazu?

In Katharine Briggs anregendem Buch »The Vanishing People« stoße ich auf die Feststellung:

*»Irland ist eine Bastion des Feenglaubens, und obgleich die jungen Leute sich heute ziemlich skeptisch geben, finden sich unter den Älteren noch viele, die an dem Feenglauben festhalten. Christiansen gibt ein Beispiel aus dem Jahr 1959, als die Trasse einer Straße bei Toorglas in der Grafschaft Mayo verlegt werden mußte. Der geplante Verlauf der Route hätte direkt durch einen Feenpalast geführt. Die Straßenbauarbeiter traten in den Streik. Der Vorsitzende der entsprechenden Regierungskommission kam herüber, um das Problem zu lösen. Die örtlichen Farmer erklärten ihm, sie selbst glaubten ja nicht an das kleine Volk, aber der Bruch dieses Tabus werde gewiß in der Nachbarschaft Unruhe schaffen, deshalb sei es wohl besser, sich auf eine Umleitung zu verständigen. Das geschah.«**

Solche Hinweise verlocken dazu, sich im Irland unserer Tage danach umzusehen, was sich an Feengeschichten erhalten hat.

Nach allem, was bisher über die Anderswelt und die Feen gesagt worden ist, mag es einleuchten, daß die Chancen, unverstelltem Feenglauben zu begegnen, dort am größten sind, wo das Land noch am unberührtesten ist, wo noch Abgeschiedenheit besteht, wo sich die Arbeitstechniken der Menschen in den letzten zwei-, dreihundert Jahren nicht wesentlich verändert haben.

Eine solche Region ist beispielsweise der Südwesten von Donegal. So ist es kein Zufall, daß gerade dort in den letzten Jahrzehnten gezielt »Feldarbeit« von erfahrenen Sammlern betrieben worden ist.

Wir sind in einer Landschaft von Gebirgen und Mooren. Landeinwärts liegen Seen. Aber vor allem wird das Bild bestimmt von einer zerklüfteten Küstenlinie und dem weiten wilden Meer. Die Gebirge brechen abrupt in den Atlantik ab. Die Klippen des Slieve League erheben sich senkrecht in unmittelbarer Nähe des Wassers und der Brandung siebenhundert Meter über den Meeresspiegel.

Landeinwärts in einer über weite Strecken grandios bis erschreckend einsamen Gegend ist der Boden felsig-zerklüftet oder sumpfig. Ackerbau ist schwierig. Man züchtet Rinder und Schafe. Tuch aus Donegal ist wegen seiner schönen Naturfarben und seiner Unverwüstlichkeit berühmt. Lange Wege müssen von den Bauern zurückgelegt werden, wenn sie zu Fuß zu den Märkten in Carrick, Kilcar, Killybegs und Ardara gelangen wollen. Im Süden, an einer Bucht, liegen Teelin und Killybegs, zwei der wichtigsten irischen Fischereihäfen. Die Leute haben hier »die See in den Knochen«, wie sie selbst sagen. Im Gegensatz* *zu anderen Fischereigebieten im Westen vor Irland wird hier die See nicht mit curraghs befahren. Ehe Dampfkraft und Diesel aufkamen, baute man hier zwei Arten von Holzbooten: Segelboote von etwa zehn Tonnen zum Handelverkehr über die Bucht von Donegal und entlang der Küste von Connacht; kleinere Fahrzeuge, sogenannte »bádai deiridh« oder »Sternboote« zum Fischfang. Erst um die Jahrhundertwende wurden sie durch Jollen und größere Fischerboote schottischer Bauart, den »Scotai« ersetzt.*

Die See spielt eine wichtige Rolle im Erwerbsleben, aber landeinwärts stehen vor dem Horizont wie Riegel lange Gebirgsketten. In den Bluestack-Mountains leben die Leute von Schafzucht, Spinnen und Sockenstricken in Heimarbeit, mehr schlecht als recht. Jeder Haushalt hält ein paar Stück Vieh und hat einen kleinen Kartoffelacker. Bis nach Glenties, dem Marktflecken, sind es zwölf Meilen durch menschenleeres Land, über dem fast immer phantastische Wolkenbilder stehen. Viele Erzähler sprechen hier auch heute noch ausschließlich Gälisch. Man erzählt dem Fremden, daß nicht wenig Leute Flüchtlinge aus Tyrone in Nordirland seien, was dazu beigetragen habe, daß sich die Tradition, vor dem Feuer zu erzählen, hier länger als sonst lebendig erhalten hat. Vielleicht, daß dort oben das letzte Stück echte Gaeltach zu finden ist. Die Feen gehören hier selbstverständlich zum Leben. Man redet von ihnen wie von Bekannten oder Verwandten. Unzählig sind die Namen für die Feen in dieser Gegend. Die häufigste Bezeichnung lautet bunadh na gcnoc, das Volk von den Hügeln. Aber dahinter steht noch eine ganze Flut anderer Namen: das kleine Volk, das kleine Volk aus dem Meer, die aus den Hügeln, das gute Volk, die Bergschar, die lustige Schar, die aus der Luft, die Rotkappen, der Zug in der Luft, die Schar der Unsterblichen, die Edlen, die kleinen Edlen.*

Schon aus den umschreibenden Namen läßt sich erkennen, daß wir uns hier in einem Gebiet Irlands befinden, in dem der Glaube an Feen und die Anderswelt alles durchdringt und noch bis in die Mitte des 20. Jahrhunderts, wie sich in den Geschichten zeigen wird, in fast alle Bereiche des Alltagslebens mit hineinspielt. Hier ist die Anderswelt tatsächlich noch präsent. Und vielleicht gerade weil sie noch so selbstverständlich ins Alltägliche eingebunden ist, gleichen die Geschichten von den Feen mehr wortkargen Mitteilungen als breit ausgesponnenen, wundersam sich verzweigenden Märchen voller Phantasmagorien.

»Ihr Kleinen, Edlen in den Klippen dort drüben: Wir preisen eure Namen und fürchten eure Gesellschaft«. So lautet der Spruch eines alten Märchenerzählers aus dieser Gegend. An ihm wird jene seltsame Ambivalenz zwischen Fürchten und Hoffen deutlich, unter der sich in dieser Gegend, aber auch anderswo, der Umgang jener Bauern und Fischer mit der Anderswelt vollzieht. Es ist nicht nur die Ahnung, daß Feen heruntergekommene Götter sind, die sich dabei auswirkt.

Wenn wir davon ausgehen, daß es Feen objektiv und materiell nicht gibt, und sie also nur als Einbildung existieren, wenn sich weiterhin herausgestellt hat, daß mit dem Feenglauben immer ein Mangel kompensiert wird; so schließt eine solche Erklärung durchaus mit ein, daß sich im Feenglauben auch eine Entlastung von schlechtem Gewissen und Akte der Selbstbestrafung abspielen. Hier wird die Ähnlichkeit der Feenvorstellung mit dem Traummechanismus deutlich. Viele der nachfolgenden Geschichten wirken wie die Protokolle von Tagträumen, bei denen allerdings die Isolation und die Einsamkeit der Menschen und ihr Ausgeliefertsein an eine übermächtige Natur auslösend eine wichtige Rolle spielen.

Von der Vielzahl des Hügelvolkes

Soviel mal wie ich Finger und Zehen habe, muß ich zählen, um zu sagen, wie oft die alten Leute von den Feen sprachen und sagten, daß das Hügelvolk so üppig sei wie das grüne Gras und es kein Ampferblatt im ganzen Land gäbe, unter dem sich nicht eine Schar von ihm verberge. Die Leute pflegten zu sagen, wenn eine Kuh ihren Atem ausstoße, blase sie tausende von ihnen aus dem Weg.

Und ein Verwandter von mir, der bei Min na bhFiann lebte, sagte oft, daß es einen bestimmten Fleck im ganzen Land gibt, an dem, kommt man dort hin, ganz deutlich zu hören ist, wie sie Butter machen.

Die Hebamme wird zu einer Geburt in den Crag gerufen

Da war eine Frau, die lebte in der Ortschaft von Min an Daimh draußen in den Hügeln, und ihr Name war Nancy Cunninham. Zu dieser Zeit gab es noch keine Krankenschwestern, die den Frauen im Kindbett beistanden, die das taten, was heute die Schwestern tun; die man damals in einem solchen Fall rief, nannte man Hebammen. Nancy war eine von ihnen. Eines Nachts klopfte es an ihrer Tür, und der Mann, der draußen stand, fragte sie, ob sie willens sei, noch in dieser Nacht zu seinem Weib zu kommen. »Wer seid Ihr?« fragte sie. »Ich kann mich nicht erinnern, Euch je zuvor begegnet zu sein.«

»Oh musha, das will ich meinen, daß ich Euch nie begegnet bin«, sagte er, »aber es ist nicht weit. Ihr müßt nur bis zur Spitze des Berges, bis zu jener Klippe.«

Nancy machte sich bereit und folgte dem Mann, und die Klippe tat sich auf, und sie gingen hinein. Da lag eine junge Frau in den Wehen, und es dauerte nicht lange, da kam ihr Sohn auf die Welt. Danach verbrachten sie eine lustige Nacht, und am Morgen ließ der Mann Nancy sicher und gesund wieder nach Haus gehen. Er fragte sie noch, ob sie wiederkommen werde, wenn er sie noch einmal brauchen solle, und Nancy antwortete, das werde sie gern tun.

»Nun, wenn Ihr kommt«, sprach er, »braucht Ihr keine Angst zu haben, daß irgendeiner von unseren Leuten Euch je anrührt.«

Die Hebamme, die ein Auge verlor

Da war einmal eine Frau hier in Baile Bui. Sie war eine Hebamme. Eines Nachts kam ein Reiter an ihre Tür und weckte sie. Er sagte, sie werde dringend gebraucht. Sie antwortete, sie habe Angst, zu dieser Stunde der Nacht das Haus zu verlassen und nicht zu wissen, wohin sie gehe.

»Du brauchst dich nicht im geringsten zu fürchten«, sagte der Reiter, »ich bringe dich heil und sicher wieder vor deine Tür, ehe es Morgen wird.«

Sie machte sich also fertig und saß hinter ihm auf. Fort ging's, und sie wußte nicht, wie rasch sie ritten und wie weit sie schon gekommen waren. Vielleicht bis zum nächsten Kirchspiel. Aber schließlich gelangten sie an einen Felsen. Eine Tür tat sich auf und sie gingen hinein. Drinnen ritten sie wieder weiter, bis sie an ein großes Schloß kamen, das voller Leute war, die alle aßen und tranken. Der Mann brachte sie in ein Zimmer, in dem eine Frau in den Wehen lag. Nach einer Weile wurde das Kind geboren, ein totes Kind. Es wurde beiseitegelegt. Kurz darauf sah sie ein anderes Kind. Es war ihr Kind, das sie daheim zurückgelassen hatte.

»Kommt, kommt«, sagte sie, »gebt das Kind her!«

»Da ist nichts zu machen«, sagte einer von ihnen, »du siehst besser zu, daß du fortkommst, so schnell du kannst.«

Die Frau trat zu dem Kind hin. Da war ein Gefäß, das neben der Tür hing, und sie hatte beobachtet, wie jene immer ihre Finger dort eintauchten, wenn sie ein- und ausgingen. Also tauchte sie auch ihre Finger ein und strich einen Tropfen von dem Wasser auf ihre Stirn. So kam sie mit dem Kind heim.

Gut und schön. Vierzehn Tage später war Markt in Kilcar. Sie dachte: Geh ich doch einmal hin und schau, was sich dort tut. Als sie nun hinabstieg, hörte sie ein lautes Geräusch. Etwa so wie bei einem Windstoß. Aber es war nichts anderes als das Volk aus dem Hügel. Sie ging unter ihnen mit, und wen sah sie da?

Niemand anderes als jenen Mann, dessen Frau sie entbunden hatte. Sie trat zu ihm bin und fragte ihn, wie es seiner Frau gehe. Aber ehe er antwortete, hob er die Hand und stach ihr ein Auge aus.

»Jetzt«, sagte er, »wirst du keinen von uns mehr sehen, solange du lebst.«

Wahrscheinlich ist es so zugegangen: Als die Frau Wasser aus dem Gefäß auf ihre Stirn strich, ist etwas davon in das eine Auge gelaufen und mit dem Auge sah sie ihn. Sie sah ihn nicht mit dem anderen Auge und auch niemand anderes sah ihn. Der große Wind hielt fast den ganzen Tag über an, ein heulendes Geräusch und Lärm, ohne daß die Leute gewußt hätten, was die Ursache war.

Die Frau, die aus der Luft fiel

Vor langer Zeit lebte ein Mann in dem Tal, dessen Frau plötzlich starb. An dem Tag, an dem sie begraben wurde, grub ein Mann im Westen von Connacht sein Feld um. Er hörte ein Geräusch im Himmel, das näherkam, und als er aufsah, erkannte er da eine Frau, die auf ihn zukam.

»Gott und Christus!« rief er aus, als er sicher war, daß die Frau von dieser Welt war, und darauf fiel sie ihm genau vor die Füße. Er nahm sie und brachte sie in sein Haus. Er behielt sie bei sich, weil er jemanden für die Hausarbeit brauchte.

Ein Jahr später ging der Ehemann der Frau nach Carney, um ein Schaf zu kaufen, und auf dem Weg dorthin machte er Rast an diesem Haus. Er sah die Frau und dachte bei sich, daß es wohl keinen anderen Menschen gebe, der seiner verstorbenen Frau so ähnlich sähe. Der Hausherr bemerkte, daß den Gast etwas beschäftigte und er sagte:

»Es scheint mir, daß Ihr dauernd meine Frau anstarrt.«

»Das ist richtig«, sagte der Mann aus dem Tal, »nehmt mir's bitte nicht übel. Aber seit mein Weib unter der Erde ist, habe ich niemanden mehr gesehen, der ihr so gleicht wie diese da. Es ist, als ob sie Zwillinge wären.«

»In welchem Monat ist sie gestorben?« fragte der Hausherr. Er sagte es ihm.

»Nun, das ist merkwürdig. Das ist derselbe Tag gewesen, an dem ich auf dem Feld arbeitete, durch die Luft eine Frau auf mich zukommen sah und sie mir schließlich wie ein Vogel vor die Füße fiel. Als ich sie sah, sagte ich: ›Jesus und Gott!‹ oder ›Gott und Jesus‹. Jedenfalls, kaum hatte ich das gesagt, da fiel sie zur Erde. Ich brachte sie ins Haus, und seither ist sie bei mir. Wenn du sagst, daß sie deine Frau ist, so nimm sie nur mit heim.«

Er kam auf dem Rückweg von Carney vorbei, und seine Frau kehrte mit ihm ins Tal zurück. Sie sind noch am Leben, und es geht ihnen gut.

Der Gruagach von Malinmore

Vor Jahren lebten in dem Dorf Malinmore zahlreiche schottische »Planters«, und von einer Nachfahrin dieser Familie, einer gewissen Mrs. Hamilton, hörte ich die folgende Geschichte. Diese Hamiltons waren wohlhabende Leute und besaßen eine ansehnliche Farm mit Anbauten, einem Kuhstall und einer Scheune. Der Eingang zu der Scheune befand sich über dem Stall und war durch eine Leiter und eine Falltür zu erreichen. In dieser Scheune lagerte Mr. Hamilton seinen Hafer. Mr. Hamilton, der mit seiner Frau und seiner Schwester zusammen lebte, hatte nun die Angewohnheit, jeden Abend gerade soviel Getreide auszudreschen, wie am Morgen an das Vieh verfüttert wurde. Einmal nun, als er die Leiter hinaufstieg, brach eine der Sprossen. Er stürzte hinunter und brach sich das Schlüsselbein. Er schleppte sich ins Haus und erzählte den Frauen, was geschehen war. Sie waren sehr aufgeregt, brachten ihn zu Bett und schickten nach dem örtlichen Knocheneinrenker. Der riet ihm, mindestens neun Tage im Bett zu bleiben. Solange bedürfe es, ehe der Bruch verheilt sei. Am nächsten Abend saßen die Frauen am Feuer und sprachen darüber, wie sie denn für den nächsten Morgen zu Futter kommen sollten. Da hörten sie aus der Scheune ein Geräusch. Mrs. Hamilton zündete eine Kerze an und ging nachsehen, was denn da los sei. Als sie näherkam, merkte sie, daß das Geräusch aus dem Scheunenraum drang. Sie betrat den Stall, kletterte die Leiter hinauf und oben sah sie, sehr zu ihrem Erstaunen, einen kleinen völlig nackten Mann, der Getreide drosch, was das Zeug hielt. Das war Gruagach. Sein Kopf war fast genau so groß wie der ganze übrige Körper, und er hatte langes rotes Haar, das ihm über den Rücken herabfiel. Sie sah ihn nicht allzu lange an, versichere ich Ihnen. Sie stieg wieder von der Leiter und lief in die Küche und erzählte den anderen Frauen, was sie gesehen hatte. Später ging sie noch einmal hinüber und fand oben genug Korn, um das Vieh und die Hühner zu füttern.

Am nächsten Abend hörte man das Geräusch wieder, und natürlich dachten sie alle, das werde wohl der Gruagach sein, der oben schaffe.

Das ging immer so weiter, bis Mr. Hamiltons Schulterblatt geheilt war.

Die Frauen waren freilich dem Gruagach sehr dankbar, daß er ihnen geholfen hatte, und sie fanden, sie müßten ihm auch etwas Gutes tun. Sie besprachen die Angelegenheit und beschlossen endlich, ihm einen kleinen Anzug zu stricken. Das Wetter war kalt, und ich sagte schon: Er war nackt.

Sie hatten noch eine Menge selbstgesponnenes Garn im Haus und fingen also an zu stricken. Die eine der Frauen strickte die Hosen, die andere das Wams. Alles ging gut, und als Mr. Hamilton wieder aufstehen konnte, war der Anzug fertig.

An diesem Abend ging Mrs. Hamilton hinaus, und sie legte den Anzug an eine Stelle ins Stroh, an der ihn der Gruagach nicht übersehen konnte. Dann sprang sie rasch ins Haus zurück und harrte der Dinge, die da kommen würden.

Etwa um die Zeit, zu der der Gruagach gewöhnlich mit seiner Arbeit begann, vernahm man einen fürchterlichen Schrei. Sie stürzten alle an die Tür. Da sahen sie ihn über die Felder davonrennen und aus Leibeskräften schreien;

»Ich habe meinen Lohn. Jetzt muß ich gehen!«

Von dem Gruagach hat man seither in Malinmore nie wieder etwas gehört.

Der große Markus und seine Feenfrau

Vor langer Zeit lebte in Malinmore ein Mann, der war bekannt als der Große Markus. Er und seine Mutter wohnten in einem strohgedeckten Haus nahe dem Meer. Sie hatten es dort bequem und fühlten sich wohl, und der Große Markus dachte nie daran, daß der Tag kommen mußte, an dem er ohne Hilfe sein werde, aber deswegen kam der Tag doch. Markus mußte sich jetzt sein Essen allein kochen, sein Hemd allein waschen, nach dem Vieh schauen und den kleinen Acker ganz allein bestellen.

Er hielt eine ganze Menge Schafe und besuchte nah und fern die Märkte, um sie zu verkaufen.

Am Lúnasa-Tag *(d. h. am 1. August)* war er zu einem Markt nach Ardara mit ein paar Lämmern gegangen. Er verkaufte sie zeitig am Tag und danach spazierte er umher.

Spät am Nachmittag traf er ein hübsches rothaariges Mädchen, und sie kamen miteinander ins Gespräch. Er erzählte ihr, daß er allein lebte, ein ganz hübsches Haus habe, aber schwer verlegen sei um eine Frau, die ihm zur Hand gehen könnte. Und dann fragte er sie, ob sie ihn nicht heiraten wolle.

»Nun«, antwortete sie, »du mußt mir Zeit geben, damit ich heimgehen und meine Leute um Erlaubnis fragen kann.«

»Das will ich gern tun«, sagte Markus, »ich habe so lange gewartet; jetzt kann ich auch noch etwas länger warten.«

»Gut denn, komm am nächsten Sonntag nachmittags wieder hierher nach Ardara. Wir können uns an dieser Stelle, an der wir jetzt stehen, treffen, und dann wollen wir die ganze Angelegenheit noch einmal besprechen. Freilich, wenn meine Leute nicht einverstanden sind, kann ich nichts machen.«

»Nun, ich komme auf jeden Fall«, sagte Markus, »und wenn jeder zufrieden ist, werde ich nicht ohne dich heimgehen.«

Gut und schön. Markus kam mit ein paar Lämmern, die er gekauft hatte, am Nachmittag heim, und er war sehr zufrieden über die Verabredung, die er mit dem rothaarigen Mädchen getroffen hatte. Er arbeitete die ganze Woche über, und als Sonntag wurde, machte er sich bereit und ging abermals nach Ardara.

Auf dem Weg überlegte er sich: Wenn sie dir nun ihr Ja-Wort gibt, dann sieht es nicht gut aus, wenn du mit leeren Händen in ihr Haus kommst. Es gab eine Menge poteen (Schnaps) damals, der in den Bergen gebrannt wurde, und also ging er hin, kaufte ein paar Fläschchen und steckte sie zu sich.

Er lief mit raschem Schritt durch Glengesh, und bald war er in Ardara. Er trank ein paar Gläser, und als das Licht brach, ging er zu der Stelle, die sie ausgemacht hatten, und sieh da, da wartete sie schon auf ihn.

Sie begrüßte ihn herzlich und bat ihn, mit zu dem Haus ihrer Eltern zu kommen, wo man ihn gut aufnehmen werde.

»Das gefällt mir«, sagte Markus.

Das Paar spazierte dahin. Wie gesagt, es fing schon an dunkel zu werden. Er wußte den Weg nicht, und er wußte auch nicht recht, wohin sie gingen. Schließlich kamen sie an ein schönes Haus und traten ein. Der Vater, die Mutter und eine Menge Leute waren da. Sie nahmen Markus sehr freundlich auf. Es gab zu essen und zu trinken, Musik und was das Herz begehrt, und um eine lange Geschichte kurz zu machen: Markus ging nicht eher fort, bis er ein verheirateter Mann war. Aus Furcht, Euch zu belügen, muß ich zugeben, daß ich nie habe erzählen hören, wo er heiratete, und wer sie traute.

Gut und schön. Ein paar Tage blieben sie an dem Ort. Dann meinte er, jetzt sei es an der Zeit heimzukehren.

In jenen Tagen war es Sitte, daß ein jungvermähltes Paar am Abend heimkam. Die Frauen waren zu schüchtern, um mit ihren neuangetrauten Männern am hellichten Tag hereinzukommen.

Sie liefen durch Glengesh. Sie kamen durch Malinmore und erreichten ihr Zuhause kurz nach Mitternacht. Kein Lebenszeichen war zu sehen, und sie wollte nicht, daß er Licht im Haus mache.

Sie legten sich schlafen.

Am anderen Morgen war sie zeitig auf den Beinen; und nachdem sie gefrühstückt hatten, sah sie sich um, was an Arbeit zu tun sei.

Sie war eine gute Hausfrau, und er merkte nie etwas an ihr, das ihm merkwürdig vorgekommen wäre, außer, daß sie nie das Essen salzte, und nie, wenn sie keinen frischen Fisch hatten, schmeckten ihre Kartoffeln auch nur ein bißchen nach eingesalzenem Fisch. Ein glückliches Jahr verging, und ein kleines

Mädchen wurde ihnen geboren, das sie so lieb hatten wie die Augen in ihrem Kopf.

Das Mädchen wuchs heran und glich ungemein ihrer Mutter. Sie war ihr eine gute Hilfe, aber gleich der Mutter aß auch sie nie Salz.

Eines Tages nun stach Markus Torf auf der dem Meer zugewandten Seite des Liathán-Gebirges, und die Mutter schickte das Mädchen zu ihm mit dem Essen. Es war ein hölzernes Gefäß, wie die Leute damals es häufig benutzten, und die Kartoffeln lagen auf einem Holzteller, und dazu gab es einen kleinen Krug Milch.

Es war ein schöner Tag, und Markus setzte sich neben den Abstich und verzehrte seine Mahlzeit. Das Kind saß neben ihm. In diesem Augenblick kam ein großes Segelschiff hinter Ceann Ros Eoghain hervor.

Es wehte ein kräftiger Wind, und das Schiff kam gut voran.

»Ist das nicht ein prächtiges Schiff«, sagte der Vater, »und sieh nur, wie rasch es fährt.«

»Ja wirklich«, sagte das Mädchen, »so schön und so groß es auch ist, so rasch und so sicher es auch fährt, würde ich nur wollen, es hätte ein Ende damit.«

»Was redest du da«, sagte der Vater, »was willst du schon einem Schiff draußen auf hoher See anhaben können.«

»Warte«, sprach sie, »du wirst gleich sehen.«

Sie nahm den Teller und rannte damit zum Ende der Torfbank, wo es ein Loch gab, in dem etwas Wasser stand. Sie ließ darauf den Teller treiben und begann dann ihren Zauber.

Markus achtete nicht darauf. Aber nachdem sie eine Weile dort in der Wasserpfütze mit dem Teller herumgespielt hatte, rief sie ihrem Vater zu:

»Jetzt schau auf das Schiff!«

Der Vater blickte zum Meer, und alles, was er von dem Schiff noch sah, war die Spitze seines Topmastes, die aus dem Wasser ragte. Und so rasch wie es geht, wenn jemand in die Hände klatscht, war auch die Mastspitze verschwunden.

Er bekam Angst, und zugleich war er auch wütend. »Wer hat dich solche Dinge gelehrt?« fragte er. »Wer anders als meine Mutter«, sagte das Mädchen, »wenn du zur Arbeit fort bist, füllen wir das große Faß in der Ecke voller Wasser und stellen dann die Butterschüssel hinein. Wir lassen sie treiben und drücken auf sie, bis sie untergeht. So habe ich gelernt, wie man ein Schiff versenkt.«

»Mögen die Wälder und die Hügel für dich und für deine Mutter sorgen! Mag das Elend euch beide ergreifen. Das war ein schwarzer Tag, an dem ich deine Mutter traf«, sagte Markus zornig. Dann nahm er sein Gerät zum

Torfstechen auf, und als er sich zur Torfbank umwandte, war das Mädchen verschwunden. Er arbeitete bis zum Abend. Nach einem guten Tagwerk machte er sich auf den Heimweg. Als er das Haus vor sich sah, fiel ihm auf, daß kein Rauch aus dem Schornstein aufstieg. Noch seltsamer war, daß er die Tür verschlossen fand. Nachdem er sich gewaltsam Einlaß verschafft hatte, fand er drinnen, daß das Feuer nicht brannte. Die Teller standen auf dem Tisch. Der Flur war nicht gewischt. Er zündete das Herdfeuer an und ging nach draußen. Aber es ließ sich niemand sehen. Er wußte, daß seine Frau nicht die Angewohnheit hatte, zu anderen Leuten auf Besuch zu gehen, trotzdem ging er zu den Nachbarn hinüber, um zu fragen, ob sie und die Tochter dort seien. Nichts.

Er ging nach Hause zurück, und von dem Tag bis zum Tag seines Begräbnisses hat man die beiden Frauen nicht mehr gesehen.

Der Mann aus Inver und die Feenfrau

Es war da einmal vor langer Zeit ein Mann, der wohnte am Ende des Kirchspiels von Inver. Vater und Mutter waren gestorben, als er noch ein Junge gewesen war. Er hatte sich mehr schlecht als recht durchgebracht, und es war ihm nicht leicht gefallen, draußen zu arbeiten und das Haus in Ordnung zu halten.

Eines Tages saß er beim Mittagessen, da sah er ein hübsches nettes Mädchen draußen an seinem Fenster vorbeispazieren. Sie kam an die Tür, und er lehnte sich mit den Ellbogen auf die Halbtür. Sie wünschte ihm nichts Gutes. Sie wünschte ihm nichts Böses. Sie sah ihn an und ging dann weiter. Am nächsten Tag kam sie wieder, und es war wieder dasselbe. Er tat so, als sehe er sie nicht. Als sie am dritten Tag aber wieder auftauchte, bat er sie ins Haus. »Es ist nun schon das dritte Mal, daß du an meine Tür kommst, und es erscheint mir wie ein Wunder, daß du nie hereingekommen bist«, sagte er, »du hast doch nicht etwa Angst vor mir. Du bist mir herzlich willkommen.«

»Ich konnte nicht hereinkommen, ehe du mich nicht begrüßt und dazu aufgefordert hattest«, sagte sie. Sie kam herein.

»Du bist ganz allein hier!«, sagte sie.

»So ist es … kein Christenmensch außer mir.«

»Es ist schlimm für einen Mann so ganz allein zu sein«, sagte sie, »und wenn du magst, bleibe ich bei dir und tu alles, was sonst eine Ehefrau tut. Aber verrate nie jemandem, daß du so eine wie mich unter deinem Dach hast, und wenn jemand dich besuchen kommt, dann sag es mir. Ich muß mich dann verstecken.«

Lange blieb sie bei ihm, und sie war ihm eine gute Hausfrau. Nach einer Weile fiel den Nachbarn auf, wie ordentlich angezogen der Junge jeden Sonntag daherkam und wie ordentlich sein Haus aussah. Nach einem Jahr wurde ihnen ein Sohn geboren. Lange gelang es ihnen, das Kind vor den Nachbarn versteckt zu halten, aber Ihr wißt ja, vor Frauen etwas zu verbergen, ist nicht so einfach. Eines Tages kam eine Frau vorbei und hörte das Kind schreien. Von da an war es kein Geheimnis mehr. Der Mann hatte einen verheirateten Bruder im nächsten Kirchspiel, und die beiden hatten einander so gern wie sich Brüder nur gern haben können. Nie waren sie früher einander begegnet, ohne aufeinander zuzurennen, sich die Hände zu schütteln und miteinander etwas zu trinken. Nun aber, wenn sie auf der Straße aufeinander zukamen, ging der Bruder auf die andere Straßenseite und tat so, als habe er den Mann nicht gesehen. Dem Jungen kam sogleich ein, daß wohl irgendwer seinem Bruder etwas hinterbracht haben müsse. Er war entschlossen, die Dinge in Ordnung zu bringen. Also ging er hinüber und grüßte.

»Lieber Bruder«, sagte er, »was hast du nur plötzlich, daß du mir nicht einmal den Gruß bietest.«

»Wer mag schon mit dir sprechen«, sagte der Bruder, »alle, die deine Freunde waren, schämen sich jetzt. Du hast ein Weib in deinem Haus, von der niemand weiß, wer sie ist und woher sie stammt. Du hast versucht, sie zu verstecken, aber die Nachbarn haben es doch gemerkt.«

»Nun«, sagte der Junge, »das stimmt. Ich habe eben keine Begabung, etwas zu verbergen.« Und er erzählte dem Bruder, wie sich alles zugetragen hatte. »Aber ich sage dir«, fügte er hinzu, »eine bessere Hausfrau werde ich nie finden. Warum also sollte ich sie fortschicken?«

»Du mußt sie fortschicken«, sprach der Bruder, »und du wirst sie auch loswerden, wenn du nur tust, was ich dir sage.«

»Was soll ich tun?«

»Geh, bis du ans Ende dieser Straße kommst. Dort verkauft ein Mann allerlei Dinge. Kaufe bei ihm ein Messer mit einem schwarzen Griff. Und heute abend lege das Messer zwischen dich und diese Frau ins Bett. Sie wird sofort merken, daß etwas geschehen ist und dich verlassen.«

Der Mann befolgte den Rat seines Bruders. Er ging hin, kaufte das Messer und lief darauf heim. Auf dem Weg überlegte er sich, daß es böse sei, jemanden so fortzuschicken, der ihm immer geholfen und soviel für ihn getan habe. Er war schon in der Nähe des Hauses, dort wo ein Pfad von der Hauptstraße abbiegt und an einem Haferfeld vorbeiführt. Da nahm er das Messer und warf es ins Kornfeld. Dann ging er heim.

»Na, was gibt's Neues?« fragte ihn die Frau.

»Nichts weiter«, antwortete er.

»Hast du mit vielen Leuten gesprochen?«

»Ja, mit ein paar von den Nachbarn«, sagte er.

»Du mußt mich nicht belügen«, sagte sie, »du hast deinen Bruder getroffen, und er hat dir eingeredet, du solltest ein Messer mit einem schwarzen Griff kaufen und es zwischen uns im Bett hinlegen, wenn es Nacht wird. Dann ist dir eingekommen, das sei doch eigentlich gemein, und du hast das Messer ins Haferfeld geworfen. Einem so gutmütigen Mann wie dir will ich nicht länger zur Last fallen, ich weiß wohl, du brächtest es nie übers Herz, mich fortzuschicken, aber ich gehe, weil ich es so will. Unseren kleinen Sohn werde ich mitnehmen. Es wird nicht lange dauern, da wirst du eine andere heiraten, aber ehe ich gehe, möchte ich dich um dreierlei bitten.«

»Du kannst dir wünschen, was du willst«, sagte er, »ich werde dir mit Freuden jeden Wunsch erfüllen.«

»Nun«, sagte sie, »mein erster Wunsch wäre, daß im Herde immer Feuer brennen soll, mein zweiter Wunsch wäre, daß es im Haus immer Wasser geben soll, und mein dritter Wunsch endlich besteht darin, daß du immer etwas zu essen auf den Tisch stellst, ehe du ins Bett gehst. Kann sein, daß wir dein Haus dann und wann besuchen. Du wirst uns erkennen, aber deiner Frau darfst du nichts verraten.«

»Ich verstehe«, sagte er.

Sie verabschiedete sich von ihm und ging. Er war wieder allein, traurig war es ihm zumute. Endlich raffte er sich auf und heiratete eine andere Frau, eine gute Frau. Sie kamen gut miteinander aus, arbeiteten hart und brachten es zu vielen Gütern dieser Welt.

Gut und schön.

Die irdische Frau fragte den Mann immer, warum er das Feuer nicht ausgehen lasse, und auch das mit dem Wasser und den Speisen wunderte sie.

Sie quälte und quengelte solange, bis er ihr endlich das Geheimnis verriet und ihr die ganze Geschichte erzählte, so wie ich sie Euch erzählt habe.

»Nun«, sprach die Frau, »wenn du sie das nächste Mal siehst, mußt du sie mir zeigen. Vielleicht, daß ich sie auch sehen kann.«

Geraume Zeit später wachte der Mann mitten in der Nacht auf, und als er sich umschaute, saßen da die Feenfrau und das Kind am Feuer. Er weckte seine Frau.

»Das ist sie«, sagte er zu ihr, ... dort am Feuer!« Als die irdische Frau erkannte, wer da saß, stieß sie drei spöttische Lacher aus. Nicht erstaunlich, daß dies der Frau am Feuer ganz und gar nicht gefiel. »Diese drei Lacher werden euch noch teuer zu stehen kommen!« sagte sie. Dann ging sie zur Tür hinaus. Als der Mann am nächsten Tag in den Stall kam, war seine beste Kuh tot. Nach dem Mittagessen nahm er das Gerät zum Torfstechen und ging ins

Moor. Da fand er eines seiner fettesten Schafe tot neben dem Torfstapel liegen.

Um eine lange Geschichte abzukürzen: Von nun an verging kein Tag, an dem er nicht eines seiner Tiere tot daliegen fand, und alles, was ihm blieb, war am Ende eine alte weiße Mähre. Die alte Mähre hatte ein schwarzes Fohlen, und als das Fohlen eine Woche alt war, holte er sie aus dem Stall, um sie zu tränken. Das Pferd aber tat einen Fehltritt, stürzte und brach sich die Hüfte. Er mußte sie töten, und nun gab es nur noch das Fohlen. Er hatte aber weder Futter noch einen Tropfen Milch für das Junge.

»Wir sind am Ende!« sagte der Mann zu der Frau. »Was ist geschehen?«

»Die Stute hat sich die Hüfte gebrochen«, erklärte ihr der Mann, »wie soll ich jetzt ein einwöchiges Fohlen durchbringen.«

»Ich weiß auch nicht, was da zu tun ist«, sagte sie, »vielleicht wäre es das Beste, es auf einer Insel auszusetzen.«

Am nächsten Morgen also fuhr er mit dem Tier auf eine Insel und ließ es dort zurück.

Der Mann und die Frau lebten weiter in dem Haus, aber sie starben fast vor Hunger.

Nachdem etwa ein Jahr vergangen war, fand in Letterkenny ein Markt statt, und er überlegte sich, falls das Fohlen auf der Insel überlebt habe, könne er es dort verkaufen. Dann hätten sie wieder wenigstens etwas Geld. Er verließ das Haus, fuhr zu der Insel und fand das Tier dort gesund und munter. Er fing es ein, und als er sich am nächsten Tag bei Morgengrauen Letterkenny näherte, kam ein hübscher Junge auf ihn zu.

»Wieviel wollt Ihr für das Fohlen?« fragte der Junge.

Der Mann nannte eine Summe.

»Hier, nehmt diese fünf Pfund«, sagte der Junge, »ich wette mit Euch, daß Ihr bis zum Abend keinen Käufer finden werdet, der Euch mehr zahlt.«

»Gut, die Wette gilt«, sagte der Mann.

»Und noch eines. Solltet Ihr das Tier nicht loswerden, so könnt Ihr es heute abend für diesen Preis an mich verkaufen«, rief ihm der Junge noch nach.

»Ich bin Euch dankbar«, sagte der Mann, dem das Fohlen gehörte. Er trieb es zum Markt. Käufer kamen. Sie boten fünf Pfund, aber auch nur einen Halfpenny mehr wollte keiner geben. Was soll's, dachte er, warum das Tier nicht an den Jungen verkaufen. Der ist so gut wie jeder andere auch.

Er ging zurück zu der Stelle, wo sie einander begegnet waren, und tatsächlich, dort stand er auch und wartete schon auf ihn …

»Ihr habt nicht verkaufen können!« rief ihm der Junge entgegen.

»So ist es«, sagte der Mann. »Keiner wollte mir mehr als fünf Pfund geben.«

»Und jetzt verkauft Ihr das Tier mir?« fragte der Junge.

»Was bleibt mir anderes übrig?« sagte der Mann. »Ich brauche dringend Geld.«

Der Junge griff das Halfter.

»Kommt mit«, sagte er zu dem Mann, »damit ich Euch das Geld geben kann.«

Die beiden liefen, bis sie zu einem Platz kamen, an dem ein großes Schloß stand. Da gab es ein Geschäft und dorthinein führte der Junge den Mann. Als der Junge ihm die fünf Pfund brachte, kam seine Mutter aus dem Zimmer, das sich neben dem Laden befand. Der Mann aus Inver erkannte sofort, daß es die Frau war, mit der er zuerst zusammen gelebt hatte. Er war sehr aufgeregt, und dann verbeugte er sich.

»Schämst du dich nicht, mir zu begegnen«, sagte sie, »nun, du kannst ja nichts dafür, und deine Frau hat für ihr höhnisches Lachen teuer bezahlen müssen. Gib deinem Vater noch einmal fünf Pfund«, befahl sie dem Jungen.

Insgesamt ließ sie dem Mann aus Inver fünfzehn Pfund geben, ob Ihr es glaubt oder nicht. Wahrscheinlich war sie immer noch verliebt in ihn.

»Geh jetzt heim«, sprach sie dann zu ihm, »und von dem Geld kauf dir eine kleine Herde. Was immer auch du jetzt anfängst, du wirst Glück damit haben. Dein Sohn war es, der dir das Fohlen abkaufte, aber wahrscheinlich hast du ihn nicht erkannt. Alles wird wieder gut werden, wenn du nur tust, wie ich dir geheißen. Mich und das Kind wirst du erst an dem Tag wiedersehen, an dem der große Krieg zwischen den Iren und den Fremden beginnt. Dann wird dein Sohn auf einem schwarzen Pferd durch die Menge reiten, und die Iren werden siegen an diesem Tag!«

Ich vermag Euch nicht zu sagen, ob dieser Tag schon gekommen ist, oder ob er erst noch kommen wird.

Die Feenkuh und ihre Nachkommen

Früher ging es, wie man weiß, den Leuten nicht so gut wie heute. Sie mußten sich schwer abrackern, wollten sie ihre Familien durchbringen.

Da war nun ein Ehepaar an diesem Ort, das hatte zehn Kinder. Eines Abends gingen alle zu Bett, und es war nicht ein Mundvoll Essen in den Mauern des Hauses für den Morgen.

Sie redeten darüber, was da zu tun sei. Es hätte keinen Zweck gehabt, in einen Laden zu gehen. Erstensmal gab es damals nur ganz wenige Läden, und die wenigen, die es gab, führten keine Lebensmittel.

Wie sie es auch drehten und wendeten, es blieb ihnen keine andere Wahl, als betteln zu gehen.

Es war eine sehr stürmische Nacht, und durch das Heulen und Pfeifen des Windes hindurch meinten sie plötzlich das Muhen einer Kuh zu vernehmen.

Selbst Kühe waren zu dieser Zeit äußerst selten. Nicht jeder besaß eine Kuh.

Sie gingen hinaus, und siehe da: vor der Tür stand eine gefleckte Kuh. Sie führten sie in den Stall. Am nächsten Tag brachte die Kuh ein Kalb zur Welt. Sie sorgten sehr gut für das Tier. Freilich wunderten sich alle Leute in der Nachbarschaft, die eine Kuh besaßen, denn ihnen fehlte sie nicht. Die armen Leute molken die Kuh. Sie gab viel Milch, und es dauerte nicht lange, da brauchten die Kinder keinen Durst und keinen Hunger mehr zu leiden.

Die Kuh aber blieb bei ihnen. Keiner kam und erhob Anrecht auf sie. Sie warf jedes halbe Jahr ein Kalb, und es waren die besten Kälber weit und breit. Gut und schön.

Die Kinder wurden größer. Unterdessen war die Kuh vierzehn Jahre bei dieser Familie.

Eines Tages sprang die Kuh über eine Mauer und lief ins Haferfeld. Der Mann folgte ihr und versetzte ihr mit dem Schwarzdornstecken einen kräftigen Schlag. Die Kuh bellte, streckte den Schwanz in die Luft, versammelte all ihre Nachkommen um sich, und von dem Tag an hat man weder von ihr noch von ihren Kälbern je wieder etwas gesehen.

Die Feen schenken Zauberkräfte

Das kleine Volk wohnte auf den Mooren, in den Hügeln und im Meer.

Da war einmal ein Mann hierin Min na bhFian, der galt im Kirchspiel als der tüchtigste Arbeiter. Er stach Torf, verkaufte davon und hielt sich auch Vieh auf der Weide.

Eines Nachmittags war er an der Arbeit. Es war schon Zwielicht, und er wollte noch den Torf, den er gestochen hatte, stapeln, ehe er sich daran machen würde, das Vieh zusammenzutreiben. Er trieb es abends immer zusammen und ließ es über Nacht an einem geschützten Platz draußen.

Als der Torfstapel fertig war, griff er sich seinen Stock und ging.

Er war noch nicht weit, da kam die Nacht. Mitten auf dem Moor stand er vor einem großen Loch mit Schlamm an der Oberfläche. Er schaute da hinein und fragte sich, woher das wohl komme. Nach einer Weile entdeckte er eine Art Gang, der in das Moorloch hineinführte. Er stocherte mit seinem

Stock darin herum, und als er ihn nicht gleich wieder herausbekam, sagte er sich:

Ich kann ihn immer noch holen, wenn ich mich auf den Heimweg mache.

Er ging also fort, suchte das Vieh und trieb es zusammen. Dann kehrte er zu der Öffnung zurück, zog den Stock heraus und nahm ihn unter den Arm. Im Augenblick zwang ihn etwas, sich in das Moorloch zu stürzen. Er fiel bis auf den Boden. Dort unten konnte man gehen. Er kam an ein Schloß. Da saßen vergnügt viele Leute zusammen, sangen, aßen und tranken. Er setzte sich unter sie, aber er hütete sich, etwas zu essen. Sie redeten, erzählten Geschichten, bis er meinte, langsam sei es Zeit, wieder zu gehen.

»Ich denke«, sagte er, »es geht auf die Schlafenszeit. Da sollte ich heim.«

»Bei meiner Seele«, sagte der Mann, der neben ihm saß, »es ist schon viel später.«

»Ja, wie spät denn?«

»In einer Stunde geht die Sonne auf.«

»Gott bewahre mich. Sie werden nach mir gesucht haben.«

»Na und wenn schon«, sagte der andere, »hier wart Ihr ganz sicher.« Als er nun hinausging, kam einer von ihnen mit, bis der Mann wieder auf festem Boden stand.

»Nun«, sprach der aus dem guten Volk, »wenn jetzt der Morgen kommt, so geh dort drüben zu dem Hügel, und du wirst zwei Goldklumpen finden. Sie haben genau die Form, daß man eine Guinea damit gießen kann.«

Der Mann zögerte nicht lange und tat wie ihm geheißen. Er entdeckte tatsächlich auch die Goldklumpen, aber als er näherkam, stand vor jedem ein Soldat Wache, also konnte er sie nicht an sich bringen. Niedergeschlagen kehrte er nach Haus zurück.

Eine Münze täglich, bis das Geheimnis verraten wird

Ich habe oft davon gehört, daß in alter Zeit die Leute Feengeld bekamen. Jene, die nicht weiter darüber sprachen, behielten es, solange sie lebten. Es war da einmal ein Schmied in Kilcar, der hatte nur einen einzigen Sohn, der war auch ein guter Schmied, vielleicht sogar ein noch besserer als sein Vater. An einem Sonntagmorgen stand der Sohn zeitig auf, und das erste was ihm geschah, war, daß draußen ein Reiter hielt. Er wunderte sich, daß jemand so zeitig am Morgen unterwegs sei, ging aber hinaus, um mit dem Reiter zu sprechen.

»Könntet Ihr mein Pferd beschlagen?« fragte der Mann.

»Eine seltsame Zeit, um bei einer Schmiede vorzusprechen«, sagte der Sohn des Schmieds, »freilich kann ich Euer Pferd beschlagen. Aber wenn es überhaupt schon Hufeisen hat, dann will ich sie nur festklopfen und das sollte dann für heute hinreichen.«

Er machte das Hufeisen fest, und der stattliche Reiter war's zufrieden.

»Was bin ich Euch schuldig?« fragte er den Sohn des Schmieds, und dieser antwortete:

»Für Arbeit am Sonntag nehme ich keinen Penny!«

»Na schön«, sagte der andere und ritt davon.

Am nächsten Morgen kam der junge Mann aus dem Haus und fand in der Werkstatt zwei Pennies auf dem Amboß liegen, und so geschah es am nächsten Tag und an jedem Tag des Jahres …

Eines Tages kam der Vater und fragte die Mutter, ob sie irgendwelches Wechselgeld habe. Zu dieser Zeit war es üblich, daß die Frauen das Geld für den ganzen Haushalt verwahrten.

»Leider nicht«, sagte sie, »aber der Sohn hat eine Menge Münzen in seinen Taschen.«

»Münzen bei unserem Sohn!« sagte der Schmied. »Wo sollte er die denn her haben?«

Also riefen sie den jungen Mann herein und fragten ihn, woher das Geld stamme, das in seinen Hosentaschen klimpere. Der Sohn sagte die Wahrheit. Er erzählte, wie vor einem Jahr ein Reiter zur Schmiede gekommen sei und darum gebeten habe, die Hufeisen seines Pferdes festzumachen, und wie er, weil es Sonntag gewesen sei, dafür habe keine Bezahlung annehmen wollen. Und weiter: wie nun sich jeden Tag auf dem Amboß ein Penny gefunden habe. Von dem Tag an aber, da er anderen von den Münzen erzählt hatte, war es mit diesem Segen aus und vorbei.

Eine freundliche Frau erhält das Geld wieder, das ihr Mann verloren hat

Es war da einmal ein Ehepaar draußen in Cró an Cheo, und am Abend vor der Messe von Kilcar beschlossen die beiden, auf den Markt zu ziehen und dort eine Kuh zu kaufen. Sie kratzten alles Geld zusammen, das sich fand, und am Morgen gab es die Frau ihrem Mann und sagte zu ihm, er solle schon derweil vorausgehen. »Wenn ich mit meiner Hausarbeit fertig bin«, sagte sie, »komme ich nach. Geh du nur auf den Markt, und wenn du eine Kuh siehst, die dir gefällt, so kauf sie nur, mir wird es dann schon recht sein.« Der Mann ging fort, das Geld für die Kuh in der Tasche. Als die Frau mit ihrer Hausarbeit fertig war, machte sie sich ebenfalls auf den Weg. Als sie nun den Abhang gegen Dromnafinagle Bridge herunterkam, saß da eine arme Frau von den Fahrenden mit einem Kind am Straßenrand.

»Ach«, sprach die Frau, »um Gottes Lohn, wäret ihr wohl so freundlich und würdet auf das Kind aufpassen. Mein Mann ist in die Stadt gegangen. Er ist schon so lange fort, und ich möchte ihm nachgehen und schauen, was ihn aufgehalten hat.«

Die Frau aus Cró an Cheo war immer freundlich und hatte ein Herz für die Fahrenden, also nahm sie der anderen das ab, nahm es auf die Knie und wartete am Straßenrand. Die Fahrende aber ging in die Stadt. Die andere legte sich, des Kindes wegen, den Schal um den Kopf, damit keiner, der vorbeikam, sie erkennen konnte. Und alles, was man sah, war ihre Nasenspitze. Nachdem sie eine Weile so dagesessen hatte, kam ein Bursche schnellen Schritts die Straße entlang; als er mit ihr auf gleicher Höhe war, warf er ihr ein Taschentuch mit einem Knoten darin zu und ging dann rasch weiter. Sie zog den Knoten auf und stellte zu ihrem Erstaunen fest, daß in das Tuch eingeknüpft sich eben jene Summe Geldes befand, die sie am Morgen ihrem Mann gegeben hatte, als dieser aus dem Haus ging, um eine Kuh zu kaufen.

Gut und schön. Ihr sollt wissen, daß sie geduldig wartete, bis die Fahrende zurückkam. Sie übergab ihr das Kind und lief dann in Richtung Kilcar. Nach einer Weile kam ihr der Mann entgegen, der weinte. »Was ist mir dir, Armer?« fragte sie.

»Ach, es ist kein Wunder, daß ich weine«, sagte er, »ich habe das Kaufgeld für die Kuh verloren.«

»Mach dir nichts draus«, sprach sie, »laß uns in ein Wirtshaus gehen und etwas trinken. Vielleicht war es das Beste, was dir widerfahren konnte.«

»Aber wie das«, sagte er, »ich könnte ja nicht mal ein Glas Bier bezahlen.«

»Mach dir nur keine Sorgen«, antwortete sie, »ich habe einen Shilling, und den vertrinken wir jetzt.«

Das taten sie, und als sie sich so gestärkt hatten, griff sie in die Tasche und händigte dem Mann genug Geld aus, um eine Kuh davon zu bezahlen.

»Jetzt geh und kauf unsere Kuh«, sagte sie. Er ging und tat, wie ihm geheißen, und nie zuvor oder danach hat er einen so guten Kauf gemacht. Sie waren davon überzeugt, daß die Frau mit dem Kind am Straßenrand und der Mann, der ihr das Geld, eingeknüpft in das Taschentuch, zugeworfen hatte, Feen gewesen sein müßten. Die Feenfrau war wütend auf den Feenmann gewesen, als sie gesehen hatte, wie freundlich die irdische Frau war, und sie hatte ihn gezwungen, das gestohlene Geld wieder herauszurücken.

Der Feenbrotlaib

In alten Zeiten führten die Fischer hier an der Küste ein sehr hartes Leben. Oft fuhren sie am Morgen aufs Meer hinaus, ohne einen Bissen gegessen zu haben. Es war eine schrecklich schlimme Zeit damals, so schlimm, wie man sich das heute überhaupt nicht mehr vorstellen kann.

Ich habe erzählen gehört von einem armen Mann, der lebte in unserer Nachbarschaft. Er hatte eine große Familie ... viele kleine Kinder. Er besaß keinen Acker, noch irgendein vierbeiniges Vieh. Er war einzig und allein auf das angewiesen, was die See hergab. Wenn er keinen Fang tat, mußte er hungern und mit ihm die ganze Familie. Es war einige Jahre nach der Großen Hungersnot, daß dies geschah. Der Mann, von dem ich rede, lief zeitig am Morgen zu seinem Boot, und im Haus gab es außer ein paar Löffeln voll Haferbrei nichts, aber auch gar nichts Eßbares mehr. Wenn er den Haferbrei gegessen hätte, wäre für die Kinder nichts mehr dagewesen. Also beschloß er, lieber weiter zu fasten.

Es war ein frostiger Morgen, als er zur Küste hinunterging.

Er mochte sich gar nicht mehr daran erinnern, wann er das letzte Mal etwas zu essen bekommen hatte. Er ging weiter, und als er über eine Mauer stieg, um die Abkürzung über Páirc Bhan einzuschlagen, sah er dort plötzlich einen Brotlaib liegen. Er hielt inne, schaute hin, ein-, zweimal, hatte aber nicht den Mut, das Brot anzurühren. Er fürchtete einfach, jemand könne es hingelegt haben, um ihn zu narren. Die Stelle, an der er das Brot fand, hieß ›Platz der Freundlichkeit‹. Das fiel ihm auch gleich ein. Andere mußten vor ihm die Abkürzung benutzt haben, aber sie hatten es nicht gesehen. Er lief ein paar Schritt weiter, blieb dann aber wieder stehen und sprach bei sich:

»Das kann nicht ohne Absicht dort hingelegt worden sein. Und ich müßte ein Wicht sein, wenn ich das Brot dort liegen ließe, während daheim meine Kinder hungern!«

Also hob er das Brot auf und nahm es mit heim. Etwas aß er auch selbst davon. Den Rest verteilte er unter die Kinder, und es war genug da, daß alle davon satt wurden.

Er fuhr dann mit seinem Boot aus, und kein Leid geschah ihm von unten oder oben, weil er das Brot mitgenommen hatte. Man weiß freilich nicht genau, wer das Brot dort hingelegt hat, aber der arme Mann war ganz sicher, daß es das Feenvolk gewesen sein müsse.

Eisen und Salz meiden die Feen

Bei den Frauen gab es eine Sitte. Wenn ein Kind in der Wiege lag und sie verließen das Haus, so legten sie eine Zange auf die Wiege, um so zu verhindern, daß das Feenvolk das Kind stahl. Über jenes, auf dem gesegnetes Eisen lag, hatten sie keine Macht.

Wenn man ging, um die Kühe zu melken, wurde ein Nagel in den Boden des hölzernen Eimers geschlagen. Manche Leute legten eine Münze auf den Boden eines jeden Gefäßes, in das Milch geschüttet wurde. Andere streuten immer etwas Salz in die Milch, ehe sie aus dem Haus gingen, beispielsweise, wenn sie einen Nachbarn besuchten oder mit den Fahrenden sprachen.

Entschieden verboten war es den Fischersfrauen, mit frischem Fisch aus dem Haus zu gehen, ohne daß etwas Salz daraufgestreut worden war. Wurde das unterlassen, war die Gefahr sehr groß, daß die Betreffende von den Feen in die Irre geführt wurde.

Gesalzenes Zusammengekochtes und der Feenmann

Es gibt ein Fort hier in der Nähe. Dort wimmelt es immer nur so von Feen. Nahe dem Fort liegt ein Haus. Eines Abends spät kam ein Mann in dieses Haus. Er trug Stiefel und eine Mütze, die oben spitz auslief. Solche Kopfbedeckung sah man damals in dieser Gegend gewöhnlich nur bei Polizisten oder Protestanten. In diesem Haus besaßen sie einen Hund, der gewöhnlich ein lautes Gebell anstimmte, wenn ein Fremder sich näherte, aber bei diesem Mann gab der Hund nicht einen Laut von sich. Der Mann trat ein, stellte sich mit dem Rücken zum Feuer und unterhielt sich mit der Frau des Hauses und mit einem kleinen Mädchen des Nachbarn, das bei ihr war. Er erkundigte sich nach allen Nachbarn. Er schien sie alle zu kennen. Schließlich sagte er, jetzt müsse er aber wieder gehen.

»Ach wartet doch«, sprach die Frau des Hauses, »gleich wird mein Mann zurück sein. Er ist nur eben mal nach Ceapach hinuntergegangen. Ich habe Zusammengekochtes auf dem Feuer. Gewiß eßt Ihr doch gern einen Löffel voll mit.«

»Habt ihr es gesalzen?« fragte der Mann.

»Ja, gewiß doch«, sagte sie.

»Wenn Salz darin ist, darf ich es nicht anrühren. Ich geh schon mal hinauf in meine Behausung.«

Da waren sie sicher, daß der Mann einer von dem Volk aus den Hügeln gewesen war, denn er wußte aber auch alles über die Nachbarn und was sie trieben.

Der erste Anruf am Morgen

Es ist nicht recht für einen Fischer, dem ersten Anruf am Morgen Folge zu leisten, denn er läuft dabei Gefahr, daß er zu den Edlen im Meer gerufen wird.

Vor langer Zeit war da einmal ein Fischer in Atharach, der hieß Pádraig Mac Lochlainn. Er und seine Mannschaft fischten mit Schnüren. Er wurde am Morgen gerufen. Er stand auf, aß einen Bissen und ging zu seinem Boot. Aber da war noch gar keiner von den anderen Männern, und es dauerte auch noch beträchtliche Zeit, ehe einer kam. Als die ganze Mannschaft beisammen war, fragte er, wer ihn denn habe rufen lassen. Keiner wußte von etwas. Sie fuhren auf See hinaus, und an diesem Tag wurde er von einer Welle über Bord gerissen. Seinen Leichnam hat man nie gefunden.

Die Bochtóg der Mac Ginleys

Die Fischer pflegten zu erzählen, daß es auch Feenfrauen auf dem Meer gebe, und diese nannten sie bochtógai. Die Rede ging, daß sie bestimmte Familien beschützten. Man sah sie oft bei stürmischem Wetter. Sie steckten den Kopf aus den Wellen und hatten langes gelbes Haar, das ihnen bis auf die Hüften fiel.

Vor langer Zeit lebte ein Mann in Rann na Cille. Eines Nachts, als er fest schlief, träumte er von Treibholz, das westlich von Fothair Éamoinn Óig gelandet worden war. Er stand auf, machte sich nicht die Mühe, nach der Zeit zu sehen – wahrscheinlich besaß er auch gar keine Uhr. Er nahm einen Tropfen Tee und ging dann hinaus.

Der Mond war gerade im Abnehmen. Als er zu der Klippe kam, war der Mond untergegangen, Dunkelheit klumpte sich im Westen zusammen, und es war stockduster. Er ging noch ein Stück weiter, stellte sich dann aber unter einen großen Stein, und als er dort stand, schlief er auf der Stelle wieder ein.

Es dauerte aber gar nicht lange, da erwachte er davon, daß ihm jemand eine leichte Backpfeife versetzte. Er schrak aus dem Schlaf hoch. Neben ihm stand eine Frau.

»Mach so schnell du kannst, daß du nach Haus kommst«, sagte die Frau.

»Wer seid Ihr?« fragte er. »Und wo kommt Ihr denn so plötzlich her?«

»Wenn du heimkommst«, sprach sie, »sag deiner Mutter, daß Mac Ginleys bochtóg dich geweckt hat. Andernfalls wärest du heute Nacht elendiglich ertrunken. Wärest du dorthin gegangen, wo du hin wolltest, hätte dich dein Schicksal ereilt, und das wäre dann doch eine traurige Geschichte gewesen, die deine Mutter am Morgen zu hören bekommen hätte.«

Er ging heim und suchte nie mehr an der Küste nach Treibholz bis zu dem Tag, da sie ihn unter die Erde brachten.

Die Feeninsel vor Rathlin O'Birne

Es verging kein Tag, an dem die alten Fischer nicht von der Feeninsel im Südwesten vor Rathlin O'Birne Island sprachen. Sie pflegten zu behaupten, einmal alle sieben Jahre tauche sie aus den Fluten auf. Und nur, wer mit noch glühenden Kohlen auf ihr an Land gehe, könne verhindern, daß sie wieder sinke. Es war eine verzauberte Insel. Viele sahen sie in den alten Tagen, aber niemandem gelang es, dort an Land zu gehen.

Ein alter Mann aus Glencolmcille erzählte, daß ein Verwandter sie vor langer Zeit einmal gesehen habe.

Der Mann war auf dem Heimweg. Er hatte einen Spinnradbauer besucht und trug die beiden Füße eines Spinnrades bei sich. Es war ein schöner Sommerabend unmittelbar nach Sonnenuntergang, und als er an einen Platz kam, der jetzt Mullach na gCros genannt wird, blickte er nach Westen, und zwischen sich und dem Licht am Horizont meinte er eine Insel zu sehen, die er nie zuvor gesehen hatte. Er kannte die Geschichte von der verzauberten Insel und war sich sicher: Das müsse sie sein. Er entschloß sich, einige Fischer in Dooey davon zu verständigen, damit sie hinausfahren und dort, wo die Insel lag, ein genaues Zeichen setzen könnten. Aus den Füßen der Spinnräder machte er ein Kreuz und trieb es in den Boden. Dann lief er und holte die Männer, aber als er mit ihnen zurückkam, war weit und breit nirgends ein Kreuz mehr zu sehen. Sie suchten und suchten, und endlich fanden sie das Kreuz doch, und jetzt sahen sie auch die Insel. Sie fuhren auf sie in einem kleinen Boot zu, und als sie nahe dran waren, hörten sie auf zu rudern und konzentrierten alle Aufmerksamkeit auf das Stück Land, das da vor ihnen lag. Es kam ihnen vor, als hätten sie nie zuvor irgendwo so grüne Wiesen gesehen wie auf dieser Insel. Es gab auch kleine Bäume, und unter sich sagten sie, vielleicht sei das jenes Land, das man Tir na hÓige (Land der Jugend) nennt.

Sie legten sich wieder in die Riemen, um noch näher heranzukommen, und als sie nur noch fünfzig Meter entfernt waren, ließen sie die Ruder vor Verwunderung wieder sinken. Auf der Insel unter einem Baum saß ein Mädchen und strickte Socken. Sie waren nicht ohne ihr Wissen und ihren Willen so nahe herangekommen, und als sie nun nur noch einen Steinwurf weit von der Insel entfernt waren, stand das Mädchen auf, holte ein Knäuel Wolle aus ihrem Busen hervor und warf es in das Boot. Das Fahrzeug begann sogleich so heftig zu schwanken, daß die Männer beinahe ins Wasser gefallen wären. Kein Wunder, daß sie es mit der Angst zu tun bekamen und, statt auf der Insel zu landen, froh waren, mit heiler Haut von ihr fortzukommen. Sie hatten ein Messer an Bord, und mit diesem versuchten sie den Wollfaden durchzuschneiden, aber wie immer sie sich bemühten, der Faden ging nicht entzwei.

Sie hatten auch ein Gefäß mit Glut dabei, und einer von ihnen meinte, vielleicht werde man mit heiliger Glut den Faden durchsengen können. Er hielt also ein Stück Glut daran, und sofort zerriß der Faden. Das Boot schaukelte nicht mehr, aber dennoch wagten sie es nicht, sich wieder der Zauberinsel zu nähern, sondern ruderten zurück nach Lag na dTruáin.

Das Mädchen aus der See und Eoin Óg

In alten Tagen lebte ein Mann mit dem Namen Eoin Óg in Cruachlann. Im Winter, wenn es sonst ganz und gar nichts zu essen gab, sah er sich immer auf dem Strand danach um, ob vielleicht etwas angespült worden sei.

An einem schönen sonnigen Tag befand er sich im Westen an der Küste bei Fothair Chapall und sammelte dort zwischen den großen Steinen Periwinkles (Uferschnecken). Da entstieg dem Wasser eine Frau, so schön, wie er noch nie zuvor eine gesehen hatte, sie ging zu einem flachen Felsen, legte ihren Mantel ab und ließ ihn dort auf dem Stein liegen. Eoin beobachtete sie eine ganze Zeit, und schließlich glitt sie ins Wasser. In diesem Augenblick streckte er die Hand aus, griff den Mantel, preßte ihn an sich und rannte eilig heim. Gut und schön. Er wußte ganz genau, daß sie nach ihrem Mantel suchen werde, denn er hatte oft von diesen Frauen aus dem Meer erzählen hören, und daß sie ohne ihren Mantel nicht zurückkehren können. Sie tauchte auch tatsächlich sogleich wieder auf und kam an Land, aber da sie sich dort nicht so rasch bewegen konnte, hatte sie den Mann noch nicht eingeholt, als dieser Cruachlann erreichte. Daheim versteckte Eoin sogleich den Mantel, um sie zu zwingen, bei ihm zu bleiben. Sie gewann ihn gern, und um eine lange Geschichte kurz zu machen, er schlief mit ihr, und im Laufe der Jahre wurden den beiden drei Kinder geboren, zwei Jungen und ein Mädchen.

Eoin fürchtete immer, die Kinder könnten einmal den Mantel entdecken. Wann immer sich eine Gelegenheit dazu ergab, trug er ihn von einem Platz zum anderen. Eine Weile lag er unter dem Heu, später dann unter dem Mais, und eines Tages, als er daheim am Dachdecken war, steckte er ihn unter die Binsen dort oben. Er meinte, kein Menschenwesen habe ihm dabei zugesehen, aber da täuschte er sich. Der Zufall wollte es, daß der älteste Junge bemerkte, wo er den Mantel versteckte.

Am nächsten Tag ging Eoin fischen. Die Kinder waren mit der Mutter allein zu Haus. Sie sprachen mit ihr über dies und das, und schließlich sagte der Junge:

»Mami, du hättest dieses prächtige Kleid sehen sollen, das der Vater gestern beim Dachdecken dort unter die Binsen gesteckt hat.«

»Was denn für ein Kleid?« fragte die Mutter.

»Das prächtigste Stück Tuch, das ich je gesehen habe«, sagte er.

»Komm, zeig mir das«, sprach sie, und der Junge tat wie ihm geheißen. Die Leiter, die beim Dachdecken gebraucht worden war, lag noch da, und es gelang ihr, sie aufzurichten. Sie fand den Mantel. Sie nahm ihn und versteckte ihn an einer Stelle, von der sie ihn jeder Zeit wieder an sich nehmen konnte.

Es war Abend als Eoin zurückkehrte. Sie machte ihm ein Essen, und als er am Tisch saß, schlüpfte sie aus dem Haus, und das war das Letzte, was Eoin von ihr zu sehen bekam. Sie holte ihren Mantel und tauchte wieder hinab ins Meer. Später sah man sie nie wieder, aber die alten Fischer behaupten, sie habe immer wieder versucht, jenes Boot, in dessen Mannschaft ihr Sohn mitfuhr, zu verderben. Es ist ihr aber nicht gelungen.

Mit dem Boot entführt

Es war da einmal vor langer Zeit ein Mann, der hatte eine Menge Korn gesät. Es wurde spät reif, aber endlich stellte er eine Gruppe Schnitter ein. Am nächsten Samstag sollten sie kommen. Sie kamen aber erst am Montag an. Da war nichts für sie vorbereitet. Kein Brot war für sie da. Man machte Haferbrot zu jener Zeit. Und selbst Wasser hatte man nicht hereingebracht. Deswegen bat die Magd den Hausherrn, doch rasch zum Bach zu gehen, der in der Nähe des Hauses vorbeifloß und dort einen Eimer Wasser zu schöpfen.

Der Mann ging also zu dem Bach, um den Eimer zu füllen. Da geschah etwas Merkwürdiges. Vom Strand her stieg plötzlich das Meer weiter und weiter, bis die ganze Gegend unter Wasser stand und er ein hübsches kleines Boot auf sich zukommen sah. In dem Boot saß ein kleiner rothaariger Bursche: Er trug mit bunten Fetzen benähte Kleider und jonglierte mit drei gelben Bällen. Das Boot kam heran, bis sein Bug die Fußspitzen des Mannes berührte, und als dann das Wasser immer höher stieg, stieß die Bootswand dem Mann gegen das Schienbein. Wütend hob er den Fuß und wollte das Boot mit einem Fußtritt von sich fortstoßen. Das gelang ihm aber nicht, stattdessen wurde er ins Boot gezerrt, und ab ging's hinaus auf See, bis sie gegen Abend auf der anderen Seite des Ozeans ein Land erreichten. Gut und schön. Der Mann sprang an Land, aber er brauchte nur ein paar Schritt zu tun, da merkte er, daß da etwas merkwürdig war. Er konnte sich nicht recht bewegen. Er sah an sich herab und entdeckte, daß er Frauenkleider anhatte. Er lief weiter, bis er in der Ferne ein Licht sah, auf das ging er zu. In dem Haus wohnten ein Junge und ein Mädchen. Sie dachten natürlich, er sei eine Frau. Sie waren gerade im Begriff, zu einem Wake in einer Ortschaft in der Nähe aufzubrechen. Sie fragten den Mann, den sie für eine Frau hielten, ob er nicht mitkommen wolle, und der stimmte zu.

Sie gingen also zu dem Wake, das für eine Frau abgehalten wurde, die im Kindbett gestorben war. Während der Nacht begann das Kind zu weinen, und die Frauen nahmen es aus der Wiege. Eine reichte es an die andere weiter, aber keine war in der Lage, es zu beruhigen. Der Herr des Hauses sagte endlich, man solle es einmal der fremden Frau geben. Das taten sie, und sofort schlief das Kind ein.

Am nächsten Morgen, als die Gäste das Totenhaus verließen, erklärte der Hausherr, wer immer die fremde Frau sein möge, sie dürfe nicht gehen, ohne das Kind mitzunehmen. In diesem Augenblick vergaß der als Frau verkleidete Mann alles. Er verlor völlig die Erinnerung an seine Heimat und wie er hierhergekommen war. Er war nur noch darauf bedacht, sich um das Kind zu kümmern, bei dem es sich um ein Mädchen handelte. Er blieb, bis das Mädchen sieben Jahre alt war.

Eines Tages ging er mit dem Mädchen am Meeresstrand spazieren, da überkam ihn eine große Einsamkeit, wie er sie nie zuvor verspürt hatte, und er begann, an seine Heimat zu denken. Es dauerte gar nicht lange, da sah er wieder das kleine Boot auf sich zukommen, das ihn auch beim ersten Mal abgeholt hatte, und diesmal wurde er zusammen mit dem kleinen Mädchen in das Boot gezerrt. Es fuhr mit solcher Geschwindigkeit, daß es den Wind vor sich einholte, aber der Wind hinter ihm konnte so rasch nicht nachkommen. Und im Nu war er wieder bei jenem Eimer, mit dem er hatte Wasser aus dem Bach schöpfen wollen. Er und das kleine Mädchen stiegen aus, und als er genau hinsah, war der Eimer noch genau in dem Zustand wie damals. Er griff nach ihm und trug ihn ins Haus.

Die Magd stand noch mitten in der Küche, als sei er eben fortgegangen.

»Das hat aber lange gedauert«, meinte sie.

Es war da, daß ihm erst recht bewußt wurde, wie merkwürdig es ihm ergangen war, und er nahm sich vor, nicht eher zu rasten und wieder zwei

Nächte im selben Bett zu schlafen, ehe er nicht begriff, was da geschehen war.

Er brach auf und lief zu, bis es dunkel zu werden begann. Schließlich sah er ein kleines Haus mitten im Moor. Als er näherkam, meinte er drinnen ein Geräusch zu vernehmen. Er trat in das Haus ein und sah zwei Wiegen, eine auf jeder Seite des Feuers, und in jeder der Wiegen lag eine alte Frau. Ein Strohseil war zwischen den Wiegen ausgespannt, und die alten Frauen schaukelten einander, und dabei weinten sie. Er fragte sie, warum sie denn weinen mußten.

»Wir sind vor Hunger gestorben«, sagte die eine von ihnen.

»Granny ist am Morgen fortgegangen. Sie ist nie mehr zurückgekommen.«

»Wo steckt denn deine Großmutter?« fragte er.

»Sie ist unten am Strand und breitet dort Seegras zum Trocknen aus.«

Er sagte sich, die Großmutter müsse wohl recht alt sein, da doch die Wiegen eine sehr altertümliche Form hatten, und wenn er mit ihr spreche, werde er vielleicht etwas Wichtiges erfahren. Also ging er hinunter zum Strand. Dort kam sie auf ihn zu mit einer Ladung Seegras, so schwer, daß selbst ein Pferd noch alle Mühe damit gehabt hätte.

Sie stülpte den Korb, in dem sie die Last schleppte, um, setzte sich darauf und begann, sich mit ihm zu unterhalten.

»Was hast du für Sorgen?« fragte sie. »Und wie bist du hierhergekommen?«

Er erzählte ihr seine ganze Geschichte von Anfang bis zum Ende, wie das Wasser auf ihn zugekommen war, als er versucht hatte, den Eimer zu füllen, wie man ihn ins Boot gezerrt und der kleine rothaarige Mann mit ihm davongefahren war. »Du bist nie fort gewesen«, erklärte ihm die alte Frau, »das hast du dir alles nur eingebildet, denn man hat dich verzaubert wie viele andere vor dir. Eine Feenschar ist über dich hergefallen, und wie gesagt, obwohl es dir so vorgekommen ist, als würde man dich in das Boot zerren, hast du dich nicht vom Fleck gerührt, an dem du gestanden hast. Geh heim, und erwähne nie ihren Namen, ohne sogleich hinzuzufügen, du wollest ihre Gesellschaft meiden, dann wirst du nie mehr in Schwierigkeiten kommen durch sie.«

»Gut, ich werde deinen Rat beherzigen«, sagte er, »aber ehe ich gehe, würde ich gern noch wissen, wie du es fertig gebracht hast, solange zu leben.«

»Das will ich dir verraten«, sprach sie, »ich habe mich nie schlafen gelegt, ohne müde zu sein. Ich habe nie einen Bissen gegessen, ohne daß ich nicht argen Hunger gehabt hätte. Ich verbrachte mein ganzes Leben mit Arbeit. Jeder, der es so hält, wird lange leben.«

Er kehrte heim, und von dem Tag an bis zu seinem Tod ließen ihn die Feen ungeschoren.

Der Schmied von Bedlam und der Feenzug

Vor langer Zeit gab es einen Schmied in Bedlam, er lebte dort, wo heute die O'Donnell-Schmiede steht und war bekannt unter dem Spitznamen Gelber Billy. Er und seine Frau besaßen ein kleines Haus westlich der Brücke auf der rechten Straßenseite, und außer den beiden gehörte niemand zu diesem Haushalt.

Man sagte, es vergehe keine Nacht des Jahres, in der nicht das kleine Volk hereinschaue, um zu erzählen und sich mit Billy zu unterhalten. Sie waren so vertraut mit ihm, daß sie ihm Dinge ins Zimmer warfen. Seinem Weib fiel nichts Besonderes auf. Sie hatte keinen Blick dafür, aber Billy kannte all ihre Streiche.

Zu jener Zeit war die Straße nur ein enger Pfad, der bis zum Ende des Tales führte, und wenn die Leute Strandgut mitbrachten, hatten sie alle Mühe damit. Es gab da einen scharfen Felsen mitten im Pfad, an dem die Wagen hängenblieben, und wenn sich die Fuhrleute auch alle Mühe gaben, geschah es doch häufig, daß ein Fuhrwerk dort umkippte. Häufig hatten sie Billy schon gebeten, diesen Felsen zu zertrümmern, denn er hatte den einzigen Vorschlaghammer weit und breit, aber Billy war einfach nicht dazu zu bewegen gewesen. Er pflegte stets zu sagen, das sei ein sanfter Fels, und es sei besser, ihn so zu lassen, wie er nun einmal sei. Gut und schön. Eines Nachts machten sie Billy betrunken und stachelten ihn auf, den Felsen zu zerstören. Sie brachten ihn so in Wut, daß er mit seinem Vorschlaghammer Keile in das Gestein trieb. In der folgenden Nacht tat er kein Auge zu. Das kleine Volk kam und streute Schmutz und Dung in seinem Haus aus. In der dritten Nacht lief Billy zum Priester und bat ihn um Rat.

»Nun«, sagte der Priester, »am Sonntag muß ich nach Gweedore die Messe lesen gehen. Auf meinem Weg dorthin werde ich sie bannen. Ich werde sie an einen Platz versetzen, an dem sie nie mehr einem Sterblichen schaden können, aber du mußt eines Sinnes mit mir sein.«

Billy ging heim. Kaum war er zur Tür herein, als vor ihm ein Winzling stand und zu sprechen begann. »Billy«, sagte er, »wir haben immer zu dir gehalten, und jetzt willst du uns Leid zufügen.«

»Das habt ihr euch selbst zuzuschreiben«, antwortete Billy, »wenn ihr euch anständig benommen hättet, wäre nichts geschehen, aber da ich meinen Frieden will, mußte ich etwas unternehmen.«

»Es ist nicht recht, daß wir alle für das büßen sollen, was ein paar Bösewichte unter uns angestellt haben. Das waren ein paar übermütige junge Burschen, die dich geärgert haben. Wenn du es diesmal noch dabei bewenden läßt, wirst du besser dran sein, aber auf jeden Fall nicht schlechter.«

»Ich habe nichts gegen euch«, sagte Billy, »wenn ihr mich in Ruhe laßt, will ich die Sache nicht weiter verfolgen.«

»Schön«, sprach der kleine alte Mann, »es gibt da eine Kiste Gold, die liegt auf der Gelben Sandbank vergraben, und es gibt bei Bun an Inbheara jemanden mit einem Boot. Er wird dich zur Sandbank herüberbringen, und alles, was du dann tun mußt, ist, einen starken Fischhaken auszuwerfen und mit ihm die Kiste hochhieven.«

»Ich weiß nicht«, sagte der Schmied, »... erst lockt ihr mich vielleicht dort raus, und dann wißt ihr es so einzurichten, daß ich ertrinke.«

»Hab keine Furcht«, sagte der alte Mann, »nimm eine Flasche Weihwasser mit ins Boot ... was soll dann noch passieren?«

»Ich mag nicht«, sagte Billy.

»Nun«, sagte der kleine alte Mann, »es gibt hier in Caiseal einen Mann, dessen Fuß ist wund, und ein Kraut wächst in seinem eigenen Garten, das ihn heilen könnte. Wenn du hingehst, wird einer von uns mit dir kommen und dir das Kraut zeigen. Du brauchst es dann nur noch auf die Wunde zu legen. Das wird ihn heilen, und wenn das geschehen ist, wird er alles für dich tun, worum du ihn bittest.«

»Ich denke gar nicht daran, dort hinzugehen«, sagte Billy, »der Weg ist nämlich sehr einsam.«

»Ja dann, Billy«, sagte der alte Mann, »dann kann ich nichts mehr für dich tun. Hier in der Gegend weiß ich nichts, was ich dir geben könnte, höchstens ein bißchen Gold, genau gegenüber, auf der anderen Seite des Flusses, und wenn du willst, geh hinüber und hol es dir.«

Noch in derselben Nacht grub Billy mit einem Pickel an der Stelle nach, die ihm der Feenmann beschrieben hatte. Er grub und grub, aber selbst, wenn er jetzt noch graben würde, hätte er kein Gold gefunden. Als er eine gewisse Zeit sich abgemüht harte, zeigte sich der kleine Mann auf dem gegenüberliegenden Ufer und rief ihm zu, er grabe an der falschen Stelle. Dann beschrieb er ihm, wo er stattdessen graben solle, und als er das tat, stieß er auf Goldmünzen, die waren so groß wie Fünf-Shilling-Stücke. Er nahm sie mit heim. Geraume Zeit später verkaufte er sie an einen Hausierer, der des Weges kam und erhielt von dem für jede Münze einen Sixpence.

Gut und schön. Der Sonntag kam, und als Billy meinte, jetzt müsse es in etwa die Zeit sein, zu der der Priester aus Gweedore zurückkomme, wartete er auf ihn und sprach mit ihm. »Priester«, sagte er, »es ist doch besser, das kleine Volk in Ruhe zu lassen.«

»Ja«, antwortete der Priester, »vielleicht ist es besser so. Sieh mal, was sie mir angetan haben. Als ich durch das Gleann Thualla komme, schleudern sie doch diesen widerwärtigen Pfeil nach mir.«

Also ließ man dem kleinen Volk seine Ruhe, und von diesem Tag bis zur Stunde seines Todes haben die Feen weder Billy noch irgendeinen seiner Verwandten je wieder behelligt.

Du wirst zahlen

Ein Mann aus Ros Goill baute ein Haus auf einen Ort der Feen, obwohl ihn seine Nachbarn gewarnt hatten. Das kleine Volk kam mitten in der Nacht. Es lärmte durchs ganze Haus. Als er aufstand aus dem Bett, hörte er sie singen:

»Du hast unser Haus zerstört, unsere Wohnung, unseren Salon, aber dafür wirst du zahlen! Du wirst zahlen!«

Es blieb ihm nichts anderes übrig als auszuziehen. Sie hätten ihm sonst das Leben zur Hölle gemacht.

Steine von einem Feenort

Vor langer Zeit lebte in Teelin ein Mann, der hieß Tomás Mór. Er versuchte, einen Bauplatz für ein Haus zu bekommen, aber trotz allem Geld, das er zu zahlen bereit war, gelang ihm das nicht. Endlich mußte er sein Haus unten an der Küste vor dem Maul der Wellen errichten.

Ein paar Jahre später hatte er gut beim Fischfang verdient und dachte daran, einen Anbau vorzunehmen. Er unterhielt sich mit seiner Frau darüber. Die sagte nur:

»Mach nur, wie du denkst, Lieber!«

Er ging an die Küste, suchte hier und da, bis er einen großen Haufen Steine zusammengetragen hatte. Er kam dann mit einem Korb und trug die Steine auf dem Rücken heim.

Eine Mitternachtsspringflut kam, und er überlegte sich, daß er Zeit gewinnen werde, wenn er ein paar Ladungen bei Nacht transportieren könne, da doch der Strand leer und die Nacht vom Mond hell war.

Also brach er auf, als es schon dunkel war und nur der Mond leuchtete. Er füllte seinen Korb und war bereits auf dem Rückweg über den Strand, als ihn ein Feenzug einholte und alle riefen sie:

»Schmutziger Tomás Mór, schmutziger Tomás Mór,
jetzt stehn wir für immer im Regen,
wie kommst du dir dabei vor?«

Er kehrte sofort um und trug die Steine wieder auf den Platz zurück, an dem sie gelegen hatten. Am nächsten Tag trug er auch noch jene Steine hin, die er schon heimgebracht hatte, und das war gut so.

Der Fremde, der den Mann vom Zoll täuschte

Es gab seltsame Dinge in den alten Tagen. Die poteen-Brenner pflegten den ersten Tropfen, der aus der Destille kam, dem Volk von den Hügeln hinzuschütten.

Es war da ein Mann vor langer Zeit, der brannte Schnaps in einem Raum hinter der Feuerstelle, und er hatte schon drei Bottiche voll. Ein Reisender kam des Weges, und der Brenner erzählte ihm, er fürchte, die Zollwachen könnten bei Nacht eine Razzia machen.

»Mach dir keine Sorgen«, sagte der Reisende, »solange ich hier bin, wird dir nichts geschehen.«

Während der Nacht wurde der Brenner von einem Geräusch wach.

Die Zollbeamten waren im Anmarsch. »Nun«, sprach er zu dem Reisenden, »jetzt geht's mir an Kopf und Kragen. Die stecken mich, wenn sie etwas finden, auf der Stelle ins Gefängnis. Was soll dann aus meiner Frau und den Kindern werden? Wenn du etwas vermagst, dann ist jetzt die rechte Zeit dazu. Rette mich!«

»Gut«, sagte der Reisende, »geh hinaus und hole einen Arm voll Heu herein.« Der Brenner tat, wie ihm geheißen.

»Jetzt«, sagte der Fremde, »leg ein bißchen Heu neben jeden Bottich.«

Das tat der Brenner, und kaum war es geschehen, da standen da drei gefleckte Kühe, die Heu fraßen.

»Geh noch einmal hinaus«, sagte der Reisende, »und hol ein paar Kartoffeln, die wirfst du neben die Destille.«

Der Mann warf die Kartoffeln neben die Destille. Als nun die Zöllner hereinkamen, sahen sie die Kühe, die Heu fraßen. Sie stiegen in das Gelaß, aber auch da fanden sie nur eine Sau mit ihren Jungen, die sich über Kartoffeln hergemacht hatte. Ohne etwas gefunden zu haben, zogen die Zöllner wieder ab.

Der Schwarzbrenner wunderte sich. Er fragte den Reisenden, wie das denn zugegangen sei.

»Nun«, meinte der Fremde, »wenn du dich an das hältst, was ich dir sage, wirst du ohne weiteres auch solche Kunststücke fertigbringen.«

»Ich will alles tun, was du mir sagst.«

Am nächsten Tag gingen die beiden zum Ufer eines Sees. Der Reisende setzte eine Pfeife an den Mund und pfiff dreimal. Da kam ein Reiter auf einem schwarzen Pferd aus der Mitte des Sees herauf und ritt auf sie zu.

»Jetzt«, sprach der Reisende, »mußt du das schwarze Pferd dreimal küssen. Danach weißt du auch zu tun, was ich heute Nacht getan habe.«

»Nein, das tue ich nicht«, sagte der Schwarzbrenner.

Er kehrte zu seiner Frau zurück. Schnaps hatten sie jetzt für eine Weile mehr als genug.

Bestimmt war der Reisende nicht von dieser Welt, sondern einer aus dem Hügelvolk, der dem Mann zu Hilfe gekommen war, weil die Feen nicht um ihren Tropfen poteen kommen wollten.

Das Spinnrad und das kleine Volk

Früher wurde in jedem Haus des Kirchspiels gesponnen, und die alten Frauen hatten die Angewohnheit, die Radschnur in der Nacht abzunehmen. Wenn man das vergaß, kamen die Feen und spannen auf dem Spinnrad bis zum Morgen.

Es hieß auch, weder ein Mann noch eine Frau sollten ein Spinnrad nach Einbruch der Nacht mit nach draußen nehmen. Wer das tue, den führten die Feen in die Irre.

»Mit etwas Hilfe von meinen Freunden«

Die Leute waren auch davon überzeugt, daß Frauen aus dem kleinen Volk den Frauen der Sterblichen bei der Arbeit halfen. Ich habe von einer Frau erzählen gehört, die in den alten Tagen in Droim na Creige lebte. Man sagte mir, daß keine weit und breit soviel Wolle und Garn auf den Markt schicke wie sie, und sie hatte keine Hilfe außer ihren eigenen vier Knochen. Es konnte so einfach bei ihr nicht mit rechten Dingen zugehen.

Eines Nachts beschlossen ein paar Frauen, sich an ihr Fenster zu schleichen und einmal nachzuschauen, ob sie Hilfe habe. Sie warteten, bis sich alle in die Häuser zurückgezogen hatten. Als sie dann durch das Fenster schauten, sahen sie drinnen ein kleines altes Weiblein spinnen, und die Frau krempelte die Wolle, die sie zum Verspinnen brauchte. Die alte Frau spann so zügig, daß die Frau des Hauses kaum nachkam, auch immer noch die Spulen bereitzumachen. Keiner kannte die alte Frau. Aus dem Ort stammte sie jedenfalls nicht. Die Leute waren sicher, daß sie zum Feenvolk gehöre. Es gab einen Felsen nahe diesem Haus, und die Kinder, die in der Nähe des Felsen Rinder hüteten, hörten hinter dem Stein das Geräusch eines Spinnrades. Sie waren sicher, daß die Feen dort drinnen spannen.

Die unerschöpfliche Vorratskiste

An einem Samhainabend räumte Peggy Néill von Bun Binne das Haus auf. Niall saß auf dem Strohsitz am Feuer, den Rücken gegen die Wand gelehnt. Er paffte seine Pfeife und summte dabei, denn er war zufrieden. Am Nachmittag hatte er die letzten Kartoffeln geerntet und dachte nun daran, daß er es sich bis zum Frühjahr würde bequem machen können. Ein Topf mit Wasser stand auf dem Feuer, und nachdem Peggy die Teller gewaschen hatte, hob sie mit einem Stock den Topfdeckel. Dann nahm sie eine Tasse, die an der Tür hing und ging zu der Kiste, in der sie das Hafermehl aufzubewahren pflegte, nachdem es von der Mühle zurückkam.

»Bei meiner Seele, Niall«, sagte Peggy, als sie in die Kiste geschaut hatte, »es war doch noch soviel da, daß man hätte meinen können, es werde nie zu Ende gehen. Und jetzt ist gerade soviel übrig, wie ich heute abend zum Essen brauche.«

»Nun meine Liebe«, sagte Niall, »wie soll ein Vorrat sich nicht aufzehren, wenn immer davon geschöpft wird?«

»Das ist ein wahres Wort, Niall«, sagte Peggy, »aber das Mehl werden wir vermissen. Kartoffeln sind schon recht, aber etwas Hafergrütze zum Abendessen schmeckt eben doch noch besser.«

»Wir werden schon nicht Hungers sterben«, sagte Niall, »wenn es ganz hart kommt, kann ich immer noch Körner ausdreschen und sie dann schroten. Es bedarf ja immer nur einer Handvoll Schrot für ein kinderloses altes Ehepaar, wie wir es sind, um sich bis zum Patricks-Tag durchzuschlagen.«

Peggy beugte sich vor, um das letzte bißchen Schrotmehl mit der Tasse auszuschöpfen.

»Halt, Frau!« sagte Niall, »du willst doch nicht etwa von dem, was da noch übrig ist, Hafergrütze kochen? Das ist nichts als Staub und Spelzen.«

Peggy leerte den Inhalt der Tasse wieder in die Kiste und sprach:

»Na schön, aber dann wirst du noch ein paar Handvoll Kartoffeln aus der Scheune holen müssen. Ich mache dann Kartoffelbrei.«

»He«, rief Niall, »ein paar Kartoffeln in der Asche gebacken, das wäre auch nicht schlecht. Es sind noch genug im Korb, damit es für uns beide reicht.« Der arme Mann war müde nach der Arbeit. »Das ist wohl recht«, erwiderte Peggy, »aber das Geflügelvieh muß am Morgen auch noch etwas bekommen, und ich fange dann nicht noch einmal an.«

Zögernd stand Niall auf. »Eh! Immer diese Hühner. Nun wirf mir schon die Schuhe rüber!«

Er zog seine Stiefel an, nahm den Korb und eine Fackel und ging hinaus. Peggy fuhr mit ihrer Hausarbeit fort. Sie begann, das Feuer unter dem Topf anzufachen und fuhr mit der Kohlenzange unters Bett, um von dort ein oder zwei Klumpen Torf hervorzuholen und nachzulegen. Während sie damit beschäftigt war, blieb ihr plötzlich fast das Herz stehen. Aus den Augenwinkeln sah sie eine kleine alte Frau an der Wand stehen. Peggy selbst pflegte sie, wenn später die Rede darauf kam, eben so zu beschreiben:

»Sie war nicht ganz so groß wie eine Brüthenne, o wirra, wenn ihr die hellen Augen gesehen hättet, die in ihrem Kopf tanzten unter den schwarzen buschigen Augenbrauen! Sie hatte ein runzliges Gesicht, ein langes Kinn und eine Nase, die durch ein Nadelöhr gegangen wäre und sie hatte nicht mehr einen Zahn im Mund, außer ihrem Weisheitszahn. Ich sag euch, fast hätte das Leben mich verlassen!«

Als Peggy sich wieder gefaßt hatte, grüßte sie die Erscheinung und hieß sie, am Feuer Platz zu nehmen und sich zu wärmen. Aber sie lehnte Peggys Aufforderung freundlich ab und sagte:

»Es ist nicht die Kälte, die mich hertreibt, vielmehr bin ich gekommen, um mir etwas auszuleihen.« Sie griff sich mit der Hand in den Busen und holte eine Eichentasse heraus, und indem sie sie Peggy reichte, sagte sie:

»Füll das mit dem Schrotmehl vom letzten Jahr, denn da ist jemand, der darauf wartet.«

»Gottes Segen auf uns, das Kreuz zwischen uns und Kummer! Wer seid Ihr?« sagte Peggy und gleichzeitig schlug sie ein Kreuz.

»Ich bin Maireog die Große, Königin der Schar von Binn Bhui und von Pollán an Raithnigh!«

»Musha, da klopft Ihr zu schlechter Stunde an unsere Tür«, sagte Peggy, »unser Schrotmehl ist ausgegangen. Das bißchen, was noch übrig ist, wäre ein armseliges Geschenk, aber wenn es Euch etwas nützt, so sollt Ihr es gern haben.«

Sie nahm die Tasse und füllte sie. Die Feenfrau nahm sie ihr ab, griff dann nach einem Zauberstab, den sie in ihrem Gürtel trug, hob ihn über der Kiste und sprach einen Zauberspruch in einer Sprache, die Peggy nicht verstand. Dann berührte sie die Kiste leicht und sagte:

»Von heute an soll immer Schrotmehl in dieser Kiste sein, aber paß auf, daß kein anderes menschliches Wesen hineingreift. Wenn das geschieht, ist der Zauber aufgehoben, und du wirst wieder arm sein wie zuvor.«

Mit diesen Worten hob sie ihren Rock, verbarg ihr Gesicht und war wie der Blitz zur Tür hinaus. Als sie fort war, ließ Peggy die Hände sinken, setzte sich am Feuer hin, und es war ihr, als werde sie gleich ohnmächtig werden. Sie war immer noch nicht in der Lage, sich hochzurappeln, als Niall mit einer Handvoll Kartoffeln hereinkam. Er bemerkte ihre Schwäche und fragte sie, was denn mit ihr los sei. »Man könnte meinen, du hättest unterdessen einen Geist gesehen, so bleich bist du.«

»Einen Geist wahrlich«, sagte Peggy, und sie erzählte ihm, was ich euch erzählt habe. Niall begann zu lachen.

»Gott sieh auf uns nieder!« sagte er, »ein Spaßvogel hat eben Peggy Niall zum besten gehabt. Schüttle deine Federn, Alte, und schütte etwas von dem wunderbaren Schrotmehl in den Topf da. Will sehen, wie das kleine Volk von Binn Bhui sich aufs Schroten versteht.«

»Es tut nicht gut, über Zauber zu lästern!« sagte Peggy.

»Laß mich mit deiner Zauberei in Frieden!« rief Niall. »Jetzt will ich doch selbst einmal sehen, was es mit deinen Lügen auf sich hat!« und mit diesen Worten ging er zur Kiste. Aber Peggy war vor ihm dort, hob den Deckel und groß war ihr Erstaunen, als sie sahen, daß sie mit hübsch sauber ausgemahlenem Schrot gefüllt war.

»Gott schütz uns!« sagte Niall, »das ist wahrlich eine Nacht der Wunder.«

»Weißt du denn nicht«, sprach Peggy, »daß heute Samhainabend ist. Da sind die Edlen unterwegs?«

»Bei meiner Seele, hab doch nicht daran gedacht, welche Nacht wir heute haben«, rief Niall, »wie dem auch sei, du hast einen guten Tausch gemacht. Ich hoffe, es wird zu unserem Vorteil sein.«

Das war es. Peggy hütete die Vorratskiste wie einen Goldschatz. Sie brachte ein Schloß an, und über fünf Jahre hin legte niemand eine Hand daran außer ihr. Während dieser Zeit nahm das Schrotmehl in der Kiste nie ab, und nicht nur das, Peggy konnte so manchen Beutel voll an die Nachbarn verschenken. Sie war so großzügig, daß den Nachbarn schließlich etwas auffiel. Nie sahen sie Niall zur Mühle gehen und mit einem Sack heimkommen, und am Ende gab es einige, die vermuteten, daß Niall und Peggy schwarze Magie trieben.

Gut und schön.

An einem düsteren Abend nach Weihnachten hatte Peggy die Kiste geöffnet, um den Hennen eine Handvoll Schrot vorzuwerfen, als ein Junge aus der Nachbarschaft atemlos angerannt kam und hervorstieß, seine Mutter liege im Sterben. Peggy war immer schon eine Frau gewesen, die anderen gern gefällig war. Also zögerte sie keine Sekunde und rannte hinaus, ohne den Kistendeckel zu schließen.

Niall war in der Futterkammer und fütterte das Vieh. Er kam mit einem Eimer in die Küche, um etwas Haferschleim für ein junges Kalb zu holen. Als er Peggy im Haus nirgends finden konnte, griff er gedankenlos in die Kiste und warf eine Handvoll Schrotmehl in den Eimer. Dann ging er wieder hinaus, um seine Arbeit zu verrichten.

Peggy kam mit der Nachricht zurück, Séamas of Polláns Frau sei tot. Niall sprach ein Gebet für ihre Seele, und dann setzte sich das Paar hin und unterhielt sich über die Verstorbene. Es fiel ihnen nichts auf, bis Peggy aufstand, um eine Tasse Tee zuzubereiten und dabei ihr Blick auf die offene Kiste fiel.

Rasch sprang sie hin und schloß den Deckel, aber als sie zuvor hineinsah, stellte sie fest, daß sich nichts mehr drin befand, außer jenen schäbigen Resten, die dort noch übriggeblieben waren an jenem Abend, da die Fee von Binn Bhui sie besuchen gekommen war.

»Das ist doch nicht möglich, Niall«, sagte Peggy, »hast du etwa deine Hand da hineingesteckt?«

»Nun, ich mag vielleicht nicht in den Himmel kommen, aber ich habe ein bißchen davon für das Kalb genommen. Das wird doch wohl nicht so schlimm sein.«

»Ach ..., zu spät!« rief Peggy. »Jetzt hilft ja doch nichts mehr.«

Und von diesem Tag bis zum Tag, an dem sie starben, war es mit der Vorratskiste, die sich immer wieder von selbst gefüllt hatte, war es mit ihrem Glück vorbei.

Die Geschichten vom Treiben des kleinen Volkes in Donegal enthalten fast alle Motive, die auch im übrigen Irland im Zusammenhang mit den Eigenschaften und Tätigkeiten der Feen auftauchen. Lediglich zwei, aus anderen Gegenden bekannte Themen fehlen hier: die Geschichte vom Lepracaun, der von einem Sterblichen gefangen wird und den man zwingt, einen versteckten Schatz herauszurücken – der Leser hat eine solche Geschichte im vorangegangenen Kapitel schon kennengelernt – und eine jener Geschichten, in denen ein häßlicher, quengeliger Wechselbalg an Stelle des Menschenkindes, das die Feen mitnehmen, beiden Sterblichen in der Wiege zurückgelassen wird.

Kinder von Sterblichen werden von den Feen angeblich vor allem deswegen gestohlen, um sie an den Teufel weiterzugeben, der alle paar Jahre einen Tribut von ihnen fordert. Diese Vorstellung mag damit zusammenhängen, daß es eine christliche Interpretation des Feenglaubens gibt, nach der es sich bei den Feen um »gefallene Engel« handelt. Auch die besondere Schönheit und Zartheit eines Kindes, so heißt es, könne die Feen verlocken, es zu entführen. Das »engelhafte«

Aussehen, eine »Schönheit, die nicht von dieser Welt ist« stellen in diesem Fall eine Assoziation zur Anderswelt her. In Lady Wildes Sammlung »Ancient Legends of Ireland« findet sich eine Geschichte, in der erzählt wird, wie es immer wieder zu Attacken der Feen auf ein bestimmtes Baby der Sterblichen kommt. Schließlich geschieht dies:

Eines Abends liegen Vater und Mutter des Kindes schon im Bett, als die Haustür sich wie von selbst öffnet. Ein riesiger schwarzer Mann tritt ein, gefolgt von einem alten Weib mit einem häßlichen Kind auf dem Arm.

Die Mutter des Menschenkindes weckt ihren Mann, der unverdrossen versucht, diesen neuerlichen Angriff des Feenvolkes abzuwehren. Zweimal wird ihm die Kerze ausgeblasen. Er hat unterdessen das Schüreisen zu fassen bekommen und treibt damit die häßliche Alte und den schwarzen Mann aus dem Haus. Als Mann und Frau darauf wieder Licht machen, müssen sie feststellen, daß ihr eigenes Kind aus der Wiege verschwunden ist und ein Wechselbalg an seinem Platz liegt.

Sie brechen in lautes Wehklagen aus, worauf sich die Tür abermals öffnet und ein junges Mädchen mit rotem Taschentuch eintritt. Das Mädchen fragt das Paar, warum es weine, und als dieses ihr den Wechselbalg zeigt, lacht sie freudig erleichtert und sagt:

»Das ist mein Kind. Es wurde mir in der letzten Nacht gestohlen, weil meinen Leuten (Feen) euer Kind besser gefiel. Gebt mir mein Kind, und ich will euch erklären, wie ihr euer Kind zurückbekommen könnt.«

Sie übergeben ihr den Wechselbalg; und sie rät ihnen, drei Bündel Stroh zu einem Feenhügel in der Nähe mitzunehmen und eines davon dort zu verbrennen. Dabei sollen sie den Feen androhen, alle Bäume und Sträucher auf dem Hügel niederzubrennen, wenn sie ihr Kind nicht gesund wiederbekämen. Das Paar befolgt diesen Rat, und das Baby taucht heil und munter wieder auf.

Die Drohung, Weißdornbüsche niederzubrennen, veranlaßt die Feen in anderen Geschichten auch, die Verschleppten wieder freizulassen.*

Beim Weißdorn handelt es sich um den sechsten Baum eines alten Baumalphabets. Er wird dort mit dem Monat Mai in Verbindung gebracht und ist ein Unglücksbaum.

Der Weißdorn ist den Feen heilig, ja manchmal werden die Weißdornbüsche auch als Wohnsitz der Feen angesehen. Man nennt sie deswegen auch »gentle bushes«. Der Geruch von Weißdorn wird in der folkloristischen Überlieferung als »süßer, bezaubernder Todesduft« beschrieben. Weißdornzweige werden am 1. Mai an Stallungen angenagelt, um böse Geister abzuhalten. Sie sollen auch bewirken, daß die Kühe den ganzen Sommer über gut Milch geben. Im County Wicklow bei Tin'ahely gibt es einen St. Patricks Dorn mit einer Quelle, der am 4. Mai umtanzt wird, nachdem zuvor die Tänzer ihre Kleider abgelegt und an die Äste gehängt haben. In Northhamptonshire wurde ein Weißdornzweig vor dem Haus des schönsten Mädchens am Ort in den Boden gesteckt.

Aus all diesen, zunächst widersprüchlichen Vorstellungen läßt sich immerhin dies ableiten: Dem Weißdorn werden magische Kräfte zugeordnet. Sie hängen damit zusammen, daß er einer Gottheit heilig war, die mit dem Vegetations- und Jahreszeitenzyklus in Verbindung stand. Vernichteten Sterbliche Weißdornbüsche, so entzogen sieben Wesen der Anderswelt einen Teil ihrer magischen Kraft. Schmückten sie Häuser oder Stallungen mit Weißdornzweigen, so wirkte eben diese Kraft abwehrend oder schützend gegenüber den Feen, die ihrerseits dieser Gottheit untertan waren.

Nach diesem Versuch, an einem Beispiel die zunächst verwirrend widersprüchlichen Wirkungen einer Pflanze aufzuklären, die in offenbar enger Beziehung zur Welt der Feen steht, noch einmal zurück zu dem Motiv der Kindesentführung und des Wechselbalgs.

Man kann davon ausgehen, daß die Kindersterblichkeit in solch entlegenen Gegenden durch die unzureichende Ernährung, das rauhe Klima und die unzureichende Hygiene besonders hoch gewesen ist.

Jeder Tod hat seinen Schrecken, seine Trauer. Geboren zu werden und gleich darauf wieder zu sterben, scheint vielleicht eben deswegen besonders schrecklich und unnatürlich, weil kindliche Tote im Gegensatz zu Menschen, die im Alter sterben, eben noch kein erfülltes Leben hinter sich haben. Einen gewissen Trost mag es für Eltern und Verwandte bedeutet haben, sich vorzustellen, daß das gestorbene Kind im Feenland weiterlebe.

Ein ähnlicher psychologischer Ablauf dürfte auch jenen Geschichten zugrunde liegen, in denen davon erzählt wird, wie sterbliche Frauen bei der Geburt von Feen entführt werden.

In beiden Fällen geht es im Grund darum, einen Mangel an Trost durch eine phantasmagorische Vorstellung zu kompensieren.

Im Gedächtnis geblieben sein dürfte dem Leser jene Geschichte, in der ein Sterblicher, auf der Feeninsel angekommen, sich plötzlich in Frauenkleider gesteckt sieht. Was hat dieses merkwürdige Motiv zu bedeuten?

Als allgemein akzeptierter psychologischer Befund gilt, daß in der Psyche jedes Mannes eine weibliche Komponente vorhanden ist, während andererseits im Seelenleben jeder Frau eine männliche Komponente mehr oder minder ausgeprägt eine Rolle spielt. In einer patriarchalischen Gesellschaft wird das Ausleben der andersgeschlechtlichen Anlagen bei Männern wie bei Frauen tabuisiert. Ein Mann, der solchen Wünschen nachgibt, sie äußert, sie auslebt, gilt als »weibisch«. Also werden derartige Wünsche verdrängt. Das Motiv des Helden in Frauenkleidern ist – und darauf wird in der Geschichte selbst ausdrücklich hingewiesen – Teil eines Tagtraums, in dem Verdrängtes wieder aufsteigt.

Bezeichnend dafür ist der Satz: »Er konnte sich nicht recht bewegen.« Was den Mann in seiner Psyche hemmt, drückt sich hier als reales Handlungsmoment aus.

Eine weitere Entschlüsselung des Textes wird möglich, wenn man weiß, daß das Bild von der Fahrt eines Schiffes über Land als »Einbruch des Chaos« in die Ordnung übersetzt werden muß, daß es als solches eine weit zurückreichende Tradition hat. »Am zweiten Tag der Anthesterien«, berichtet Hans Peter Duerr, »am Chóes, dem Tag; an dem der ›Blütengott‹ Dionysos, der große ›Löser‹ auf einem von zwei Satyrn gezogenen Schiffskarren durch die Straßen und Gassen Athens rollte, kamen mit ihm die Totenseelen aus den Sümpfen von Lerne, dem Tor der Unterwelt, zu den Sterblichen.«*

Genau dies wiederholt sich profanisiert und popularisiert in dieser Feengeschichte aus Donegal. Wie in der klassischen griechischen und römischen Mythologie, aber auch später beim »wilden Heer« und den »Nachtfahrenden«, spielt sich in dieser Geschichte der Einbruch des Chaos nicht zufällig in einer »Zwischenzeit« ab, nämlich an einem Montagmorgen.

Zwischenzeiten, Grenzlinien in der Zeit, sind zugleich immer Krisenzeiten, in denen sich die Natur regeneriert. »Indem sie (die Natur) zuvor stirbt, sterben auch die Menschen und schwärmen als Geisterwesen durch die Gegend, um zur Wiederbelebung der Natur, von der sie ein Teil sind, beizutragen.«

Auf die »Krisenzeit« wird in der vordergründigen Handlung auch durch eine Krise in der Realität hingewiesen. Die Schnitter kommen zu spät. Es ist keine Vorsorge für ihre Verpflegung getroffen. Auch die Tatsache, daß ein Mann in dieser Situation zum Wasserholen geschickt wird, also eine Arbeit tut, die sonst in dieser Gegend Frauensache ist, hat man wiederum als Hinweis auf versteckte Wünsche zu verstehen, die dann damit endgültig hervortreten, daß er sich auf der Insel in Frauenkleider gesteckt sieht.

Bestätigt wird eine solche Deutung der Motive dadurch, daß auch in anderen Gegenden, in Europa und Afrika die Volkskundler auf Riten in der »Zeit zwischen den Zeiten« gestoßen sind, bei denen »mit anderen Unterschieden auch derjenige zwischen Mann und Frau aufgehoben wurde, indem man ihn umkehrte«.*

»Im Großarltal im Salzburgischen beispielsweise bildeten die Spinnstubenfrauen Organisationen, die von der Bevölkerung geradezu als ›dämonische Gruppen‹ aufgefaßt wurden und die zu gewissen Zeiten einem Mann, wenn sie seiner habhaft werden konnten, die Hosen auszogen und ihm Kastration androhten … auch in Bulgarien endeten noch vor kurzer Zeit manche Hebammenfeste damit, daß sich die Frauen einander beischliefen … beim Fest der jungfräulichen, lediglich mit einem Lichtkleid angezogenen Zulugöttin Nomkubulwana ergingen sich Frauen und Mädchen in allerlei Obszönitäten, über-

nahmen die normalerweise den Männern vorbehaltenen Arbeiten, wie beispielsweise das Melken der Kühe und liefen unbekleidet und mit Waffen umher, während die Männer sich verbargen.«

Zelebrierten aber diese Frauen mit dieser Umkehrung eine Art Fruchtbarkeitszauber, der mit dem Gedeihen der Ernten auf den Feldern im Zusammenhang stand, so geht es in der Geschichte aus Donegal, in der ein Mann vorübergehend zur Frau wird, noch um etwas anderes.

Vor kurzem hat die C. G. Jung-Schülerin und Therapeutin Marie-Louise von Franz in einer umfangreichen Arbeit unter dem Titel »Die Erlösung des Weiblichen im Mann« eine Analyse des Romans »Der goldene Esel« von Apuleius vorgelegt. Bekanntlich wird in diesem Werk aus dem 2. Jahrhundert n. Chr. der Protagonist Lucius in einen Esel verwandelt und führt ein qualvolles, gefährliches Doppelleben, bis er am Ende aus seiner Tiergestalt, unter der sich der Mensch Lucius entscheidend weiterentwickelt hat, erlöst wird.

Marie-Louise von Franz sieht in der Handlung dieses Romans »die Beschreibung der tief im kollektiven Unbewußtsein vor sich gehenden Prozesse, von denen einige sich erst in unserer Zeit im kollektiven Bewußtsein zu realisieren beginnen«. Nach ihrer Meinung handelte es sich »um das Problem einer Inkarnation des weiblichen Prinzips und um dessen Wieder-Anerkennung in der gesamten patriarchalen westlichen Welt«. Da diese Wieder-Anerkennung eine »Erlösung« in sich schließt, sei sie ein befreiend emanzipatorischer Schritt, der zugleich auf die Gegenkraft, auf das Männliche in der Frau, dialektisch ausgleichend wirken und damit der Ganzheit des Menschen dienen könne. Ohne nun die Feengeschichte überhöhen zu wollen und mehr in ihr zu sehen, als tatsächlich vorhanden ist, scheint es mir doch gerechtfertigt, zu behaupten, daß in ihr ein ähnlicher Vorgang abgebildet wird, nämlich die »Erlösung des Weiblichen im Mann«. Von daher läßt sich nun die Theorie, daß Feenglaube und Feengeschichten stets auf einem Mangel beruhen, noch weiter differenzieren. Der Mangel ist das auslösende und handlungskonstituierende Element. Dabei wird das tatsächlich Gemeinte mytho-poetisch verschlüsselt.

Im Verlauf der Handlung tritt eine Entlastung der Psyche von dem ein, was unbewußt oder bewußt als Mangel empfunden wurde. Es vollzieht sich in ihr eine Kompensation des Mangels.

Somit ist die Feengeschichte bzw. die sich in ihr abspielenden psychischen Vorgänge der Traumarbeit vergleichbar.

Wenn Seán ÓhEochaidh mit ausdrücklichem Bezug auf die Feengeschichten aus Donegal schreibt, sie spiegelten nicht selten die Ängste eines Lebens wider, die bei den dort gegebenen harten Lebensbedingungen in der Psyche des Menschen immer gegenwärtig seien, so ist auch dies eine Bestätigung für die Theo-*

rie des Mangels. Auch in der Seele die Furcht vor Katastrophen nie ganz loszuwerden, ist ein Mangel.

Viele andere Geschichten sind Ausdruck eines im Mangel entspringenden Wunschdenkens. Dabei ist daran zu erinnern, daß nach der Traumtheorie Freuds alle Träume letztlich Wunschträume sind.

Feen führen den Sterblichen, die darben, besonders fruchtbare Kühe zu, schenken ihnen eine Vorratskiste, die nie leer wird. Feen bescheren den Armen Geldbörsen, in denen das Geld nie abnimmt, führen die Hungernden an eine Stelle, an der ein Laib Brot liegt.

Mangel drückt sich schließlich auch in jenen wohl nicht zufällig am sorgfältigsten ausgearbeiteten Geschichten aus, die von der Begegnung sterblicher Männer mit Feenfrauen handeln.

Einsamkeit und das Fehlen eines Gesprächspartners führen dazu, daß erotische Phantasien, wie sie ja auch sonst bei Menschen auftreten, sich personalisieren.

Da man keine reale Frau hatte, schuf die mit diesem Mangel ständig beschäftigte Phantasie eine Feenfrau.

Nach den Geboten der christlichen Kirche wie der offiziellen Moral wohnte solchen Phantasien etwas Verboten-Tabuisiertes inne.

In einem Land aber, in dem, um überhaupt Fuß fassen zu können, sich das Christentum zu Anfang gezwungen sah, auch heidnische Vorstellungen zu akzeptieren, lag es für den einzelnen nahe, sich des Feenglaubens zur Entlastung von eigenen Schuldgefühlen gegenüber der in moralischen Fragen zuständigen Richterinstanz der Kirche zu bedienen. Es fiel bestimmt leichter, in der Beichte zu behaupten, man sei durch das Auftauchen einer Feenfrau zu »Unkeuschheiten« verführt worden, als die Verantwortung für unkeusche Gedanken und Handlungen allein zu übernehmen.

Einen Sonderfall stellt in diesem Zusammenhang die Geschichte von der Frau dar, die vom Himmel fiel.

Der tatsächliche Konflikt mag dabei etwa so ausgesehen haben:

Eine Frau ist ihrem Mann fortgelaufen. Sie hat darauf mit einem anderen Mann zusammengelebt und ist von ihrem ersten Mann später wieder zurückgeholt worden.

Diese für eine ländliche, offiziell an christlichen Normen orientierte Gesellschaft skandalösen Ereignisse, ließen sich, wenn man das Einwirken der Feen ins Spiel brachte, besser akzeptieren. Die Geschichte wurde also in der Weise, wie sie aufgezeichnet vorliegt, erzählt, um einen Mangel an Moral, der den tatsächlichen Ereignissen innewohnt, zu »heilen«.

Es fällt übrigens auf daß Geschichten von Feenfrauen, die vorübergehend mit sterblichen Männern zusammenleben, weit häufiger sind als solche von Feen-

männern, die irdische Frauen entführen, obwohl sie gelegentlich auch vorkommen.

Das kann in einer offiziell patriarchisch-christlichen Gesellschaft nicht erstaunen, werden doch in ihr die gegen Norm und Sitte verstoßenden Wünsche von Männern im allgemeinen noch eher toleriert als die von Frauen.

Unter einem anderen Erklärungszusammenhang zu sehen sind jene Geschichten, in denen eine Hebamme oder irdische Amme in die Feenwelt gerufen wird. Geburt ist eine Grenzsituation, eines jener Ereignisse, bei denen offenbar Anfälligkeit zum Einbruch von Chaos und Wildnis in den Bereich von Ordnung in Zivilisation unterstellt wird.

Das nicht ohne Gefahren und Schrecken sich vollziehende Wunder der Schwangerschaft und der Geburt mag den Wunsch geweckt haben, sich geheime oder auch nur vergessene Praktiken und Einsichten anzueignen, über die alte untergegangene Völker- und Stammesgruppen, als deren Verkörperung die Feen galten, vielleicht noch verfügten.

Auch die Tatsache, daß die Feenwelt mit Erinnerungen an eine mutterrechtliche Ordnung und die in ihr verehrten Gottheiten im Zusammenhang steht, könnte dabei eine Rolle spielen.

Man mag der Ansicht gewesen sein, daß diese Gottheiten mehr Verständnis für die Frauen hätten als die Christengötter Vater, Sohn und heiliger Geist.

Auf noch etwas anderes scheinen jene Geschichten hinzuweisen, in denen Wöchnerinnen von den Feen entführt bzw. solche Entführungen mit knapper Not noch verhindert werden.

Nicht selten tritt bei der Frau nach der Geburt eine depressive Phase bzw. eine besondere emotionale Gereiztheit auf.

Sich ihr hinzugeben bzw. dann der Wöchnerin nicht besonderen Zuspruch und besondere Fürsorge angedeihen zu lassen – so scheint die Botschaft dieser Geschichten zu lauten – heißt, wenn nicht den Tod, so doch schwere psychische Schädigung bei Mutter und Kind bewirken.

Wie hier, so enthalten auch bei anderer Thematik Feengeschichten häufig erstaunliche Einsichten in die psychischen Grundbedingungen des Menschen.

III. Kapitel

das vom Kalender der Anderswelt handelt,
in dem erzählt wird, was einem dort
an bestimmten Tagen zustoßen kann
und wie es sich mit der
Anderszeit verhält

»Die nächste Frage wäre: Welches ist die beste Zeit, um Feen zu sehen? Ich denke; darüber kann ich euch wohl etwas sagen.

Die erste Regel lautet: Es muß ein sehr heißer Tag sein. Nehmen wir das mal als gegeben an. Und ihr müßt etwas schläfrig sein, aber auch wieder nicht zu schläfrig. Und dann solltet ihr euch auch ein bißchen feenmäßig fühlen. So der Zustand, den man im Schottischen übersinnlich nennt. Das ist vielleicht ein ganz zutreffendes Wort, vorausgesetzt, ihr wißt ohnehin, was ich meine. Es tut mir leid, es ist schwierig zu erklären, ihr müßt eben warten, bis ihr eine Fee trefft Dann wißt ihr es. Und die letzte Regel wäre noch, daß keine Grillen zirpen sollten. Mehr kann ich dazu nicht sagen. Für den Anfang sollte das auch genügen. Also, wenn all dies zusammenkommt, besteht eine gute Chance; daß ihr Feen seht, oder sagen wir mal, jedenfalls eine bessere Chance, als wenn all dies nicht der Fall ist.«

Lewis Carroll, Sylvie and Bruno

Was hier scheinbar so ironisch, spöttelnd über den rechten Augenblick gesagt ist, um Feen zu sehen, beschreibt zugleich auch die wichtigste Bedingung von Zeit in der Anderswelt. Sie vollzieht sich, »between one eye-blink and the next«, was zu übersetzen wäre: zwischen zwei Augenblikken. Wenn wir dies wissen, verstehen wir auch, warum ein gefangener Lepracaun sofort entwischt, wenn man ihn auch nur kurz aus den Augen läßt. Zeit der Anderswelt ist gewissermaßen etwas, was an den Rändern, den Bruchstellen oder in den Zwischenräumen irdischer Zeit vor sich geht. Es ist Seelenzeit, Moment absoluter Wahrnehmung, in dem man so intensiv dem Wesen der Dinge nahe ist, es begreift und erfährt, daß die Eigenschaften der Uhrzeigerzeit außer Kraft gesetzt sind. Daraus ergibt sich auch, daß einmal die Zeit in der Anderswelt ungemein viel langsamer verstreichen kann als in der Welt der Sterblichen, ein andermal wiederum aber auch schneller. Immer aber ist die Anderszeit des Feenlandes auf irgendeine Weise mit der Zeit der realen Welt verknüpft. Erst in der Unterscheidung von dieser wird sie zu dem, was sie ist: Zeit des Wunders, des Unerhörten.

Der Mann, der einen Feenring betritt, wird genau nach einem Jahr und einem Tag Zeit in der Welt der Sterblichen wieder gerettet. Die Feen zahlen nach einem Zeitabschnitt von sieben Jahren irdischer Zeit einen Tribut an die Hölle.

In den frühen Geschichten von der Anderswelt wird diese insofern als ein Land der Zeitlosigkeit beschrieben, als deren Bewohner nicht dem Verlauf des an Zeit gebundenen Alters unterliegen.

Glück, so ließe sich interpretierend hinzufügen, ist, »aus der Zeit« der Irdischen zu fallen, Uhrzeigerzeit, sei sie nun kurz oder lang, nicht mehr erleben zu müssen.

Dann aber stößt man auch wieder auf Geschichten, aus denen sich ergibt, daß der Wechsel der Jahreszeiten, daß bestimmte Tage im Kalender der Sterblichen für Vorgänge in der Anderswelt von besonderer Bedeutung sind: Zeiten, in denen die Irdischen Feen begegnen oder von ihnen in die Anderswelt verschleppt werden.

Die Nächte des 1. Mai und des 1. November sind solche Daten. Feenzüge reisen mit Vorliebe an Quartalstagen über Land, nämlich am 25.3., 24.6., 22.9. und 25.12. Vollmond und die Tage davor oder danach sind Feenzeit.

Aber es gibt auch Tageszeiten, in denen die Anderswelt sich gegen das Land der Irdischen hin öffnet: die Morgen- und Abenddämmerung, die träg-heiße Mittagsstunde eines Sommertages, Mitternacht. Wochentage haben für Feen eine besondere Bedeutung. Wer sie trifft, sollte nie das Wort »Sonntag« erwähnen. Freitag ist der Sonntag der Feen, der Tag, an dem sie am meisten Macht haben. Am Donnerstag können die Feen nichts von dem hören, was die Sterblichen über sie reden. Mittwoch hingegen ist ein Tag; an dem sich ein Sterblicher vorsehen muß, nicht in die Anderswelt zu geraten.*

Wenn im Zusammenhang mit der Anderswelt nicht nur der 1. Mai und Allerseelen, Maria Verkündigung und der 1. August, sondern auch Mittsommer und Weihnachten von Bedeutung sind, so erklärt sich das daraus, daß der Feenglaube ursprünglich unter Stammesgruppen entstanden ist, die deswegen einen verschiedenartigen Kalender hatten, weil die einen Hirten mit Herden, die anderen aber Ackerbauern waren.

Ehe wir den Ursprung und die Bedeutung solcher Zeitmarken näher untersuchen, werden hier zunächst einmal eine Handvoll Geschichten vorgestellt, in denen die Zeit in der Anderswelt für den Leser erlebte Wirklichkeit werden soll. Die erste dieser Geschichten stammt aus einem der Saga-Zyklen, aus den Sagas um die Fianna. Ihr gehörte auch Oisin (Ossian), der Dichter und Sänger an. Er war der Sohn des Finn Mac Cumhal und der Sadth, einer Feenfrau.

Sadth war einst von dem Dunklen Druiden Fear Doirche verfolgt worden. Er hatte sie in ein Reh verwandelt. Finn rettete und heiratete sie; aber der Dunkle Druide entführte Sadth, und so verlor Finn sie für immer.

Als er eines Tages auf der Jagd war, erhob sich unter seinen Hunden lautes Gebell. Als er nachsah, was es da gäbe; fand er unter seiner Meute zwei besondere Hunde; Bran und Sceolan, die einen kleinen Jungen vor dem Angriff der übrigen Tiere verteidigten. Finn schloß das Kind in die Arme und wußte durch Eingebung, daß er in ihm seinen Sohn mit Sadth vor sich hatte. Er nannte den Jungen Oisin, und da er Feenblut in seinen Adern hatte, wurde er nicht nur ein berühmter Sänger, sondern auch ein starker Krieger, der dank seiner überna-

türlichen Kräfte selbst die fürchterliche Schlacht von Garrbha überlebte, in der sein Sohn Osgar ums Leben kam. Aber endlich mehrten sich die Anzeichen, daß das heroische Zeitalter in Eire sich seinem Ende zuneigte. Mit einer merkwürdigen Vorgeschichte wird diese Zeitenwende, die in der realen Geschichte der Einführung des Christentums entsprechen würde, angezeigt.

Der Tod der Hündin Bran

Eines Tages war Finn auf der Jagd, und seine Hündin Bran verfolgte ein Reh. Sie trieb das Wild dem Jäger zu, und das Reh rief plötzlich aus: »Wenn ich in die See dort springe, werde ich nie mehr zurückkommen. Wenn ich mich in die Luft flüchte, wird mich das nicht vor Bran retten, denn diese Hündin ist so schnell, daß sie selbst noch einen Schwarm Wildgänse überholen würde.«

»Dann sollst du durch meine Beine hindurch entkommen«, sprach Finn. So geschah es, aber Bran folgte dem Reh, und als Finn dies sah, preßte er seine Schenkel zusammen, und im Augenblick war die Hündin tot.

Darüber wurde er sehr traurig, und er weinte so heftig, wie er seit dem Tod seines Enkels Osgar nicht mehr geweint hatte.

Manche sagen, das Reh sei Finns Mutter gewesen, und um seine Mutter zu retten, sei ihm nichts anderes übriggeblieben als die Hündin zu töten. Aber das ist nicht wahrscheinlich, denn seine Mutter war die schöne Muirne, Tochter des Tadg, Sohn des Nuada aus dem Volk der Tuatha de Danann, und man hat nie davon gehört, daß sie in ein Reh verwandelt worden ist. Also ist es wahrscheinlicher, daß das Tier die Mutter des Oisin war.

Und manche sagen, daß man Bran und Sceolan, die beiden Hunde, in der Abenddämmerung manchmal im Dickicht auf dem Hügel von Almhuin sehen kann.

Der Ruf an Oisin

An einem nebligen Morgen versammelten sich die wenigen Männer, die von der Fianna zu dieser Zeit noch übriggeblieben waren, um Finn, und betrübt und niedergeschlagen waren sie nach dem Tod so vieler ihrer Kameraden.

Sie zogen auf die Jagd nahe den Ufern des Loch Lein, wo die Büsche blühten und die Vögel sangen, und sie scheuchten ein Reh auf, das sich so leicht bewegte wie die Blätter an einem Baum zur Sommerszeit.

Und gleich darauf sahen sie von Westen her eine schöne junge Frau auf sich zukommen, die ritt auf einem schlanken weißen Pferd. Sie trug eine Königskrone und einen Mantel aus dunkler Seide, auf den Sterne aus rotem Gold gestickt waren. Ihre Augen waren blau und so klar wie der Tau auf dem Gras, und ein goldener Ring war geknüpft in jede Locke ihres Haars. Ihre Wangen hatten ein lebendigeres Rot als das eines Rosenblattes, und ihre Haut war weißer als das Gefieder eines Schwans auf der Welle. Ihre Lippen, so ahnte man, waren so süß wie der Honig, den man unter den roten Wein mischt.

In der Hand hielt sie einen Zügel, aus Goldfäden gewunden, und auch der Sattel, auf dem sie saß, war aus rotem Gold.

Sie ritt zu der Stelle, an der Finn stand und redete ihn mit freundlicher, sanfter Stimme an.

»Eine lange Reise habe ich hinter mir, Meister der Fianna.«

Finn fragt, wer sie sei, aus welchem Land sie stamme und weshalb sie komme.

»Niamh von dem Goldenen Kopf ist mein Name«, sprach sie, »und mein Name steht über dem aller Frauen der Welt, denn ich bin die Tochter des Königs im Land der Jugend.«

»Und was führt dich über das Meer hierher zu uns?« fragte Finn. »Ist es, weil dich dein Ehemann verlassen hat, oder was für Sorgen hast du sonst?«

»Mein Ehemann hat mich nicht verlassen«, antwortete sie, »denn ich habe mich bisher noch nie einem Mann hingegeben. Aber Meister der Fianna«, fuhr sie fort, »ich habe mich in deinen Sohn verliebt, in Oisin, den mit den starken Händen.«

»Wie kommt es aber, daß du ihn all den Prinzen und hohen Herren, die die Sonne bescheint, vorziehst?« fragte Finn.

»Der Grund ist sein guter Name, seine Freundlichkeit und Umgänglichkeit«, erwiderte sie, »denn gibt es auch viele Königssöhne, die willens wären, mich zu lieben und zu ehren, so habe ich mir doch in den Sinn gesetzt, nicht eher zufrieden zu sein, bis Oisin mich liebt.«

Als Oisin hörte, was sie da sprach, war keine Faser in seinem Körper, die nicht von Liebe zu der schönen Niamh erfaßt worden wäre, und er nahm ihre Hand in seine Hand und sprach:

»Willkommen hier in diesem grünen Land. Ich sehe, fühle und weiß, du bist die schönste unter allen Weibern. Kein anderes ist schöner als du. Dich will ich lieben bis ans Ende aller Nächte. Morgen, und von nun an wird es so sein, als gäbe es gar keine andere Frau auf der Welt.«

»Wenn dem so ist«, sagte Niamh, »befehle ich dir bei meiner Ehre, mit mir zu kommen in das Land der Jugend.« Und weiter sprach sie:

»Es ist das herrlichste Land unter der Sonne. Die Äste der Bäume hängen überall voll Früchte. Sie tragen ständig Frucht, Blätter und Blüten in einem. Nie wirst du altern mit der vergehenden Zeit. Nie wird der Tod dich ansehen. Immer wirst du jung sein.

Du wirst immer Feste feiern, spielen und trinken. Du wirst immer angenehme Musik hören. Silber, Gold und Juwelen wirst du besitzen.

Du wirst bekommen – und dies ist keine Lüge – hundert Schwerter, hundert Mäntel aus teuerster Seide, hundert Pferde und hundert abgerichtete Hunde. Du wirst zum König im Land der Jugend gekrönt werden. Du wirst in diesem Land immer Zuflucht finden, Tag oder Nacht, wann immer du von einer Schlacht oder einem schweren Gefecht heimkehrst. Du wirst eine Rüstung bekommen, wie du besser keine findest. Hundert Panzerhemden und hundert Seidenhemden werden dein sein, hundert Kühe und hundert Kälber, hundert Schafe mit goldenem Vlies.

Einhundert junge Mädchen, ein jedes schöner und heiterer als die Sonne und mit Stimmen süßer als die Musik der Vögel, hundert bewaffnete Männer, tapfer und stark in der Schlacht und geübt, Feste zu feiern, warten auf dich, wenn du mir folgst in das Land der Jugend.

Alles, was ich dir versprochen habe, sollst du bekommen und noch viele Freuden mehr, für die jetzt keine Zeit bleibt, um sie aufzuzählen. Schönheit, Stärke und Macht soll dir werden, und ich will deine Frau sein.«

Nachdem sie so geredet hatte, sagte Oisin:

»O schöne goldhaarige Königin, du, die ich unter allen Frauen der Welt mir gewählt habe zur Liebe, mit dir gehe ich frohen Herzens.« Er küßte seinen Vater und verabschiedete sich von ihm und den anderen Männern der Fianna Er schwang sich hinter Niamh auf das Pferd, und es begann zu traben, und als sie an den Strand kamen, schüttelte es sich, wieherte dreimal und preschte dann ins Meer.

Als das Finn und die Männer der Fianna sahen, stießen sie alle drei schrille Klagerufe aus, und Finn sprach:

»Ach, welch ein Kummer, daß du jetzt von uns gehst. Ich habe keine Hoffnung, dich je wiederzusehen.«

Während Oisin glückliche Zeiten in der Anderswelt verbringt, hat sich Irland zum Christentum bekehrt. 431 wurde Patrick von Rom zum Bischof ernannt. Zu diesem Zeitpunkt dürfte es in Irland, nicht zuletzt auf Grund der Handelsbeziehungen ins römische Britannien und nach Gallien, schon einige Christen gegeben haben. Über Patricks Leben ist nur mehr oder minder Legendäres bekannt. Neuerdings ist man sogar geneigt anzunehmen, daß es vielleicht zwei Männer dieses Namens gegeben hat, die zu verschiedenen Zeiten in Irland missionierten.

In den Schriften des Heiligen Patrick erfahren wir über seine frühen Jahre nur soviel: Geboren worden sei er als Sohn des Calpurnius in dem Dorf Bannavem Taberniae, das vielleicht im Tal der Severn, auf Anglesey oder bei Ravenglass in Cumberland gelegen haben könnte. Als Sechzehnjähriger wurde er von irischen Piraten geraubt und mit tausenden anderen als Gefangener auf die Grüne Insel gebracht, wo er etwa sechs Jahre lang in Wäldern und Gebirgen Schafe hütete. In jener Zeit entdeckte er das Christentum für sich. Endlich gelang es ihm zu entfliehen. Er kam nach England zurück, wo ihn seine Verwandten wie einen verlorenen Sohn empfingen. Sie beschworen ihn, in der Heimat zu bleiben, aber eine Vision veranlaßte ihn, nach Irland zurückzukehren und das Land zu missionieren. Ein halbes Jahrhundert später schreibt er über diesen entscheidenden Augenblick in seinem Leben mit erstaunlicher Anschaulichkeit und Eindringlichkeit:*

Die Vision des Heiligen Patrick

Und in der Nacht erschien mir ein Mann, der hieß Victoricus und kam aus Irland mit zahllosen Briefen. Und er gab mir einen davon. Ich öffnete ihn und las die Worte »An die Stimme der Iren«, und während ich las, sah ich sie im selben Moment ganz deutlich vor mir und hörte ihre Stimmen, wie sie da im Wald von Foclut, der nahe der Westlichen See liegt, um mich gestanden und wie aus einem Mund gerufen hatten: »Wir bitten dich, Junge, komm und lebe wieder mit uns zusammen.«

Über Patricks kirchliche Ausbildung erfahren wir in seiner Schrift kaum etwas. Einmal wird lediglich erwähnt, daß er im Alter den Wunsch verspürt habe, nach Gallien zu reisen, um dort die »Heiligen des Herrn« zu besuchen. Einer seiner Biographen aus dem 7. Jahrhundert stellt ihn als Schüler des Heiligen Germanus von Auxerre vor, dessen Kloster an den Ufern des Flusses Yonne gelegen hat. Auch ein Aufenthalt auf der Insel Lérin, vor der französischen Mittelmeerküste, von wo aus sich das Eremitentum aus dem Orient nach Nordwesteuropa ausbreitete, ist möglich.

In Irland selbst scheint sich seine Missionsarbeit vor allem nördlich der Linie Galway-Wexford abgespielt zu haben. Jedenfalls stammen die meisten Geistlichen in der Generation nach Patricks Tod (461 oder 490?), die durch Urkunden historisch verbürgt sind, aus diesem Gebiet.

In der folgenden Geschichte kehrt Oisin aus der Anderswelt nach einem Zeitsprung in ein schon christianisiertes Irland zurück. In ihr wird der Mangel spürbar, den diese Vorbildgestalt des archaischen Eire angesichts der veränderten Verhältnisse empfand.

Oisins Wiederkehr

Manche sagen, Oisin sei hunderte von Jahren im Land der Jugend gewesen. Andere behaupten, er habe sich tausend Jahre dort aufgehalten, aber wie lange es auch immer gewesen sein mag: Die Zeit schien ihm kurz. Und was immer er auch in der Zeit, in der er dort war, erlebt haben mag, als er zurückkam, wurde er ein alter Mann mit vielen Runzeln im Gesicht. Sein Pferd selbst wandte sich von ihm ab und lief fort, als er da irgendwo am Boden lag.

Und es war St. Patrick, der Macht hatte zu dieser Zeit, und zu ihm brachte man Oisin, und Patrick behielt ihn in seinem Haus, belehrte und befragte ihn.

Es gefiel Oisin ganz und gar nicht, wie es nun in Irland zuging. Immer wieder redete er von den alten Zeiten, und wie schön es doch in den Tagen der Fianna gewesen war.

Und Patrick gebot ihm, er möge erzählen, was ihm zugestoßen sei. Dies ist die Geschichte, die Oisin erzählte:

»Als ich damals fortging mit der goldhaarigen Niamh, wandten wir unsere Rücken Irland zu und schauten westwärts, und die See wich vor uns zurück, aber hinter uns schlugen die Wellen wieder zusammen. Wir sahen viel Wunderbares auf dieser Reise. Städte und Höfe und Bergfesten, schneeweiße Häuser und sonnenglänzende Paläste. Neben uns lief ein geweihloses Reh. Es lief schnell. Und auch ein weißer Hund mit roten Ohren folgte uns. Ein andermal sahen wir ein junges Mädchen auf einem Pferd, das hatte einen goldenen Apfel in der rechten Hand, und sie ritt über die Kämme der Wellen dahin, und es verfolgte sie ein junger Mann auf einem weißen Pferd, der trug einen roten Mantel und hatte ein mit Gold verziertes Schwert ...«

»Erzähle nur weiter, mein guter Oisin«, sagte Patrick, »noch hast du nicht von dem Land berichtet, in das du kamst.«

»Es war das Land der Jugend und das Land der Herrlichkeit«, sagte Oisin, »und ach, Patrick, dieser Name lügt nicht. Wenn es im Himmel auch so wäre, würde ich gewiß gern Gottes Freund.

Als wir die Hügelfesten hinter uns gelassen hatten, wurde der Lauf des Pferdes, auf dem wir saßen, schneller als die Geschwindigkeit des Fallwindes am Gebirge. Es dauerte nicht lange, da verdunkelte sich der Himmel und überall erhob sich Wind, und die See schien in Flammen zu stehen. Doch die Sonne war nicht zu sehen.

Nach einer Weile legte sich der Wind wieder. Die Sonne kroch hinter Wolken hervor. Wir sahen vor uns ein herrliches Land voller blühender Bäume, mit weichen Ebenen und der Hügelfeste eines Königs, aus strahlenden Steinen von geschickten Handwerkern ausgeführt. Entgegen kamen uns dreimal fünfzig bewaffnete Männer, sehr lebhaft und stattlich, und ich fragte Niamh, ob dies nun das Land der Jugend sei. ›So ist es‹, sagte sie, ›du wirst sehen, ich habe dir nicht zuviel versprochen.‹ Und es begrüßten uns hundert schöne junge Mädchen in seidenen Kleidern mit Gold und hießen uns herzlich willkommen. Danach kam ein großes Heer, die Männer in funkelnden Rüstungen, und ich sah den starken, stattlichen König. Er trug ein Hemd aus gelber Seide, und ihm folgten eine junge Königin und fünfzig junge Frauen.

Als sie herangekommen waren, ergriff der König meine Hand und sprach, so daß es alle hören konnten: ›Hundertfaches Willkommen dir, Oisin, Sohn des Finn. Das ganze Land grüßt dich. Ich will dir Kunde geben ohne Lüge. Lang und immerwährend wird dein Leben hier sein. Jung wirst du bleiben für immerdar. Wenn du dir je in deinem Herzen etwas Schönes gewünscht hast, so wirst du es gewiß hier finden. Du kannst meinen Worten Glauben schenken, Oisin, denn ich bin König in diesem Land, und dies ist meine Frau, die Königin, und es war die goldköpfige Niamh, unsere Tochter, die zu dir über das Meer kam, um dich zu freien.‹

Ich dankte ihm, dann warf ich mich vor der Königin nieder, und sie hob mich auf. Wir gingen in das Haus des Königspaars, und die Edlen des Landes kamen, um mir zu huldigen. Ein Fest wurde gefeiert, das dauerte zehn Tage und zehn Nächte.

Ich heiratete Niamh mit dem Goldenen Haar. So bin ich in das Land der Jugend gekommen. Es stimmt mich traurig, wenn ich jetzt zu dir davon rede.«

»Fahr dennoch fort mit deiner Geschichte, Oisin, dessen Waffen alles vernichten konnten«, sprach Patrick, »und erzähle mir auch noch, auf welche Weise du dieses Land wieder verlassen hast. Es verlangt mich, auch davon zu hören. Und sag noch: Hast du auch Kinder mit Niamh gehabt, und warst du lange dort?«

»Drei Kinder schenkte mir Niamh«, berichtete Oisin, »zwei Söhne und eine Tochter. Niamh nannte die Söhne Finn und Osgar, und ich gab der Tochter den Namen ›die Blume‹. Ich spürte nicht, daß Zeit verging, und sehr lange war ich dort. Aber dann überkam mich ein großes Verlangen, Finn und meine Kameraden wiederzusehen. Da erbat ich Urlaub, um nach Irland zurückzukehren.

›Ich gebe dir Urlaub‹, sprach Niamh, ›aber es ist doch eine böse Neuigkeit, was ich von dir da höre. Denn ich fürchte, ich werde dich nie wiedersehen.‹

Da hieß ich sie, keine Furcht zu haben, denn das weiße Pferd würde mich gewiß sicher wieder aus Irland zurückbringen.

›Präge dir dies ein, Oisin‹, sagte sie, ›wenn du je vom Pferd steigst oder mit deinem Fuß Erde berührst, gibt es für dich keine Wiederkehr. Und auch das schreibe dir ins Gedächtnis: Wenn du je vom Pferd steigst, wirst du ein alter Mann sein, blind, mit Runzeln, ohne Lebendigkeit, ohne Freude. Es bekümmert mich, Oisin, daß du zurückkehrst ins grüne Irland. Es ist jetzt nicht mehr dort so, wie du es gewohnt warst. Die Fianna, Finn und deine Kameraden gibt es nicht mehr, statt dessen wird die Insel von frommen Vätern und einer Schar von Heiligen beherrscht. Jetzt will ich dich noch einmal küssen, dich umarmen und mit dir in Freuden schlafen, denn mir steht im Sinn, daß du nie mehr zurückkommst.‹

Das ist meine Geschichte, Patrick«, sagte Oisin, »ich habe keine Lüge gesprochen. Und Patrick, Mann Roms, wenn ich noch der gewesen wäre, als der ich ging, hätte ich rasch ein Ende gemacht mit der Herrschaft deiner Pfaffen und keiner von ihnen trüge jetzt noch seinen Kopf auf der Schulter.«

»Erzähle weiter, wilder Mann«, sagte Patrick, »ich will dich besänftigen. Ich will dich freundlich behandeln, wie ich auch Finn freundlich behandelt habe. Der Klang deiner Stimme ist mir angenehm.« Also fuhr Oisin fort mit seiner Geschichte, und was er erzählte, war dies:

»Nichts zu berichten habe ich von der Reise zurück ins grüne Irland; hier angekommen, sah ich mich überall um, aber niemand wußte mir etwas von Finn zu sagen. Es dauerte nicht lange, da begegnete ich einem Trupp Reiter. Sie wünschten mir gute Gesundheit und verwunderten sich sehr, als sie mich erblickten. Ich sah ihnen gar nicht ähnlich, weil ich so viel größer und stärker war als sie.

Ich erkundigte mich nach Finn, ob er noch lebe, und nach der Fianna.

›Wir haben sagen hören‹, antworteten sie, ›daß Finn vor langer Zeit gelebt haben soll, und viele Bücher berichten davon, wie stark und tapfer er gewesen ist. So zahlreich sind diese Geschichten, die die besten Dichter der Gaelen aufgeschrieben haben, daß wir sie dir unmöglich hier jetzt alle erzählen können. Auch von Finns Sohn ist in diesen Geschichten die Rede. Er muß schön, stark und strahlend gewesen sein, aber dann ist ein junges Mädchen gekommen und hat ihn fortgelockt ins Land der Jugend, so sagt man.‹

Als ich sie so reden hörte, wurde mir klar, daß weder Finn noch einer meiner Kameraden der Fianna noch lebten. Da sank mir das Herz, und ich fühlte mich müde und traurig. Ich verlor keine Zeit und wandte mich nach Almhuin in Leinster. Und wie groß war mein Verwundern, als ich dort die Hügelfeste von Finn nicht mehr sah, noch seine große Halle, sondern nur ödes Land, überwuchert von Unkraut und Nesseln.«

Groß war der Schmerz, der Oisin bewegte, als er dies erzählte.

»Ach Patrick«, fuhr er fort, »so war es doch eine schlimme Reise für mich geworden. Nichts von Finn und der Fianna zu erfahren, bedeutet, daß ich immer elend sein werde.«

»Oisin, fasse nur Mut«, sagte Patrick, »wenn du weinst, so erflehe mit deinen Tränen die Gnade Gottes. Finn und die Fianna sind lange schon tot. Ihnen ist nicht mehr zu helfen.«

»Das ist es ja gerade«, sagte Oisin, »Finn geschlagen und besiegt! Wenn ich nur wüßte von wem. Wessen Hand mag wohl den Sieg über so viele gute Krieger davongetragen haben.«

»Es war Gott, der Finn besiegte«, sagte Patrick, »und nicht die starke Hand eines Feindes, und was die Fianna angeht, so sind alle ihre Männer verdammt, in der Hölle mit ihm für immer zu leiden.«

»O Patrick«, sagte Oisin, »was ist das für ein Ort, den du Hölle nennst, zeig mir den Weg dorthin. Denn es gibt keinen Ort, an dem sie gefangen sind und von dem ich sie nicht befreien könnte.«

»Wir wollen uns nicht streiten«, sagte Patrick, »erzähl lieber noch, was geschah, als du hörtest, daß es die Fianna nicht mehr gibt.«

»Das ist rasch gesagt«, antwortete Oisin, »ich wollte wieder fort. Da sah ich jenes Steinbecken, in dem die Männer der Fianna ihre Hände zu kühlen pflegten. Und als ich es sah, überkam mich solch ein Verlangen, wieder einmal meine Hand dort ins Wasser zu legen, daß ich vergaß, was Niamh mir gesagt hatte, und ich vom Pferd stieg. In diesem Moment kamen all die Jahre wieder zurück, die seit meiner Abwesenheit verstrichen waren. Ich stürzte zu Boden. Das Pferd rannte fort. Es ließ mich zurück als einen alten Mann. Schwach und hinfällig fand ich mich vor. Fast blind, ohne Energie und Verstand. Dies, Patrick, ist meine Geschichte! Und es ist keine Lüge an dem, was ich dir erzählt habe.«

Das Motiv von der Last der im Diesseits vergangenen Zeit, die sich in dem Augenblick auf die Schultern des aus der Anderswelt Heimkehrenden legt, da er mit dem Fuß heimischen Boden berührt und ihn zu Staub zerfallen läßt, treffen wir in zahlreichen frühen Sagas an.

Es lebt fort bis hin zu den bäuerlichen Erzählern im 19. und 20. Jahrhundert, die unter den Strohdächern die Tradition des Feenglaubens lebendig erhielten.

Klar tritt der Unterschied zwischen realer Zeit und Zeit der Anderswelt in einer sonst eher harmlosen Geschichte hervor, die im County Sligo noch heute erzählt wird.

Daniels Brautfahrt

Es war einmal ein Bootsmacher in Sligo, ein junger Bursche, gut bei Stimme und tüchtig im Trinken, der hatte sich in eine Dienstmagd in Ballingtogher verliebt. An einem Mittwochabend war's, da wanderte er von der Stadt hinaus auf das Dorf, um seine Aileen zu besuchen. Es war schon dunkel geworden, und der junge Mann kam vom Weg ab und stürzte in einen der Seen, die in dieser Gegend liegen. Er konnte nicht schwimmen, das Wasser schlug also über ihm zusammen, und er sank tiefer und tiefer. Als er sich von dem ersten Schreck erholt hatte und ihm klar wurde, daß er nicht einmal im Begriff stand zu ertrinken, wurde es ihm ganz leicht und froh. Er empfand es als gar nicht so unangenehm, im Wasser immer weiter abwärts zu gleiten. Er atmete dabei, als befände er sich auf trockenem Land, und je tiefer er gelangte, desto klarer und leuchtender wurde das Wasser um ihn. Endlich stand er auf einem ebenen Fleck auf dem Grund. Er sah sich um und stellte fest, daß er sich in einem schönen Land befand, mit grünen Feldern, blühenden Hecken und Bäumen, die dichtes Laubwerk trugen. Sofort kam ein kurzgewachsener, dicker alter Mann auf ihn zu und fragte ihn, woher er komme. Daniel erzählte ihm, daß er auf dem Weg zu seinem Schatz gewesen und dabei in den See gestürzt sei.

»Herzlich willkommen«, sagte der Mann und führte ihn in ein schmuckes Haus, in dem eine ausgelassene Gesellschaft beisammensaß. Sie sangen, erzählten und tranken und hatten nichts dagegen, daß Daniel sich zu ihnen setzte. Auch er wußte so manche Geschichte, und für das Bier kamen sie auf, und also verbrachten sie die Zeit in bestem Einvernehmen miteinander.

Nachdem vielleicht ein oder zwei Stunden vergangen sein mochten, wandte sich Daniel an den dicken alten Mann und sagte:

»Wäret Ihr wohl so freundlich, mir den Weg nach Ballingtogher zu zeigen? Ich bin ohnehin schon spät dran gewesen. Ich fürchte, meine Aileen wird zu Bett gehen, wenn ich mich nicht bald bei ihr sehen lasse.«

Seine Gastgeber versuchten ihn zu bewegen, doch noch etwas zu bleiben, wie das gute Sitte ist in einer solchen Runde, aber schließlich merkten sie, daß es ihm dringlich war, seinem Mädchen an diesem Abend noch einen Kuß zu geben und ließen ihn ziehen. Der alte Mann führte ihn über einen ebenen Pfad, griff plötzlich nach oben und hob einen Stein in die Höhe. Und siehe da, es war der Herdstein in der Küche jenes Hauses, in dem Aileen in Diensten stand. Das Mädchen saß am Feuer und weinte. Sie war sehr erschrocken, als sie ihren Daniel so plötzlich vor sich sah, und er hatte alle Mühe, ihr klarzumachen, daß er kein Geist sei, denn es waren seit seinem Verschwinden nicht etwa ein, zwei Stunden vergangen, wie er meinte, sondern ein ganzer Monat.

Wichtig scheint es, darauf hinzuweisen, daß Geschichten mit solchen Zeitsprüngen nicht nur in Irland erzählt werden.

Aus dem deutschen Sprachraum kommt die Sage vom »Mönch zu Heisterbach«.*

Ein junger Kleriker wird, als er über den Sinn des Lebens nachdenkt, von vielerlei Zweifeln bedrängt. Die biblischen Worte »Dem Herrn ist ein Tag wie tausend Jahre und tausend Jahre sind ihm wie ein Tag!« (eine genaue Definition der Anderszeit) haben ihn beschäftigt, als er im Klostergarten umherspazierte. Vertieft in seine Gedanken, verläßt er den Garten und streift eine Weile durch den benachbarten Wald. Als er das Vesperglöckchen läuten hört, eilt er schnell zurück und klopft an die Klosterpforte. Ein unbekannter Bruder öffnet und fragt ihn nach seinem Begehren. Er gibt keine Antwort, sondern hastet zur Kapelle, um die Messe nicht zu versäumen. Aber an seinem Platz sitzt schon ein anderer. Von allen Mönchen, die im Chor singen, ist kein einziger ihm mehr bekannt Den anderen Brüdern ist er ebenso fremd wie dem Pförtner. Als er seinen Namen nennt, kann sich niemand an ihn erinnern. Erst mit Hilfe der Klosterchronik kann man feststellen, daß der letzte Mönch dieses Namens vor dreihundert Jahren im Wald verschwunden war.

Als bekannt vorausgesetzt werden kann hier die Sage von Rip van Winkle, der sich unvorsichtigerweise auf der Jagd in der Wildnis von unheimlichen Jägern (in altholländischen Kostümen) zum Trinken verleiten läßt und scheinbar darauf sogleich, tatsächlich aber mit einem Zeitsprung von vielen Jahren in seinen völlig veränderten Heimatort zurückkehrt.

Weniger vertraut dürfte Lesern in Europa die japanische Geschichte von Urashima Taro sein, einem ergebenen Sohn, der mit seiner Mutter zusammenlebt und deswegen nicht heiratet, weil er nicht genug verdient, um auch noch eine Ehefrau zu ernähren. Von einer Schildkröte wird Urashima in ein Königreich unter den Wellen gelockt, heiratet dort ein hübsches Fischweib und verbringt mit dieser ein paar schöne Tage. Doch dann plagt ihn sein Gewissen. Er beginnt, sich Sorgen um seine arme Mutter zu machen. Er bittet, sie besuchen zu dürfen. Seine Geliebte hört solche Bitten zwar gar nicht gern, läßt ihn aber schließlich ziehen. Sie gibt ihm einen Korb mit, den er nicht öffnen soll. Als er an Land kommt, findet er dort alles völlig verändert. Die Hütte, in der seine Mutter gelebt hat, ist verschwunden. Keiner der Menschen, die er gekannt hat, ist noch am Leben. In seiner Verzweiflung öffnet er den Korb. Nebel weht ihm ins Gesicht. Er spürt wie er altert. Seine Gestalt wird gebeugt, seine Glieder schmerzen. Nach ein paar Minuten ist er zu Staub zerfallen. Zweihundert Jahre sind, seitdem er von daheim fortging, verflossen. Indem er den Korb öffnet, ist die Last der Zeit, die bei den Sterblichen vergangen ist, über ihn gekommen.*

Eine Variation des Motives vom Zeitsprung erleben wir in der nächsten Geschichte. Hier benutzt ein mächtiges Feenwesen den Unterschied in den Zeiten von Diesseits und Jenseits, um einen Sterblichen zu bestrafen.

John Connors und der Feenkönig

Einst lebte ein Mann mit Namen John Connors nahe Killarney, und er hatte sieben kleine Kinder, alles Töchter und keinen Sohn. Als ihm darauf abermals eine Tochter geboren wurde, war der Mann so zornig, daß er sich weigerte, vom Feld heimzukommen, um nach der Mutter und dem Neugeborenen zu sehen. Als nun die Zeit herankam, da das Kind zu taufen war, wollte er auch nicht hingehen und fragen, wer da Pate stehen würde. »Nein«, sprach er, »mich kümmert das alles nicht.«

Einige Jahre darauf jedoch wurde ihm ein Sohn geboren. Einige Frauen kamen aufs Feld gelaufen, um ihm die frohe Nachricht zu bringen. Connors war so froh, daß er den Spaten, den er bei sich hatte, zerbrach, nach Hause eilte, Brot und Fleisch kommen ließ und sich dann anschickte, mit Freunden ein großes Fest zu feiern. »Es gibt doch im ganzen Kirchspiel keinen«, sprach er zu seinem Weib, »der es wert wäre, Pate meines Sohnes zu werden. So will ich, wenn es Nacht wird, ins nächste Dorf reiten und mich dort nach einem Paten umsehen.«

Bei Nacht sattelte er sein Pferd, stieg auf und ritt ins nächste Dorf, um dort einen Freund und dessen Frau als Paten zu bitten. Das Dorf, zu dem er ritt, hieß Beaufort und lag südlich von Killarney. Am Weg gab es ein Gasthaus, und dort machte Connors Rast, lud die Gäste ein, mit ihm zu trinken und ritt dann weiter. Als er ein paar Meilen hinter sich gebracht hatte, traf er einen Fremden auf einem weißen Pferd. Es war ein Gentleman, das sah man gleich an den roten Kniehosen, dem Schwalbenschwanz und dem Zylinder. Der Fremde grüßte John Connors artig und fragte dann:

»Wie kommt es, daß du noch so spät unterwegs bist?« »Ich bin unterwegs nach Beaufort«, antwortete Connors, »dort will ich die Paten für meinen Sohn suchen.«

»Dann bist du in die Irre geritten«, erklärte der Fremde, »du hättest die Abzweigung einschlagen sollen, die nun schon eine Meile hinter dir liegt. Kehr um und halte dich nach links.«

John Connors tat, wie ihm der Fremde geraten hatte, aber an die Abzweigung, von der die Rede gewesen war, kam er nicht. Er ritt noch etwa eine halbe Stunde dahin, als er abermals diesen Gentleman traf, dem er vorhin schon begegnet war, und dieser fragte ihn:

»Bist du nicht der Mann, den ich vor kurzem schon einmal getroffen habe und der nach Beaufort wollte?«

»Genau der bin ich.«

»Du hast die Abzweigung abermals verfehlt. Du mußt umkehren und nach etwa einer Meile nach rechts abbiegen.«

Connors tat, wie ihm geheißen und ritt mehr als eine Stunde, ohne daß er an eine Abzweigung gekommen wäre. Schließlich traf er den Fremden zum dritten Mal, und diesmal sagte der Gentleman:

»Es ist nun schon spät geworden. Um diese Zeit werden deine Freunde in Beaufort schon längst schlafen. Bis zu meinem Haus ist es nicht weit. Du kannst bei mir übernachten. Morgen ist auch noch ein Tag.«

John Connors dankte dem Fremden und sagte, er wolle gern mit ihm gehen, und dieser führte ihn zu einem schönen Schloß, hieß ihn absteigen und eintreten. Der Gentleman ließ gutes Essen auftragen. Nach dem Mahl zeigte er Connors sein Nachtlager und sprach:

»Nun leg deine Kleider ab, und schlaf gut bis zum Morgen.«

Als Connors eingeschlafen war, nahm der Fremde die Kleider, formte eine Puppe, die John Connors ähnlich sah, zog ihr Johns Kleider an und band sie dann auf das Pferd. Er führte das Tier vor das Tor und jagte es davon.

Das Pferd suchte seinen heimatlichen Stall und erreichte das Dorf am nächsten Morgen.

Die Leute sahen das Tier, das scheinbar einen Toten trug und meinten, John Connors sei etwas zugestoßen. Sie begannen zu weinen und zu klagen. Man holte ihn vom Pferd, wusch ihn und legte ihn auf einen Tisch. Die Nacht über hielt das halbe Dorf Totenwache, wie es üblich war. Am nächsten Morgen wurde eine Messe für seine arme Seele gelesen und ein großes Begräbnis für ihn ausgerichtet.

Am anderen Morgen erwachte John Connors – doch in der Welt der Sterblichen waren inzwischen drei Wochen vergangen – der Gentleman stand vor seinem Bett und sprach:

»Höchste Zeit, daß du erwachst, John. Dein Sohn ist schon getauft. Deine Frau meinte, du würdest nie wiederkommen. So ließ sie Paten durch den Priester suchen. Dein Pferd hat sich von hier davongemacht und ist heimgelaufen.«

»Habe ich denn lange geschlafen?«

»Drei volle Tage und Nächte hast du im Bett gelegen.«

John Connors richtete sich auf und sah sich nach seinen Kleidern um, konnte sie aber nirgends entdecken.

»Wo sind meine Kleider?« fragte er.

»Ich weiß nichts von deinen Kleidern, guter Mann, aber je eher du aufstehst, desto besser.«

Der arme John war nun völlig verwirrt.

»Wie soll ich denn ohne meine Kleider heimkommen, he? Wenn ich wenigstens ein Hemd hätte, könnte es noch angehen, aber ohne einen Fetzen am Leib kann ich mich doch nicht unter die Menschen wagen!«

»Halte keine langen Reden«, antwortete der Gentleman, »nimm dieses Laken um, und dann fort mit dir. Ich habe keine Zeit, mich lange mit deinesgleichen aufzuhalten.«

Da wurde es John angst und bange, er packte das Laken und lief hinaus.

Als er ein gutes Stück Wegs zurückgelegt hatte, sah er sich um, konnte aber kein Schloß mehr entdecken. Hinter ihm lagen nur Felder und Weiden. Nun trug sich all dies zu an einem Sonntag, und Connors bemerkte in einiger Entfernung Leute, die zur Messe gingen. Da lief er wieder in die Felder hinein, aus Scham, es möchte ihn jemand so sehen. Er hielt sich auf den Feldern und lief nahe der Bäche, bis er einen Hügel erreichte. Dort suchten drei oder vier Jungen nach einem Schaf, das sich verlaufen haben mußte. Sie sahen Connors und erkannten in ihm den Mann, den man vor drei Wochen begraben hatte. Da liefen sie schreiend ins Dorf zurück und erzählten dort, sie hätten John Connors gesehen, mit nichts als einem Laken bekleidet. Nun ist es in Irland Sitte, die Kleider eines Verstorbenen mit Weihwasser zu besprengen und sie an die Armen zu verschenken. Man glaubt, daß sie dann der Tote auch in der anderen Welt tragen kann. Derjenige aber, der sie erhält, muß sie dreimal zu einer Messe anlegen und soll sie jedesmal mit Weihwasser besprengen, danach kann er sie tragen, wie und wann er will.

Als die Frauen im Dorf hörten, was die Jungen erzählten, gingen einige von ihnen zur Witwe und sagten: »Es ist deine Schuld, daß der Geist deines Mannes nackt umgeht. Du hast gewiß seine Kleider nicht an die Armen gegeben.«

»Wohl habe ich sie an die Armen geschenkt«, sagte die Witwe, »aber es mag wohl sein, daß der Mann, dem ich sie gab, sie nicht zur Messe getragen hat, und deshalb muß mein armer Mann nun in der anderen Welt nackt umhergehen.«

Dann lief sie auf der Stelle zu dem Armen, der die Kleider bekommen hatte. Als sie eintrat, saß der Mann gerade beim Frühstück.

»Du bist ein verdammter Heide«, schalt sie ihn aus, »ich hätte nie gedacht, daß du meinen armen alten John nackt in der anderen Welt herumlaufen läßt. Warum hast du die Kleider, die ich dir gab, nicht erst dreimal zur Messe getragen und sie mit Weihwasser besprengt, wie sich das gehört, he?«

»Wie kannst du so etwas sagen«, entgegnete der Mann, »es ist alles so geschehen, wie es die Sitte will.«

Da ging die Frau beruhigt heim.

Nun lebte noch ein Onkel von John Connors in demselben Dorf. Er war ein reicher Bauer und hatte eine Magd und einen Knecht. Der Torfabstich war nicht weit vom Haus entfernt, und als das Mädchen einmal zu der Grube ging, um Torf zu stechen, sah sie nicht weit davon einen Mann mit einem

Laken um die Schulter stehen. Sie sah noch einmal hin und erkannte, daß es John Connors war. Das Mädchen schrie auf, rannte verängstigt davon und erzählte im Haus, was ihr zugestoßen war. Der Bauer und sein Knecht lachten nur, und der Knecht wurde nun ausgeschickt, um nachzusehen, ob das Mädchen die Wahrheit gesprochen habe. Tatsächlich: In der Torfgrube saß der Geist des John Connors mit einem Laken um die Schultern. Niemand wollte nun mehr zu dem unheimlichen Ort gehen, und das Gerücht verbreitete sich, John Connors sitze dort und bewache den Torf.

Früh am Abend ließ John Connors' Weib ihre Kinder niederknien und einen Rosenkranz für die Seele ihres Vaters beten. Danach gingen sie zu Bett. Es dauerte nicht lange, da hörten sie ein Klopfen an der Tür. Die arme Frau fragte, wer denn draußen sei. Eine vertraute Stimme antwortete:

»Dein Mann steht vor der Tür. Laß mich herein.«

»Möge der allmächtige Gott und die Heilige Jungfrau deiner Seele Ruhe schenken«, schrie das Weib, und die Kinder bekreuzigten sich und krochen unter die Bettdecken. Sie fürchteten sich sehr, er könne durch das Schlüsselloch hereinkommen.

John aber ging draußen zum Fenster und schlug gegen die Scheiben. Die arme Frau hastete zum Fenster und sah das Gesicht ihres Mannes. Sofort begann sie wieder, um die Erlösung seiner Seele zu beten, er aber rief:

»Mach mir doch auf, oder wirf mir wenigstens ein paar Kleider heraus. Ich sterbe fast vor Kälte.«

Als er sah, daß sie nichts bewegen würde, ihm aufzutun, ging er zum Haus seines Onkels. Als er an dessen Tür kam, lag drinnen die ganze Familie auf dem Boden und betete für das Seelenheil von John Connors. Er klopfte, und die Magd stand auf, um nachzusehen, wer draußen sei. Sie schob den Riegel zurück und öffnete die Tür einen Spalt breit, aber als sie gewahr wurde, wer da stand, schlug sie die Tür sofort wieder zu.

»John Connors' Geist geht um. Ich bleibe nicht länger hier. Ich will fort«, schrie sie hysterisch. Die ganze Familie floh eiligst ins Bett, ohne sich auszuziehen. John Connors aber hörte nicht auf an die Tür zu pochen, doch niemand öffnete.

Also lief er zum nächsten Haus weiter. Es war der Doktor, der dort wohnte, und John dachte bei sich: Ich werde zu ihm gehen und ihm alles sagen, vielleicht, daß er ein Einsehen hat.

Aber auch hier kam ihm zuerst der Diener entgegen und lief schreiend zu seinem Herrn:

»John Connors' Geist steht unten an der Tür. Er hat nichts an außer einem Laken!«

»Du warst schon immer ein Narr«, sagte der Doktor zu seinem Diener, »und je älter du wirst, um so schlimmer wird es damit. Es gibt keine Geister.«

»Und doch steht Connors' Geist vor Eurer Haustür!« rief der Diener triumphierend und dabei am ganzen Leibe zitternd.

Um seinen Diener zu überzeugen, trat der Doktor an ein Fenster im ersten Stock. Er sah hinaus – und bei Gott, dort unten stand tatsächlich ein Geist. Er wandte sich hastig um und wies seinen Diener an:

»Daß du mir die Tür nicht aufmachst. Tatsächlich steht er da. Das geht nicht mit rechten Dingen zu.«

Als er merkte, daß ihn auch der Doktor nicht einlassen werde, fluchte John Connors schrecklich.

»Gott steh uns bei«, murmelte der Doktor hinter dem Fenster, der Johns laute Flüche dort vernahm, »seine Seele muß verdammt sein, denn wäre sie jetzt im Fegefeuer, so würde sie nicht fluchen und schwören, sondern beten, was das Zeug hält. Er ist verdammt. Die Leute in diesem Nest werden noch ihr blaues Wunder erleben. Ich bleibe nicht länger hier. Morgen packe ich meine Sachen und reise ab.«

John ging nun zu dem Haus des Priesters, denn er dachte sich: Wenigstens der Herr Pfarrer wird doch vernünftig sein. Die Haushälterin öffnete ihm. Doch als sie sah, wer da vor ihr stand, schrie sie auf und rannte davon. Doch ließ sie wenigstens die Tür hinter sich offen stehen, wenn auch nicht mit Absicht, sondern vor Schreck. Als sie zur Treppe stürzte, fiel sie hin, und der Lärm erregte die Aufmerksamkeit des Priesters, der nachsehen kam, was da geschehen sei.

»O Vater«, schrie die Haushälterin, »John Connors' Geist ist in die Küche eingedrungen, und er hat nichts an als ein Laken!«

»Das kann nicht sein«, erwiderte der Priester, »noch keiner ist aus dem Jenseits zurückgekommen.«

Er hatte den Satz kaum vollendet, als der Geist auch schon vor ihm stand.

»Im Namen Gottes«, sagte der Priester, »bist du tot oder lebendig? Du mußt tot sein, denn ich habe in deinem Haus eine Totenmesse gelesen. Der offene Sarg stand auf dem Tisch, und ich war auch bei deinem Begräbnis dabei«

»Wie könnt Ihr nur so närrisch sein, wie all die anderen Leute im Dorf. Ich lebe …«, rief John Connors, »wer sollte mich denn getötet haben?«

»Gott, der jedem Leben einmal ein Ende setzt. Und wenn du nicht tot bist, wie konnte ich dann zu deinem Begräbnis gerufen werden?«

»Das war alles ein Mißverständnis«, erklärte ihm John, »wenn ich tatsächlich tot wäre, wie könnte ich dann mit Euch reden?«

»Aber wenn du lebendig bist, wo sind deine Kleider?«

»Das weiß ich auch nicht. Sie sind mir abhanden gekommen.«

»Geh in die Küche«, sagte der Priester, »ich werde dir Kleider bringen, und dann wirst du mir erzählen, was geschehen ist.«

Als er wieder wie ein Mensch gekleidet war, erzählte John Connors seine ganzen Erlebnisse von Anfang an.

»Ah«, sagte der Priester, »nun beginne ich zu begreifen. Das war Daniel O'Donoghue, der Prinz von Loch Lein. Er hat dir diesen Streich gespielt. Warum hast du auch keinen Paten aus unserem Kirchspiel genommen? Für den Rest deines Lebens wird dir das eine Lehre sein, und du wirst Sohn und Tochter gleich achten, hoffe ich. Du warst wohl nicht zufrieden mit dem Willen Gottes, obwohl es doch jedes Menschen Pflicht ist, alles so hinzunehmen, wie Gott es fügt. Vor drei Wochen hat man deine Leiche zu Grabe getragen, und zu all dem ist es nur gekommen, weil du stolz und hochmütig warst.«

»Ach … und deshalb wollte mich meine Frau nicht hereinlassen. Bitte, Hochwürden, kommt doch mit mir und redet ihr gut zu, damit sie mir die Tür auftut.«

Der Priester und John Connors gingen zu dem Haus und klopften an, aber die Antwort war nur ein Gebet. Der Priester ging ans Fenster und machte der Frau ein Zeichen, sie solle öffnen.

Frau Connors öffnete die Tür, als sie jedoch ihren Mann hinter dem Priester sah, schrie sie auf und fiel in Ohnmacht, und auch die kleinen Mädchen, die um sie standen, sanken bewußtlos zu Boden. Als sich die Frau erholt hatte, versuchte der Priester, sie davon zu überzeugen, daß ihr Mann noch am Leben sei, aber sie wollte es so lange nicht glauben, bis er sie bei der Hand faßte. Dann betastete sie sein Gesicht und sein Haar und war endlich überzeugt.

Als der Priester alles aufgeklärt hatte, ließ er die Familie allein. Und nie mehr später – sofern das noch nötig war – ist John Connors in ein anderes Dorf gegangen, um einen Paten für eines seiner Kinder zu suchen.

Wofür John Connors bestraft wird – für die Mißachtung der weiblichen Kinder, für den Bruch mit der alten Sitte, den Taufpaten aus dem eigenen Dorf zu nehmen – sagt die Geschichte scheinbar recht deutlich. Aber der groteske Erzählstil, der die Situationskomik weidlich auskostet und am Ende auf die Moralpredigt aus dem Mund des Priesters nicht verzichtet, verdeckt, daß es hier »hinter den Kulissen« um etwas sehr Ernstes geht. Wovon die Geschichte tatsächlich handelt, sind die Probleme eines Menschen, der sich mit dem Wilden und mit der Wildnis eingelassen hat oder von ihr überwältigt worden ist, und der danach seine liebe Not damit hat, daß die zivilisierte Welt, die mit dem Wilden, der

»Welt jenseits des Zaunes« also der umfriedeten Ordnung nichts zu tun haben will, ihn zurückweist. Der Zeitsprung dient hier lediglich dazu, diesen Bezug wenigstens unterschwellig anzudeuten. Verräterischer sind Sätze zu Anfang der Geschichte, in denen davon die Rede ist, daß John Connors selbst bei einem so wichtigen Ereignis, wie sie die Geburt eines Kindes darstellt, nicht heimkommt, sondern draußen auf dem Feld bleibt. Und daß die Mißachtung der Mädchen, die ihm geboren werden, mehr und anderes ist, als ein hochmütiges Aufbegehren gegen den unerforschlichen Willen des Gottes der Christen, wird der Leser begreifen, wenn er das letzte Kapitel dieses Buches gelesen hat. Connors ist neugierig auf die Anderswelt, setzt sich ihr aus. Er verstößt mit der Ablehnung der Mädchen und dem Bruch einer alten Sitte zugleich auch gegen Traditionen der Anderswelt. Er gerät gewissermaßen zwischen Borke und Baum. So ist diese Geschichte, löst man sich von dem ausdrücklich Gesagten, das Psychogramm eines Menschen aus der irischen Landbevölkerung, in dessen Bewußtsein das Heidnisch-Vorchristliche noch rumort, während ihn die neue, mit dem Christentum etablierte Ordnung nicht voll befriedigt, weshalb, er sich an ihr stößt, aneckt. Aus Angst, nirgends mehr dazuzugehören, macht er schließlich durch Vermittlung des Priesters seinen Frieden mit Gesetz und Ordnung.

Für die Kelten war die Zweiteiligkeit aller Dinge – und somit auch der Zeit – von großer Bedeutung. Im Wechsel von Tag und Nacht, von Hell und Dunkel manifestierte sich, wie freilich auch bei anderen Völkern, für sie ein Grundprinzip des Seins überhaupt.

Wie die 24 Stunden in eine dunkle und eine helle Hälfte zerfallen, so auch das Jahr. Am 1. Mai begann die helle Hälfte, am 1. November die dunkle. Der Sommer, beginnend mit dem Mai, war die Jahreszeit, in der man die Winterwohnungen gegen die Sommerwohnungen vertauschte, die Herden höher hinauf auf Hügel und Berge getrieben wurden und man sich im Freien vergnügte. Am 1. November (Samhain) kehrte man heim, verbrachte den Winter vor dem Herdfeuer, hörte Geschichten. Alle Freizeitbeschäftigung spielten sich nun im Haus ab. Auch die Fianna war nur von Beltaine (1. Mai) bis Samhain (1. November) auf der Jagd oder auf Kriegszügen und quartierte sich über den Winter bei der Bevölkerung ein, sofern sie nicht an einen Königshof gerufen wurde.

»Winter ist die dunkle Seite des Jahres. Die Natur schläft. Die Erde ist wüst und unwirtlich. Noch heute wird der Januar in Wales ›der schwarze Monat‹ genannt. November, als Beginn der Winterhälfte, gilt in Schottlands, Cornwall und in der Bretagne als dunkel oder schwarz. Die Schotten bezeichnen den tiefsten Winter als ›an Dúdlachd‹, was soviel bedeutet wie das Zwielichtige, Unheimliche. Es ist die Jahreszeit des Todes, der Todeslustbarkeit, bei der ein König mit geschwärztem Gesicht präsidiert, dessen Amtsembleme ein Schwert, *eine Sense oder eine Sichel waren. Nun gab es aber bei den Kelten noch eine größere Zeiteinheit, nämlich einen Fünfjahres-Abschnitt, der aus 60 Monaten bestand – plus zwei interkalendarischen Monaten: Der eine am Beginn des Zyklus, der andere in seiner Mitte.*

Es entstanden so zwei Abteilungen von jeweils zweieinhalb Jahren. Die erste Hälfte des Fünfjahreszyklus begann mit dem Winter (Samon), die zweite mit dem Sommer (Giamon). Also auch hier wieder die anfangs erwähnte Zweiteilung.*

Sie setzte sich fort bei den Monaten: Sechs hatten 30 Tage und galten als MAT (irisch: maith und walisisch: mad) =gut; die anderen sechs hatten nur 29 Tage und wurden mit AN MAT (nicht gut) bezeichnet

Auch der Monat war zweigeteilt in eine helle und eine dunkle Hälfte von jeweils fünfzehn bzw. vierzehn Tagen.

Die Trennungslinien zwischen zwei Zeitperioden galten als unheimlich und ungeheuer oder anders ausgedrückt: Sie hatten eine besonders starke magische Besetztheit.

Zu Samhain taten sich nicht nur die Feenhügel auf, weil ja auch die Wesen der Anderswelt nun ihre Winterquartiere beziehen mußten; da die schwarze, die Totenzeit begann, kehrten die Toten in die Welt zurück und wurden sichtbar. Selbst die Trennungslinie zwischen den Geschlechtern war für die Samhainzeit vorübergehend aufgehoben. In Schottland verkleideten sich zu Samhain Jungen als Mädchen und Mädchen als Jungen. »›Zwischen den Zeiten‹, wenn die alte Zeit vergangen und die neue noch nicht angebrochen ist, stehen die Dinge außerhalb der Normalität, die Ordnung ist verkehrt und zugleich auch in ihrer Weiterexistenz bedroht«. Ein freilich sehr schwacher Abglanz solcher Vorstellung spiegelt sich noch heute in der Art, wie wir Silvester feiern.

In der Samhainnacht versuchte man zu erkennen, wer im kommenden Jahr sterben und wer wen heiraten werde. Haselnuß- und Apfelbaumzweige, also Teile von Pflanzen, die mit der Unterwelt in Beziehung stehen, werden dabei zu den verschiedensten Praktiken des Weissagens benutzt.

Die kosmische Unordnung, die an den Zeiträndern entsteht, macht verständlich, warum in der Samhainnacht Pflüge, Karren und Gartentore verschleppt und versteckt werden.

Man stellt selbst eine abgemilderte Form des Chaos her, damit nicht ein noch viel mächtigeres Chaos über einen hereinbricht

Begann mit Samhain die dunkle Hälfte des Jahres, so war der Maiabend der Anfang der hellen Hälfte. Wo jemand am Maitag noch auf Wesen der Anderswelt stieß (Kapitel 1, »Das gebückte Mütterchen«), wurde er ein Opfer der immer vorhandenen Gefahr an den Bruchstellen. Im übrigen galt der Maitag als günstiger Zeitpunkt, um sich gegen Zauber und magische Einflüsse zu sichern, beispielsweise, indem man an die Frontwand der Stallungen Ebereschenzweige nagelte.

Die sexuellen Freizügigkeiten, die sich noch bis in die Neuzeit hinein unter dem Maibaum abzuspielen pflegten, scheinen sich schlecht mit der Vorstellung der Römer zu vertragen, daß es Unglück bringe, im Mai zu heiraten. Für viele Länder Mitteleuropas gilt der Aberglaube, Ehen, im Mai geschlossen, hielten nur einen Sommer. Und ein frühes irisches Gesetzbuch schreibt Beltaine als das ordnungsgemäße Datum für eine Scheidung vor. Noch im 16. und 17. Jahrhundert wetterten Moralprediger in England immer wieder über die Maivergnügungen, bei denen junge Burschen und Mädchen im Wald miteinander schliefen, um am nächsten Morgen mit Birkenzweigen geschmückt heimzukommen. Ein solcher Sittenrichter nannte den Maibaum ein »zum Himmel stinkendes Idol« und empörte sich darüber, daß von hundert Mädchen, die an solchen Festlichkeiten teilnahmen, höchstens ein Drittel am anderen Morgen noch unschuldig sei – und dieses Drittel rekrutierte sich aus den Häßlichsten.*

Der scheinbare Widerspruch zwischen den Warnungen vor einer Ehe im Mai und überschwenglich fröhlich praktizierter Sexualität zu Beltaine erklärt sich wohl daraus, daß der Mai-Tag und Mai-Abend ein Liebesfest war, aber eines der freien Liebe. In vielen Mailiedern drückt sich Spott und Verachtung gegenüber der Ehe als einer Institution aus, in der die Liebe sterbe. Und in einem provenzalischen Gedicht erklärt eine Ehefrau, der ihr Mann Vorwürfe macht, weil sie auf dem Maifest mit anderen Männern flirtet: Schweig und fort mit dir, denn in meinen Armen liegt Kalenda Maya – der erste Mai. Verhöhnt wurden denn am ersten Mai auch nicht die Ledigen, sondern die Spröden oder jene, die nicht wahrhaben wollten, daß die Sexualität dem Menschen Freude macht.*

In Wales schmückten die jungen Burschen das Haus des Mädchens, in das sie verliebt waren und mit dem sie schlafen wollten, am Maitag mit Blumen und Bändern, vor die Tür einer Prüden nagelten sie einen Pferdeschädel, oder sie stellten eine männliche Strohpuppe auf. (Bezeichnend für die vielfältigen Beziehungen von Mythen und solchen jahreszeitlichen Bräuchen ist die Tatsache, daß Esyllts/Isoldes Ehemann, dem sie mit Tristram oder Tristan – übrigens auch bei einer Art Maifest – davonläuft, den Namen March oder Mark, nämlich Pferd trägt.) Es gab aber nun neben Samhain und Beltaine noch zwei weitere wichtige Fixpunkte im Jahresablauf der Kelten, nämlich den 1. Februar (St. Brigits Nacht)*, der den eigentlichen Winter vom Frühjahr abteilt und den 1. August, das Fest Lugnasad, den Trennpunkt von Sommer und Herbst. St. Brigit, das christliche Fest, fiel zusammen mit Imbok, einem alten heidnischen Frühlingsfest, Lugnasad war das Fest der ersten Früchte, des Erntens, fast ebenso wichtig wie Beltaine und Samhain. Bis zum 1. November mußten in Irland alle Ernten* *in der Scheuer sein. Was auf dem Halm oder am Ast blieb, war für den Pooka bestimmt.*

Zusammenfassend läßt sich sagen, daß somit die Einteilung des keltisch-gälischen Jahres vor allem am Ablauf des Vegetationszyklus, der Aussaat und der Ernten orientiert war.

Fragen wir abschließend, worin nun eigentlich die Anderszeit besteht? Wie sich aus zahlreichen Zeugnissen archaischer Kulturen belegen läßt, kannte die frühere Menschheit »eine Perspektive der Wahrnehmung, in welcher ein Ereignis ist, was es ist, ohne Beachtung des Zeitpunktes, an dem es sich befinden mag.«

Für diesen Zustand hat die Volkskunde den Begriff der »Traumzeit« geprägt.

Jene Formel, mit der zahlreiche Märchen beginnen, definiert sie durch Umschreibung so:

»Es war einmal zu einer Zeit, und eine gute Zeit war es, aber es war nicht meine Zeit, noch deine Zeit, noch irgend jemandes Zeit«.

»Anderszeit« entsteht nun offensichtlich durch den immer noch im Menschen vorhandenen Wunsch, sich der rational abgeleiteten, aber als mechanisch-monoton empfundenen Uhrzeigerzeit, durch deren Einsetzung manche jener Erlebnisgehalte verlorengehen, die in der magischen Traumzeit erfahren wurden, zu entziehen. So genommen scheint das Verlangen nach »Anderszeit«, wie es sich in den voranstehenden Geschichten ausdrückt, ein nicht zu unterdrückender Urwunsch menschlichen Seins.

IV. Kapitel

worin Geschichten
von Liebe und Tod versammelt sind,
deren verborgener Sinn erforscht wird

»Nun nehme ich an, daß viele Leute meinen werden, ich beschäftigte mich mit einem Spielzeug und nähme mir ebensoviel Freiheit beim Ausdeuten der Fabeln von Geschichten heraus wie Dichter, wenn sie ihre Geschichten erfinden … aber das ist nicht meine Absicht. Ich weiß wohl aus welchem biegsamen Stoff eine Fabel besteht, wie leicht man sie hierhin und dorthin verbiegen und wie man mit ein bißchen Kühnheit und Abweichung von ihrem tatsächlichen Sinn ihr eine Bedeutung zulegen kann, an die bei ihrer Entstehung nie gedacht worden ist. All dies habe ich gebührlich untersucht und erwogen …«

Francis Bacon

Schon einmal haben wir auf unserer Reise durch die Anderswelt Geschichten gehört, in denen von den Bedingungen und den Gefahren die Rede gewesen ist, die sich immer dann ergeben, wenn irdische Menschen sich in Wesen aus der Anderswelt verlieben oder von ihnen begehrt werden.

Auch in den folgenden Geschichten geht es um Liebe, um die Verlockung irdischer Männer durch Frauen aus der Anderswelt, aber in geradezu bestürzender Weise sind hier Liebe und Tod miteinander verbunden. Die wild-chaotischen Seiten von Lust und Leidenschaft treten deutlicher hervor. Und ohne daß dies ausdrücklich gesagt würde, spürt man zwischen den Zeilen die Furcht des Menschen angesichts seiner Vergänglichkeit.

In der Liebe möchte er diese Angst vergessen. Doch gerade seine Fähigkeit, neues Leben hervorzubringen, gemahnt ihn zugleich an den Tod.

Nur, indem er sich als von seiner Vernunft bestimmtes Wesen aufgibt, sich seiner Triebhaftigkeit ausliefert, erfährt er Lust – läuft aber gleichzeitig Gefahr, von dem Animalisch-Chaotischen zerstört zu werden.

Deutlicher als irgendwo anders wird in diesen Geschichten die Anderswelt als das Reich der Seele erkennbar.

Die beiden ersten Texte stammen aus dem Fenier-Zyklus, den Geschichten um die Fianna (fian = Krieger).

Dermot O'Dyna galt als ein großzügiger, außerordentlich tapferer Mann. Er war ebenso stattlich wie mutig und wurde oft auch Dermot mit dem hellen Gesicht, Dermot mit den weißen Zähnen genannt. In der Tradition von Munster gilt er als in Kerry gebürtig. Tatsächlich aber stammte er aus Leinster, und seine Vorfahren waren nach Munster eingewandert.

Wie Dermot zu seinem Liebesfleck kam

Einst, in alter Zeit, zogen in Erin vier Männer auf die Jagd. Dermot, Goll, Conan und Osgar waren ihre Namen. Kampferfahrene, starke, kluge Männer waren es. Sie gehörten der Fianna an, jener Mannschaft, deren Anführer der große Fin McCul war. Mit Einbruch der Dunkelheit hatte es zu regnen begonnen, und wenn dies auch Männer waren, die im Krieg ohne Murren bei jedem Wetter im Freien nächtigten, so fragten sie sich doch, warum sie die langen Stunden der Finsternis trübselig unter triefenden Bäumen hocken sollten, wenn vielleicht gar nicht weit entfernt ein Strohdach auf sie wartete. Sie machten sich also auf die Suche nach einer menschlichen Behausung, und nach einiger Zeit entdeckten sie in einem schmalen Tal, das keiner von ihnen je zuvor betreten hatte, eine einsame Hütte, aus deren Schornstein Rauch aufstieg. Dermot stieß schon von weitem den Ruf der Freundschaft aus, um den Bewohnern zu verstehen zu geben, daß sie nichts zu befürchten hätten.

Ein alter Mann trat aus der Hütte. Er begrüßte die Fianna-Männer freundlich und hieß sie herzlich willkommen, als sie ihn um ein Quartier für die Nacht baten.

So traten die vier über die Schwelle. Hell lohte drinnen das Herdfeuer, vor das sie hintraten, um ihre Kleider zu trocknen. Der Alte wohnte nicht allein in der einsamen Hütte. Ein junges Mädchen war bei ihn. Sie hatte kupferrotes Haar, schöne runde Brüste, und auf ihrem Gesicht lag ein seltsam zärtlich verlockendes Lächeln, das die Männer ihre Brauen heben ließ. Außerdem beherbergte die Hütte auch noch eine Katze und einen prächtigen Hammel.

Der Hammel lag ruhig und schwer in einer Ecke und glotzte die Gäste aus großen, dummen Augen an. Die Katze hatte sich ihren Ruheplatz nicht weit von der Feuerstelle an der Kaminwand gesucht. Sie schnurrte zufrieden vor sich hin.

Das junge Mädchen hängte sogleich einen großen Topf über das Feuer, und auf den weißgescheuerten Tisch, der mitten im Raum stand, stellte sie vier hölzerne Schalen und daneben legte sie die Löffel. Ein würziger Geruch stieg aus dem Topf, und den hungrigen Fianna-Männern lief das Wasser im Mund zusammen. Endlich war es soweit. Eine kräftige Bohnensuppe dampfte auf dem Tisch, und das Mädchen hieß die Gäste zuzugreifen.

Die Männer ließen sich das nicht zweimal sagen. Sie setzten sich selbstbewußt auf die Schemel um den Tisch und wollten sich gerade eine reichliche Portion schöpfen, da erhob sich plötzlich der Hammel, nahm einen kurzen Anlauf und sprang mit einem Satz auf den Tisch, doch so geschickt, daß dabei weder der Topf noch die Schalen umgestoßen wurden.

Dermot schüttelte unwillig den Kopf. Ehe sie essen konnten, mußte das Tier wieder herunter. Der scharfe Geruch des Hammels störte ihn.

Der alte Mann und seine Tochter machten sich unterdessen in einem Nebenraum zu schaffen, wohl um den Gästen das Nachtlager zu richten.

Ärgerlich versuchten die Fianna-Männer, den Hammel vom Tisch zu stoßen. Jedesmal, wenn sie zupackten und das störrische Tier stießen, schlug es so kräftig aus, daß die Männer torkelten, ja schließlich selbst zu Boden fielen.

Endlich glückte es Goll, den Hammel mit einem überraschenden Ruck vom Tisch zu werfen. Aber das sollte den vier Gefährten schlecht bekommen.

Bis jetzt hatte der Hammel mit ihnen gespielt. Nun aber wurde er wütend und teilte nach allen Seiten so harte Stöße aus, daß nach wenigen Augenblicken alle vier stolzen Fianna-Helden mehr oder minder ächzend und stöhnend auf dem Rücken lagen. Goll hatte der Hammel gar seine beiden Vorderpfoten triumphierend auf die Brust gesetzt.

Wie nun die Männer sich recht jammervoll noch am Boden wälzten, erschien aus dem Nebenraum der Alte. »Sieh da«, sprach er, »euch ist es wohl schlecht ergangen. Katze, warum hast du das zugelassen? Komm, binde den dummen Hammel fest, damit er nicht noch mehr Unheil anrichtet.«

Die Katze hatte neben dem Herd gelegen, eingesponnen in warmes Wohlbehagen. Auf die Worte des Alten hin sprang sie mit einem Satz dem Hammel in den Nacken, krallte sich in sein Ohr und lenkte ihn in seinen Winkel zurück, wo sie ihm mit wenigen geschickten Bewegungen einen festen Strick so um seine Hörner wand, daß er sich nicht mehr von der Stelle zu rühren vermochte.

Die vier Fianna-Männer erhoben sich. Sie rieben sich ihre Beulen und blauen Flecke und murmelten leise Flüche vor sich hin.

Dermot aber sprach zu dem Alten:

»Wir wollen nicht länger bei Euch bleiben. Noch nie sind wir derart erniedrigt worden … von einem Hammel noch dazu! Und das vor den Augen eines schönen Mädchens. Wir danken Euch für Eure Bereitwilligkeit, uns Gastfreundschaft zu erweisen. Aber Euer Haus muß verhext sein. Offenbar sind wir nicht die rechten Männer, mit diesem Zauber fertig zu werden. Lieber wollen wir in Regen und Dunkelheit lagern, als uns hier womöglich noch weitere Erniedrigungen einhandeln.«

Der Alte lachte leise, hob seine Hand und sprach:

»Beruhigt euch, Fianna-Männer. Ihr braucht euch nicht zu schämen. Kein gewöhnlicher Hammel hat euch zu Boden geworfen. Auch die Katze, die euch an Kraft und Geschicklichkeit übertroffen hat, ist keine gewöhnliche Katze. Bleibt also ruhig unter diesem Dach, bis die Nacht vorüber ist.

Die Niederlage eben wird eurem Ruf als starke tapfere Krieger nicht abträglich sein.«

»Ja bleibt«, fügte das Mädchen hinzu, und sie blickte dabei besonders Dermot mit ihren Sternaugen bittend an. Dermot senkte den Kopf. Der Macht dieser Augen war schwer zu widerstehen.

Doch Goll war nicht so rasch zu beschwichtigen, weder von einem alten Mann noch von einem schönen Mädchen.

»Nein«, rief er zornig, »mit ein paar guten Worten und einem schönen Blick kann diese Schande nicht getilgt sein! Wir verlangen genau zu wissen, wer es ist, vor dem unsere Kräfte so erbärmlich versagten?«

»Ich hätte es euch lieber verschwiegen«, antwortete der Alte, »aber wenn ihr so schwer gekränkt seid, will ich Licht in das Geheimnis lassen, in der Hoffnung, es möge euch nicht noch mehr beunruhigen. Der Hammel – das ist die Welt. Sie ist stärker als selbst vier Fianna-Männer zusammen. Ihr unterlegen zu sein, braucht sich niemand zu schämen. Und die Katze ...? Nun, die Katze ist allerdings das einzige Wesen, dem selbst die ganze Welt nicht standhalten kann. Die Katze nämlich ... das ist der Tod.«

»Der Tod!« sprach Dermot entsetzt, »Männer laßt uns eilig gehen.« »Fürchtet euch nicht«, sprach der Alte weiter, »ihr könntet nirgends vor ihm sicherer sein. Solange ihr unter diesem Dach wohnt, schläft der Tod. Kommt jetzt, es ist spät. Ich will euch eure Nachtlager zeigen. Wir haben nur drei Räume unter diesem Dach. Dort hinten, in diesem Verschlag, stehen die Schafe. Hier, in dem großen Raum, wo das Feuer wärmt, schlafe ich, denn ich bin der Herr des Hauses. Ich bin uralt und brauche nun einmal viel Wärme. Ihr müßt also mit dem dritten Raum vorliebnehmen, in dem meine Tochter schläft. Dort haben wir euch ein Strohlager bereitet. Das Bett des Mädchens steht neben der Tür. Vier Fianna-Männer sind wohl über jeden Zweifel erhaben, der Ehre eines unschuldigen jungen Mädchens zu nahe zu treten. Kommt jetzt. Ihr werdet müde sein.« Die vier Gefährten taten wie ihnen geheißen und fanden nebenan eine Schütte duftenden Gerstenstrohs, darauf legten sie sich nieder. Sie wären wohl keine gesunden kräftigen Männer gewesen, wenn sie nicht die Erwartung, daß ein schönes junges Mädchen sich bald darauf in derselben Kammer, nur wenige Schritte von ihnen entfernt, zur Ruhe legen würde, wachgehalten und ihnen eine große Unruhe ins Blut geträufelt hätte.

Nach einiger Zeit hoben die vier Gefährten erstaunt ihre Köpfe. In dem bisher nachtschwarzen Raum erstrahlte ein weiches, alles durchdringendes Licht, und sie erkannten, daß dieser Glanz von dem Mädchen ausging, das eben eingetreten war, sich auskleidete und sich anschickte, ins Bett zu gehen.

Eine Weile verhielten sich die vier Gefährten ganz ruhig. Ein jeder hoffte, die anderen seien schon eingeschlafen. Goll war der erste, über den das Verlangen Gewalt gewann. Vorsichtig erhob er sich, schlich zu dem Bett des Mädchens hin und flüsterte:

»Laß mich zu dir, schöner Glanz. Ich will, daß du mein wirst. Ohne deine Liebe finde ich keinen Schlaf!« Das Mädchen sah ihn mit ihren weichen verlockenden Augen an und flüsterte zurück:

»O Goll, einmal habe ich dir gehört, aber nie, nie wieder darf es geschehen. Ich weise dich ab. Lege dich wieder auf dein Lager.« Zähneknirschend tappte Goll zurück und grub sich ins Stroh.

Wieder war es eine Weile still.

Dann versuchte Osgar sein Glück.

Er war noch nicht bei dem Bett des Mädchens angelangt, da hörte er auch schon eine bekannte Stimme sagen: »Auch dich kann ich nicht lieben, Osgar. Auch deine Liebste bin ich schon einmal gewesen. Aber das ist vorbei und wird nie wieder sein.«

Wiederum nach einer Weile stand Conan auf und schlich sich dorthin, wo er das Bett des Mädchens vermutete. Er meinte es besonders schlau anzustellen und sagte schmeichelnd:

»Schöne Feenprinzessin. Niemand belauscht uns. Unwiderstehlich ist deine Anmut. Du bist schön wie die von der Morgensonne gerötete Wolke über dem Slieve Blom. Wenn du dich mir hingibst, will ich dein Lob singen bis an mein Lebensende.«

»Lieber Conan«, antwortete das Mädchen, »deines Lobes bedarf ich nicht. Ich bin, wie ich bin, ob mit oder ohne dein Lob. Ich mag dich nicht mehr, nachdem ich dir einmal gehört habe.«

Conan war verwirrt. Er knurrte einen Fluch. Aber was sollte er tun! Liebe läßt sich nicht erzwingen. Also stampfte auch er wieder zu seinem Strohlager zurück.

Dermot lag auch noch wach. Er dachte: Wenn sie alle anderen abgewiesen hat, kann ich mir wohl Hoffnung machen.

Also stand er auf und schlich zu dem Bett. Das, was er dort sah, verschlug ihm den Atem.

Das Mädchen hatte sich aufgerichtet. Ihr kupferrotes Haar fiel über ihre schönen runden Brüste. Sie streckte ihre Arme aus. Die weiße Haut schien in der Dunkelheit zu strahlen. Doch dabei flüsterte sie:

»Dermot, mein Liebster, mein Schönster. Auf dich habe ich gewartet. Wie gern würde ich mit dir schlafen, aber auch dich muß ich abweisen, denn nie kehre ich zu jenen zurück, die mich schon einmal besessen haben. Um das zu begreifen, mußt du wissen, wer ich in Wahrheit bin und wie ich heiße.

Mein Name ist Jugend. Deshalb gehöre ich jedem Menschen nur einmal. Aber ich liebe dich, Dermot, und es wird mir schwer, dich wegzuschicken. Nicht ohne ein Zeichen meiner Liebe sollst du von mir gehen. Komm, beuge deinen Kopf zu mir herunter.«

Dermot gehorchte. Das Mädchen strich ihm mit einer zärtlichen Bewegung über die Stirn und sagte:

»Ich habe deine Stirn gezeichnet, Liebster. Fortan wird kein Mädchen und keine Frau dich anschauen können, ohne dich zu lieben.

Und jetzt geh, Dermot, und laß mich allein.« Sie beugte sich zurück. Der Glanz erlosch, und durchs Dunkel tastete sich Dermot zurück zu seiner Schlafstätte. Er tat kein Auge mehr zu in dieser Nacht, so müde er auch war.

Und fortan vermochte kein Mädchen Dermot zu widerstehen. Wenn er nur ein Mädchen oder eine Frau anblickte, fielen sie ihm zu, wie das Gras vor der Sichel fällt, und deswegen hieß Dermot O'Dyna von dieser Nacht an »der mit dem Liebesfleck«.

Die Tochter des Königs über das Reich hinter den Wellen

In einer verschneiten Winternacht kam die Fianna von einer Jagd heim. Gegen Mitternacht hörten die Männer ein Klopfen an der Tür und herein kam eine Frau, wild und häßlich, mit strähnigem Haar, das ihr bis auf die Fersen herab hing. Sie ging zu Finns Lager und bat, er möge seine Decke zurückschlagen und sie bei sich liegen lassen. Aber als er sie anschaute und bemerkte, wie häßlich sie war, wies er sie ab. Da stieß sie einen lauten Schrei aus, trat an Oisins Lager und bat den, er möge sie zu sich ins Bett nehmen. Auch er wies sie ab. Abermals stieß sie einen Schrei aus und trat nun an das Lager, auf dem Dermot schlief

»Laß du mich bei dir liegen«, bat sie.

»Du siehst furchterregend aus, wild und häßlich. Dein Haar fällt bis auf die Fersen. Aber komm. Ich nehme dich trotzdem zu mir ins Bett«, antwortete ihr Dermot.

»O Dermot«, sagte sie, »ich bin sieben Jahre lang über das Meer gereist und nie fand ich ein Lager für die Nacht. Laß mich erst eine Weile am Feuer wärmen, dann will ich mich zu dir legen.«

Also ging sie zum Feuer, beugte sich über die zusammengesunkene Glut, und als sie sich gewärmt hatte, legte sie sich zu ihm.

Das war etwas seltsam, denn nun spürte er an seiner Brust ein Paar runde feste Brüste und an seinen Schenkeln die glatte weiche Haut ihrer Schenkel, und als er mit der Hand über ihren Leib fuhr, war da kein altes Weib, sondern ein schönes junges Mädchen, das bei ihm lag. Erstaunt sah er ihr jetzt ins Gesicht und stellte fest: Es war nicht länger runzlig, sondern glatt, weich und lieblich anzusehen. Da empfand er Lust darauf, mit ihr zu schlafen, aber zuvor fragte er sie flüsternd, was es mit ihrer Verwandlung auf sich habe, und sie erwiderte:

»Weißt du nicht, Dermot, daß aus dem Tod neues Leben hervorgeht, so wie auf den Winter der Frühling folgt?«

Danach spielten sie alle Spiele der Liebe miteinander, und als Dermot endlich mit ihr schlief, war es ihm, als schlafe er bei einer Frau aus Blumen. Danach lagen sie ruhig beieinander. Da fragte sie:

»Bist du noch wach, Dermot?«

»Ich bin hellwach wie von einem Wunder«, erwiderte er.

»Wo möchtest du, daß das schönste Haus stehen sollte, das du je gesehen hast?« fragte sie ihn.

»Dort drüben auf dem Hügel, wenn ich die Wahl hätte«, sagte er, und dann fiel er in Schlaf.

Am nächsten Morgen kamen zwei Männer der Fianna von draußen herein und berichteten, auf dem Hügel stehe ein prächtiges Haus an einer Stelle, an der habe gestern gewiß noch kein Haus gestanden.

»Steh auf, Dermot«, sagte die fremde Frau da, »jetzt sollst du nicht länger schlafen. Betrachte das Haus, das dein Wunsch war.«

Also sprang er auf von seinem Lager und rieb sich die Augen, streckte sich wohlig und sprach:

»Wahrlich, dort steht ein Haus, und es stand gestern nicht da. Ich will gehen und es betrachten, aber du mußt mich begleiten.«

»Das will ich gern tun«, erwiderte sie, »wenn du mir versprichst, nie davon zu reden, wie ich ausgesehen habe, als ich hier bei Nacht zur Tür hereinkam. Redest du aber dreimal davon, so wird ein Unglück geschehen, und ich muß fort.«

»Ich verspreche dir, es soll nie wieder davon die Rede sein«, sagte Dermot.

Und sie gingen zu dem Haus, und es war drinnen alles bereitet nach Wunsch und zur Freude von Auge und Herz.

Sie verweilten dort drei Tage, und als diese Zeit herum war, sagte die Frau: »Ich merke, du wirst unruhig, Dermot, weil du von deinen Freunden in der Fianna getrennt bist.«

»So ist es«, gab er zu.

»Also geh zu ihnen, und wenn du zurückkommst, werden die Speisen und die Getränke dir unter diesem Dach wieder so köstlich schmecken wie am ersten Tag«, sagte sie.

»Aber wer kümmert sich um meinen Windhund und die drei Jungen, die die Hündin geworfen hat, wenn ich gehe?«

»Mach dir nur deswegen keine Sorgen«, sagte die Frau. Darauf nahm er Abschied von ihr und ging zur Fianna, und dort begrüßten ihn seine Freunde, denn sie hatten ihn schon sehr vermißt. Aber sie waren auch neidisch auf ihn, weil er nun ein prächtiges Haus besaß und eine Frau, die sie abgewiesen hatten. Als nun die Frau vor dem Haus stand, während Dermot fort war, kam Finn, der Sohn des Cumhal vorbei, und die Frau hieß ihn willkommen.

»Bist du mir gram, Königin?« fragte er.

»Komm herein«, sagte sie, »und nimm einen Schluck Wein.«

»Gern folge ich deiner Einladung, wenn du auch mir einen Gefallen tust«, sagte Finn.

»Welchen Wunsch würde man dir nicht erfüllen«, antwortete sie, »du weißt, daß es gute Sitte ist, daß es einem Gast an nichts mangelt.«

»Also bitte ich dich um einen von den drei jungen Hunden von Dermot.«

»Das ist wahrlich nicht allzu viel verlangt«, sagte sie, »such dir nur den aus, der dir am besten gefällt.«

Also wählte er einen von den Hunden, und nachdem die Frau ihn bewirtet hatte mit Wein, ging Finn seines Weges. Gegen Abend kam Dermot zurück, und die Windhündin traf ihn schon an der Tür und bellte einmal laut.

Er schaute nach den Jungen und stellte fest, daß eines fehlte. Große Wut überkam ihn, und er sprach zu der Frau:

»Erinnere dich einmal daran, wie du ausgesehen hast, als ich dich aufgenommen habe. Ich habe dich in mein Bett genommen, und was tust du … du trägst nicht besser Sorge um mein Eigentum.«

»Das hättest du besser nicht sagen sollen, Dermot«, erwiderte sie.

»Verzeih mir«, sagte er.

Da vergaben sie einander und schliefen in dieser Nacht wieder in einem Bett.

Am Morgen ging Dermot abermals zu seinen Kameraden, und die Frau blieb im Haus und nach geraumer Zeit sah sie Oisin vorbeikommen. Sie hieß ihn willkommen, bat ihn herein, aber er wollte sich darauf nur einlassen, wenn sie ihm einen von den jungen Hunden schenke.

Das tat sie, und voller Genugtuung trug er den Hund mit sich davon.

Als Dermot am Abend zurückkam, bellte die Windhündin zweimal, und als er feststellte, daß abermals ein Hund fehlte, sagte er zornig zu der Frau:

»Hättest du dich daran erinnert, wie du aussahst, als ich dich unter meine Decke nahm, hättest du gewiß nicht zugelassen, daß auch noch ein zweites Junges mir genommen wurde.«

Am nächsten Tag ging er abermals zu der Fianna, und diesmal war es Caoilte, der vorbeikam, als die Frau allein war und ihr einen jungen Hund abschwatzte. Als Dermot am Abend heimkam, stieß die Hündin drei gellende Schreie aus, und als er entdeckte, daß nun kein einziges von den Jungen mehr da war, sprach er zornig:

»Ach, Frau, hättest du dich daran erinnert, wie du aussahst, als du zu mir kamst, wäre ich dieses Hundes gewiß nicht verlustig gegangen.«

»Dermot, was redest du da!« antwortete sie.

Er bat um Verzeihung und wollte ins Haus gehen, aber da war die Frau fort, und es war auch kein Haus mehr zu sehen, nur ödes Gelände.

Großer Kummer überkam ihn, und er beschloß, solange in der Welt zu suchen, bis er die Frau wieder gefunden hätte.

Er wanderte durch einsame Täler, und das erste, was erfand, war die Windhündin, die tot dalag.

Also nahm er ihren Kadaver auf die Schulter, denn er hatte sie sehr geliebt. Nach einer Weile stieß er auf einen Kuhhirten, den fragte er, ob er eine Frau habe vorbeikommen sehen.

»Gestern morgen ist eine Frau hier vorbeigekommen«, erzählte der Hirte, »und sie ist rasch gelaufen.«

»Wohin ist sie gegangen?« fragte Dermot.

»Diesen Pfad, der hinunter zum Strand führt. Darauf habe ich sie nicht mehr gesehen.«

Also folgte Dermot diesem Weg, bis er am Strand stand. Auf dem Meer sah er ein Schiff. Er stützte sich auf seinen Speer und tat einen Sprung. Da war er an Bord des Schiffes, und das Fahrzeug fuhr und fuhr, bis sie in ein anderes Land gelangten. Als er dort ausstieg und einen Hügel erklomm, wurde er sehr müde; er legte sich ins Gras und schlief ein. Als er erwachte, war das Schiff nicht mehr zu sehen. »O weh«, sagte er zu sich selbst, »wie soll ich hier fortkommen?«

Doch nach einer Weile sah er ein Boot näherkommen, in dem ein Mann saß. Er nahm den Kadaver der Windhündin auf die Schulter und ging hinunter zum Boot. Als er neben dem Mann in dem Boot stand, ging es merkwürdig zu.

Zuerst ging es über das Meer, aber dann tauchte das Boot unter die Wellen. Sie waren in einem anderen Land. Dermot sah sich plötzlich auf einer weiten Ebene stehen. Er ging unruhig und unsicher umher. Er fand einen Blutstropfen.

Er hob ihn vorsichtig auf und verwahrte ihn in einem Tuch.

»Den wird wohl die Windhündin verloren haben«, sagte er. Nach einiger Zeit fand er noch einen zweiten Tropfen und schließlich einen dritten und verwahrte sie alle sorgfältig in seinem Taschentuch. Eine alte Frau stand vor ihm, die war damit beschäftigt, Binsen zu schneiden, und sie raffte die Binsen zusammen, als habe sie den Verstand verloren.

Er trat auf sie zu und fragte sie, ob sie eine Neuigkeit für ihn habe.

»Die kann ich dir nicht sagen, bis ich nicht alle Binsen, die ich brauche, zusammen habe«, antwortete sie.

»Sag sie mir doch, während du sie zusammenraffst.«

»Ich bin sehr in Eile.«

»Wie nennt man denn den Ort, an dem wir uns befinden?«

»Es ist das Land hinter den Wellen.«

»Und zu was brauchst du die Binsen?«

»Des Königs Tochter ist heimgekommen«, erklärte sie ihm, »sieben Jahre war sie verzaubert. Nun ist sie krank und die berühmtesten Ärzte, die man zusammengerufen hat, wissen sich keinen Rat. Aber ein Lager aus Binsen würde ihr Erleichterung verschaffen.«

»Zeig mir, wo die Tochter des Königs wohnt«, bat Dermot die Alte. »Gern«, sagte die Frau, »ich werde dich unter den Binsen verstecken und dich auf meinem Rücken zu ihr tragen.«

»Das wird wohl nicht gehen«, meinte Dermot, »ich bin reichlich schwer. Es wird deine schwachen Kräfte übersteigen.«

Aber sie nahm ihn auf den Rücken und trug ihn mit sich fort, und sie stand nicht still, bis sie in dem Krankenzimmer standen. Dort setzte sie das Bündel Binsen ab.

Die Tochter des Königs hinter den Wellen erkannte Dermot sofort, noch ehe er die Binsen abgestreift hatte.

»Ach, komm her zu mir«, rief sie, »drei Teile der Krankheit sind von mir gewichen, aber noch bin ich nicht völlig gesund. Immer, wenn ich an dich dachte, Dermot, habe ich auf meiner Reise einen Blutstropfen verloren.«

»Ich habe die drei Tropfen hier in dem Taschentuch«, sagte Dermot, »nimm sie in einem Trank zu dir, und du wirst geheilt sein.«

»Das würde nichts nützen, denn ich habe das Einzige auf der Welt nicht, das ich brauche, und es ist etwas, was ich nie bekommen werde.«

»Was ist es denn?« fragte Dermot.

»Es ist etwas, das weder du, noch irgendein anderer irdischer Mann würde beschaffen können.«

»Wenn man es irgendwo findet, so hole ich es dir«, sagte Dermot.

»Es ist der Becher des Königs Magh an Ionganaith, der Ebene der Wunder.«

»Sag mir, wo man diesen Becher findet«, sprach Dermot, »immerhin, so viele Männer, die stärker und geschickter wären als ich oder die mich davon abhalten könnten, das Zauberutensil zu beschaffen, gibt es nun auch wieder nicht auf der Welt.«

»Das Land liegt nicht weit hinter der Grenze«, erklärte sie ihm, »aber zuvor muß man über einen Fluß, und wenn du über den Fluß setzt in einem Schiff und du hast den Wind im Rücken, dauert es Jahr und Tag, ehe du die Ebene der Wunder erreichst.« Dermot brach sogleich auf, und er kam an den Fluß. Am Ufer ging er auf und ab. Er sann darüber nach, wie er hinübergelangen könne.

Schließlich sah er einen kleinen roten Mann, der mitten im Fluß stand.

»Fürchte dich nicht, Dermot«, rief der ihm zu, »komm her, und ich werde dich auf meine Hand nehmen und hinüberbringen.«

Dermot tat wie ihm geheißen, und der kleine rote Mann brachte ihn sicher ans andere Ufer.

»Du willst doch zum König der Ebene der Wunder«, sagte der kleine rote Mann, »du willst dort diesen Becher holen. Besser, ich gehe mit dir.«

Also schritten sie aus, bis sie zu der Hügelfeste des Königs kamen, und Dermot rief, man möge ihm den Becher herausschicken oder einen Recken, gegen den er kämpfen könne.

Was aber kam, war freilich nicht der Becher, sondern zweimal achthundert Krieger. Aber nach drei Stunden hatte er sie alle besiegt. Abermals wurden neunhundert Krieger gegen ihn aufgeboten. Binnen vier Stunden war er auch mit denen fertig geworden. Da kam der König selbst heraus. Er stand unter dem Tor und sagte:

»Wo ist der Mensch, der Tod und Verderben über die besten Männer meines Königreiches bringt?«

»Das bin ich, Dermot, ein Mann aus der Fianna von Irland.«

»Warum hast du das nicht gleich gesagt«, erwiderte der König, »wenn ich das gewußt hätte, wäre meinen Männern nie und nimmer befohlen worden, gegen dich anzutreten. Sieben Jahre vor deiner Geburt wurde mir geweissagt, du würdest kommen, um sie zu vernichten. Was willst du nun?«

»Ich will den Zauberbecher … nichts mehr und nichts weniger.«

»Keiner hat ihn bisher bekommen«, sagte der König, »aber dir gebe ich ihn gern.«

Also erhielt Dermot den Becher und schied vom König in Freundschaft. Erst als er wieder zurück zum Fluß ging, kam es ihm in den Sinn, daß er sich nicht mehr um den kleinen roten Mann gekümmert hatte.

Jetzt fürchtete er, er werde ihn auch am Fluß nicht mehr antreffen. Aber der kleine rote Mann war zur Stelle und brachte ihn abermals sicher über das unheimliche Wasser, an dem die Zeit stillsteht.

»Ich weiß ja, was du vorhast«, sprach der kleine rote Mann, als sie am Ufer des Landes hinter den Wellen angekommen waren. »Du willst die Tochter des Königs heilen, die sich in dich verliebt hat. Du mußt zu einer Quelle gehen und dort Wasser schöpfen. Und in dieses Wasser läßt du die drei Blutstropfen fallen. Wenn sie diesen Zaubertrank zu sich nimmt, wird sie gesunden. Aber noch etwas wird dabei geschehen: Du wirst sie danach nicht mehr lieben.«

»Meine Liebe zu ihr wird nie vergehen!«

»Sie wird vergehen«, sagte der kleine rote Mann, »es hat keinen Zweck, sich in diesem Punkt etwas vorzumachen, denn die Frau wird es merken und der König auch. Aber er wird dich reichlich belohnen. Nimm nichts von seinen Geschenken an, sondern bitte ihn nur um ein Schiff, das dich sicher nach Irland heimbringt. Weißt du denn, wer ich bin?« – »Ich habe keine Ahnung.«

»Ich bin der Bote aus der Anderswelt«, sagte der kleine rote Mann. »Ich bin gekommen, um dir zu helfen, weil du so entschieden versucht hast, jemand anderem zu helfen.«

Nun, Dermot hielt sich an das, was ihn der kleine rote Mann geheißen hatte, und als die Königstochter den Trank mit den drei Blutstropfen getrunken hatte, war sie tatsächlich geheilt, aber auch Dermots Liebe war vergangen, und sie wußten es beide. Im Palast aber war es mit dem Wehklagen vorbei, Musik wurde gespielt, weil die Tochter des Königs wieder gesund war. Dermot aber lehnte alle Schätze ab, die man ihm als Belohnung schenken wollte und verlangte lediglich ein Schiff, das ihn heim nach Irland brachte.

Denken wir noch einen Augenblick darüber nach, was die Ereignisse dieser Geschichte bedeuten. Ganz offensichtlich ist, daß es sich hier um die Begegnung zwischen einem Mann und einer Frau handelt, die aus Gesellschaften stammen, in denen Männern und Frauen jeweils verschiedene Rechte eingeräumt werden. Die namenlose Frau baut das wunderbare Haus. Sie bestimmt über das Eigentum (die drei jungen Hunde), über das der Mann das Verfügungsrecht beansprucht. Zugleich aber sind die Windhündin und deren Junge Teile ihrer selbst, gewissermaßen die Insignien der Wildheit, die sie in der zivilisierten Welt aufrichtet.

Dermot, wie auch seine Kameraden, sind von dieser Frau fasziniert, aber Dermot ist nicht bereit, ihre Rechte, die nicht mit denen der weiblichen Rechte in der Gesellschaft korrespondieren, in der er lebt, zu achten. Deshalb verliert er die Frau und das Zauberhaus, das sie für ihn errichtet hat. Vorangegangen ist ihre dreimalige Demütigung durch die Anspielung auf die ursprüngliche Gestalt, in der sie sich den Gefährten und Dermot zeigte. Was Dermot offenbar nicht begreift, ist eine mythische Bedingung, der sie unterliegt und auf Grund derer sie zunächst in der Personifizierung der häßlichen Alten auftaucht.

Wenn später seine Liebe zu ihr eben dann erlischt, als er ihr geholfen hat, ihre »Krankheit« zu überwinden, so liegt diesem Handlungsmotiv ebenfalls eine tiefere psychologische Einsicht zu Grunde. Die Frau wird durch seine Fähigkeiten von jenem Element des Wild-Chaotisch-Todesnahen geheilt, aber eben das ist es, was er letztlich vor allem in ihr geliebt hat. Und wenn der »kleine rote Mann« der einzige ist, der ihm dazu verhelfen kann, in jenes Reich der Anderswelt einzudringen, in dem der Erlösung bewirkende Becher zu finden ist, dann ist das wohl so zu verstehen, daß Dermot, um die Königstochter zu erlösen, sich eben jener Triebkräfte erinnern muß, die in der Männergesellschaft, in der er sich gewöhnlich bewegt, verschüttet worden sind. Letztlich aber, und darin liegt die Tragik des Geschehens, ist ihm seine Rolle in der Männerwelt wichtiger als die Akzeptierung des Kreatürlichen, das die verlockende, des Zaubers fähige, fremde Frau verkörpert. Er darf die »Geschenke der Anderswelt«, die ihm angeboten werden, nicht annehmen, wenn er zu seinen Gefährten zurückgelangen will.

In der folgenden Geschichte handelt ein Mann ganz anders: er ist von der Macht des Es, vom Zauber der Lust, so verzückt, daß er die Regeln aller Konvention und Zivilisiertheit mißachtet. Die Folge ist die Katastrophe. Das Chaos schlägt über ihm zusammen. Es vernichtet ihn.

Der Tod des Königs Muirchertach

Eines Tages saß Muirchertach, der König von Irland, nach einer Jagd auf einer Hügelkuppe. Da stand plötzlich ein wunderschönes Mädchen in einem grünen Umhang neben ihm. So schön war sie und so groß war sein Verlangen, sie zu besitzen, daß er bereit war, ganz Irland hinzugeben, wenn sie nur eine Nacht mit ihm schlafe. Er fragte sie, wer sie sei, und sie erwiderte, sie sei die Freude des Muirchertach und wisse um geheime Orte, die weder ihm noch sonst einem Mann in Irland bekannt seien.

»Ich will dir Macht geben über mich, Mädchen«, versprach er ihr.

»Und ich will mich dir hingeben«, versprach sie ihm, »aber ich stelle Bedingungen. Nie will ich jene Frau zu Gesicht bekommen, die die Mutter deiner Kinder ist. Nie soll ein Pfaffe mit mir unter ein und demselben Dach sein. Nie sollst du meinen Namen erwähnen.«

Der König war mit diesen Bedingungen einverstanden, aber er fragte noch einmal, welches nun ihr Name sei, denn er wollte verhindern, daß er durch eine zufällige Nennung des Namens sein Versprechen verstoße. Und dies war ihre Antwort:

»Seufzer heiß ich, Sturm, rauher Wind, Winternacht. Schrei, Klage und Stöhnen.«

Um ihr zu Gefallen zu sein, verbannte der König die Königin und seine Kinder aus seiner Königshalle in Cleteech, und statt ihrer wurden Leute geladen, die sich auf die verschiedensten magischen Künste verstanden.

Auch den Hl. Cairnech verbannte der König von seinem Hof. Der Priester aber war darüber so erzürnt, daß er mit eigener Hand ein Grab grub und sprach:

»Der, dessen Grab dies ist, soll verdammt sein, und wahrlich, dies ist das Ende des Reiches und seiner Fürstenschaft.«

Der König saß auf seinem Thron, und das fremde Mädchen saß zu seiner Rechten, und da die Nacht, in der er mit ihr geschlafen hatte, so herrlich gewesen war wie keine, die er mit einer anderen Frau verbracht hatte, wußte er, daß sie Mächte hatte über großen Zauber und fragte sie, woher solcher Zauber stamme.

Sie sprach:

»Ich glaube an Gott wie andere Menschen auch. Ich stamme ab von Adam und Eva, und dennoch kann ich große Wunder tun.«

»So zeig uns auch bei Tag deine Künste, wie du es, als du mich liebtest, in der Nacht schon getan hast«, sagte der König.

Da ließ sie das Wasser des Flusses Boyne zu Wein werden, schuf Schweine aus Farnkräutern. Aber beim Anblick und bei der Versenkung in all diese Wunder verzehrte sich die Lebenskraft des Königs. Was sie zauberte, waren Träume und doch auch wieder nicht zu unterscheiden von den Bildern des wirklichen Lebens. Zwei Heere traten in einer Schlacht gegeneinander an. Die Krieger des einen Heeres trugen blaue Rüstungen, die des anderen hatten keine Köpfe auf den Schultern. Und Muirchertach beteiligte sich an den Gefechten zwischen solchen Traumgeschöpfen, die in Wirklichkeit nichts anderes waren als Steine, Farne, Torfhaufen. Dann, in der siebenten Nacht nach dem Tag, an dem er dem Mädchen begegnet war – es war der Abend des Mittwochs auf Samhain –, erhob sich ein großer Sturm.

»Dieser Wind hat ein Seufzen«, sprach der König, »wie der Sturm einer Winternacht.«

»Das bin ich«, sprach das schöne Mädchen, »Winternacht ist mein Name. Seufzen, Sturm und Winternacht. Weißt du auch, daß du nun verloren bist?«

»Nur zu recht hast du, Mädchen«, erwiderte er, »ich weiß, daß du die Wahrheit sprichst.«

Seinen Großvater hatte er in dessen eigenem Haus verbrannt, und es war ihm geweissagt worden, daß er auf dieselbe Art umkommen werde.

Schreckliche Träume von Feuer und Wasserfluten sah der König in dem verzauberten Schlaf, in den er nun versank.

Und der Sturm erregte das Feuer, und mit dem Sturm ritten die Feinde des Königs heran, um Rache zu nehmen. Die Königshalle hatte Feuer gefangen. So wehrte niemand den Rächern. Erst als sie schon im Palast waren, erfuhr der König davon. Hoch fuhr er voller Angst aus seinem Zauberschlaf und versteckte sich vor seinen Feinden in einer Kiste mit Weinschläuchen. Ein brennender Deckenbalken stürzte herab und traf seinen Schädel. Ohnmächtig sank er zwischen den Schläuchen nieder. Das Leder riß von den Pfeilschüssen der Feinde. Ströme von rotem Wein spieen die Schläuche aus. Im Wein ertrank König Muirchertach.

In den beiden letzten Geschichten fallen Stichworte, die eine Verbindung der geheimnisvoll auftauchenden Frauen zu Jahreszeiten herstellen. Die Tochter des Königs in dem Reich hinter den Wellen erwähnt in der Liebesnacht das Aufeinanderfolgen von Winter und Frühling. Das Mädchen, deren Reiz König Muirchertach verfällt, nennt sich Winternacht und Wintersturm. Noch deutlicher wird die Verbindung von Jahresablauf als »love, copulation und deatb« (Liebe, Zeugung und Tod) und den Jahreszeiten in einer folkloristischen Version der Tristan-und-Isolde-Geschichte, die allerdings nicht aus Irland selbst, sondern aus dem benachbarten keltischen Wales stammt.

Wie Trystan Esyllt gewann

Nicht lange nach der großen Jagd auf den Eber der Anderswelt, als das Reich zur Ruhe gekommen war, traf am Hofe Arthurs die Nachricht ein, daß Trystan, Sohn des Trallwch, und Esyllt mit der weißen Haut, die Frau des March, als Gesetzlose in den Eichenwäldern von Celyddon im Norden umherzögen, mit niemandem in ihrer Begleitung außer Golwg Sommertaggesicht, der Dienerin Esyllts, und Trystans Pagen, der in einem Beutel Kuchen trage und Wein in einem Krug. Als Haus hatten sie Bäume, als Bett die Blätter, und mit dem Kuchen und dem Wein und ihrer Liebe zueinander, war ihnen ein Jahr wie eine Woche und eine Woche ein ganzer Sommer.

March kam persönlich zu Arthur an den Hof, um gegen Trystan Klage zu erheben. »Herr«, sprach er, »ich weiß nicht, wie Ihr die Vorfälle beurteilt. Aber jedenfalls seid Ihr mir verpflichtet, denn ich bin Eurer Schwester Sohn und Euer Cousin, während jener nur der Sohn eines Cousins ist. Also stehe ich Euch näher als er. Ihr müßt die Schande rächen, die über mich gebracht worden ist«.

»Das will ich gern tun«, sprach Arthur, »aber bitte bedenke, daß dieser Mann einer der unermeßlich reichen Häuptlinge dieser Insel ist.«

»Herr«, erwiderte March, »es betrifft Eure Ehre so gut wie meine. Er ist Euer Lehnsmann, und als solcher darf er Euch nicht herausfordern.«

»Wollen sehen, ob er es wagt«, sagte Arthur. Noch am selben Tag rief er seine Krieger zusammen, ritt in den Norden und umstellte mit ihnen die Eichenwälder von Celyddon auf allen Seiten. Trystan schlief, denn es war dunkle Nacht, als die Krieger herankamen, aber Esyllt hörte den Waffenlärm und die gedämpften Stimmen der Krieger hinter jedem Busch und Strauch. Sie berührte Trystan am Arm, und er erwachte.

»Frau«, sagte er, »warum zitterst du, während ich in deiner Nähe bin?«

»Nicht um mein Leben fürchte ich«, sagte sie zu ihm, »ich fürchte für das deine. Sie haben auf allen Seiten diesen Wald umstellt. Sie haben gewiß vor, uns zu verderben.«

»Du mußt wissen«, sprach Trystan, »es gibt eine Prophezeiung, wer immer mein Blut vergießt oder wessen Blut ich vergieße, der muß sterben. Außerdem, viele dieser Krieger sind meine Freunde.«

Und er schlug zu ihrer Sicherheit eine Höhlung in den Eichenstamm, wo Stechpalme und Efeu sie verbargen, und dann ging er auf jene Stelle zu, an der das Stimmengemurmel am lautesten klang. Und sein Schwert war wie ein Blitz in seiner Hand und sein Schild wie eine Gewitterwolke auf seinem Rükken. Und dort, vor all den Kriegern, traf er auf March. »Herr«, sprach er, »Ihr und ich, wir haben Streit. Zieht Euer Schwert, damit wir die Sache zwischen uns abmachen.«

Aber March wußte wohl, daß wer immer Trystan tötete, damit auch seinen eigenen Tod herbeiführte. Also rief er seine Männer und hieß sie, Trystan ergreifen und ihn als Gefangenen vor Arthur bringen. Seine Männer aber wußten nicht, warum er dies befahl und hielten ihn für einen Feigling.

»Schande auf unsere Bärte«, sprachen sie, »wenn wir für einen Mann kämpfen, der nicht für sich selbst zu kämpfen bereit ist.« Und Trystan entkam ihnen unverletzt.

Abermals führte March Klage vor Arthur.

»Nun«, sagte der, »es ist gekommen, wie ich es vorhergesehen habe. Jetzt bleibt nur noch eines zu tun übrig. Wir müssen den besten Harfenspieler der Insel in einiger Entfernung von ihm spielen lassen. Wenn dann sein Gemüt weich gestimmt ist, schicken wir Dichter und Preisredner zu ihm, um seinen Zorn endgültig zu besänftigen. Darauf können wir mit ihm reden.«

So geschah's, und als Trystan den Klang der Harfen vernahm, der zu den Wipfeln der Bäume aufstieg, sandte er seinen Pagen aus, ließ den Spieler zu sich kommen und beschenkte ihn mit Gold und Silber. Dann kamen die Dichter und Sprüchemacher und priesen seine Ehre so laut, daß die Blätter und Zweige davon zu rascheln und zu knistern begannen. Und auch sie ließ er zu sich bitten, und für den besten unter ihnen nahm er sein eigenes Halsband ab und schenkte es dem Mann, während die anderen mit Gold und Silber belohnt wurden. Und jetzt, da sein Herz sanft geworden war, erschien Gwalchmei vor ihm mit einer Botschaft von Arthur.

So höflich setzte Gwalchmei seine Worte, daß sie Trystan bestimmten, den König aufzusuchen, und Arthur nahm ihm und March das Versprechen ab, Frieden zu halten, bis ein Urteilsspruch in ihrem Streitfall ergangen sei.

Darauf sprach Arthur mit jedem von ihnen getrennt und versuchte einen jeden zu bewegen, die Frau herauszugeben. Aber keiner der beiden Männer war dazu bereit. Da sah Arthur sich genötigt, sein Urteil zu verkünden, und es lautete also: Er bestimmte, daß Esyllt solange bei dem einen bleiben solle, wie Blätter an den Ästen hängen, und bei dem anderen sollte sie für die Zeit sein, in der die Bäume keine Blätter haben. Und March, der Sohn des Meirchion durfte als erster wählen, für welche Zeit er Esyllt beanspruchte. »Herr«, sprach er freudig, »das fällt mir leicht.« Und er entschied sich dafür, Esyllt während der Zeit bei sich zu haben, in der die Bäume keine Blätter haben, denn der kurze Tag des Winters scheint oft länger als der lange Tag des Sommers und die Nächte sind länger zu dieser Zeit, während die Wochen und Monate langsamer zu vergehen scheinen.

Arthur ritt mit seiner Streitmacht in den Wald, um Esyllt die Wahl Marches bekanntzugeben.

»Ach, Herr«, rief sie, »was habt Ihr doch für einen weisen Spruch gefällt!«

»Wie das?« fragte Cei, der immer geradeheraus war. Als Antwort aber sang sie diesen Vers:

Drei Bäume tragen ihr Grün das ganze Jahr
Stechpalme, Efeu und Eibe fürwahr.
Da sie ihre Blätter niemals verlieren,
wird mich auch March nie mehr hofieren!

Und so also verlor March, Sohn des Meirchion Esyllt für immer und alle Zeiten und Trystan gewann sie für die Zeit, die auf Erden ihm gegeben war.

Bizarr und doppelsinnig wirken alle voranstehenden Geschichten. Man wird die Vermutung nicht los, daß die vordergründige Handlung lediglich Folie für einen Sinnzusammenhang im Hintergrund ist, auf den es vor allem ankommt.

Reale Welt und Anderswelt erweisen sich in diesen Geschichten als polare Positionen menschlicher Existenz: Hier Zivilisation, dort Wildnis; hier Gesetz und Konvention, dort Freiheit und Aufbegehren gegen die Anpassung.

Und immer wieder sind es die Frauen, die die scheinbar so festgefügte, sittenstrenge Ordnung, über die Männer herrschen, durch ihr Auftauchen in Gefahr bringen. Risse tun sich auf, Abgründe werden sichtbar. Das Institutionalisierte und Etablierte zerbricht, versteckte Wünsche kommen zum Vorschein und werden plötzlich ausgelebt.

Durch alle Kapitel hin sind Feenglaube und Anderswelt mit der Kompensation eines Mangels in Verbindung gebracht worden. Diese Theorie hat auch in bezug auf die Geschichten von Liebe und Tod ihre Gültigkeit.

Es soll nun versucht werden, die Eigenart des Mangels, der sich in diesen Geschichten ausdrückt, genauer zu kennzeichnen.

Zumindest in der abendländisch-westlichen Welt ist die Entwicklung von der Vor- und Frühzeit zur Moderne hin so verlaufen, daß der Mensch seine Verstandeskräfte immer weiter ausbildete, um sich von der übermächtigen Natur zu befreien.

Beherrschte zunächst die Natur mehr oder minder vollständig den Menschen, so wurde im Laufe dieser Entwicklung schließlich ein Punkt erreicht, an dem sich der Mensch einbilden konnte, nun seinerseits die Natur vollständig zu beherrschen. Dieser Prozeß wurde durch das Christentum gefördert. Man denke an einen Satz wie: »Machet Euch die Erde untertan«, der nicht nur als Missionsauftrag verstanden wurde. Der Preis für eine immer weiter zunehmende Ausbildung und Vervollkommnung der vom Menschen erdachten und geschaffenen »zweiten Natur« war eine in gleichem Maße immer weiter zunehmende Entfremdung von der ersten, der ursprünglichen.

Seit geraumer Zeit wächst die Einsicht, daß ein solcher Preis zu hoch sein könnte, nicht nur, weil die Verfügbarkeit über Maschinen und Computer und der mit ihnen erzeugte zivilisatorische Komfort eben nicht das erhoffte Mehr an Humanität oder menschenwürdigen Lebensverhältnissen gebracht hat, sondern auch, weil er die Zerstörung der Lebensgrundlagen der Menschheit mit einschließt.

Die Zurückdrängung des Wilden, zunächst an und dann hinter den Zaun, hat nicht vermocht, es aus der Welt verschwinden zu lassen. An der Vordertür ausgesperrt, ist es gewissermaßen zur Hintertür wieder hereingekommen. Zeugung, Geburt und Tod, also der Ablauf der menschlichen Existenz, aber auch in der Folge der Jahreszeiten sind fortbestehende Tatsachen, bei denen das Verhaftetsein mit der Natur noch heute den Menschen in Erinnerung gebracht wird, auch wenn sie darauf häufig mit Unsicherheit und Verdrängung reagieren.

Es ist ein immer wieder kritisch beleuchteter Tatbestand, daß der moderne Mensch Sterben und Tod nicht sehen will, weil er der damit verbundenen Angst nicht gewachsen zu sein meint.

Es ist auch kein Zufall, – um bei einem ungleich harmloseren Vorgang anzuknüpfen – daß in der heutigen Gesellschaft bei aller bestehenden Sicherung gegenüber Natureinflüssen so viel vom Wetter die Rede ist. Schon geringfügige Verschiebungen in der Folge der Jahreszeiten, also der als verfrüht oder verspätet empfundene Beginn von Frühling, Sommer, Herbst und Winter, ziehen viele Kommentare und abergläubische Spekulationen nach sich.

Hier wird Angst sichtbar, von etwas doch wieder betroffen zu werden, gegen das man sich völlig gesichert meint, an dem man aber gerade somit nur entfremdet teilhat.

Das will auch sagen: Zwar vollzieht sich der jahreszeitliche Wechsel trotz aller Herrschaft des Menschen über die Natur wie eh und je. Jeder nimmt ihn wahr, selbst in der denaturierten Industrielandschaft, jeder spürt auch, daß er in seinem körperlichen und seelischen Befinden davon beeinflußt wird; aber von den ehemals praktizierten jahreszeitlichen Ritualen sind nur noch Erinnerungsreste geblieben: ohne die Furcht überwindende Wirkung, die sie ehedem gehabt haben, ohne ihren verbindlichen Sinn.

Was aber hat das mit der Vorstellung von der Anderswelt und dem Feenglauben, was hat es mit den voranstehenden Geschichten zu tun? Um den Zusammenhang klar zu machen, muß noch einmal etwas weiter ausgeholt werden.

Erinnern wir uns zunächst daran, daß in den meisten Geschichten, die wir kennengelernt haben, eine Frau aus der »Anderswelt« kommt oder mit der Anderswelt in engem Zusammenhang steht.

Erinnern wir uns weiter, daß am Beginn der durch archäologische Spurensicherung beglaubigten Geschichte in Europa der Kult einer Muttergottheit steht, der auf für uns zunächst merkwürdige Weise die Vorstellung von Sterben und Leben, von Tod und Wiedergeburt miteinander verknüpft.*

Diese vor-indogermanische Göttin bzw. der Glaube an sie war schon zu einer Zeit der Menschheitsentwicklung existent, in der statt der heute bestehenden vaterrechtlichen Gesellschaftsordnung eine mutterrechtliche bestand oder diese in einer abgeschwächten Form noch vorhanden war.

In der griechischen Mythologie der klassischen Zeit hat sich diese Gottheit schon in verschiedene Gestalten aufgespalten. Es folgt dann ein Umdeutungsprozeß, in dem fortbestehende mutterrechtliche mit den sich nun immer mehr durchsetzenden vaterrechtlichen Vorstellungen zunächst kompromißhaft harmonisiert werden.

In der homerischen Epoche wird die Vorstellung vom Tod als Rückkehr in den Schoß der Großen Mutter, aus dem die Wiedergeburt erfolgt, nun mit dem Ablauf der Jahreszeiten in Verbindung gebracht und in eine mythopoetische Geschichte umgesetzt, die zugleich Grundlage für den Kult der eleusischen Myste-

rien wurde. Da diese Geschichte gewissermaßen das Urbild vieler späterer Mythen und Märchen ist, wollen wir sie uns noch einmal genau vergegenwärtigen.

»Eines Tages, als Kore (griechisch: das Mädchen) auf einer Wiese Blumen pflückte, öffnete sich zu ihrem Entsetzen die Erde neben ihr, und Hades, der Gott der Unterwelt, kam auf einem Hengst heraus, ergriff sie und nahm sie mit in sein schreckliches Königreich. Der Boden verschloß sich hinter ihm, so daß es keine Spur gab, die man hätte verfolgen können, um das Mädchen zu finden. Nur Hekate, die Mondin, hatte die beiden beobachtet. Dann erschien Demeter und suchte ihre Tochter. Als sie nach ihr rief und keine Antwort erhielt, bekam sie Angst. Sie hielt auf der ganzen Welt nach ihr Ausschau, aber keiner hatte sie gesehen. Demeters Trauer war so groß, daß sie die Erde mit Unfruchtbarkeit schlug, nichts wuchs mehr. Schließlich fragte sie Hekate und die Mondin sagte ihr, was geschehen war. Demeter wandte sich an Zeus und verlangte, daß Hades, sein Bruder, ihr das Kind zurückgebe. Als Zeus sah, daß sie jedes Wachstum zerstört und daß die Menschen aussterben würden, schickte er Hermes in das Königreich des Hades, um Kore zurückzufordern; sie konnte aber nur zurückkehren, wenn sie im Königreich der Toten keine Nahrung zu sich genommen hatte. Hermes stieg hinab und verlangte nach dem Mädchen. Hades hatte es zur Königin seines Königreiches gemacht, und ihr Name lautete jetzt Persephone. Sie war jedoch so unglücklich gewesen, daß sie nur geweint hatte und sich weigerte, etwas zu essen. Gerade aber, als Hermes sie zurück in die Welt ihrer Mutter führen wollte, tauchte der Gärtner des Hades auf und beschwor, daß er gesehen habe, wie sie sieben Granatäpfel (in einigen Versionen sind es drei Kerne) aß. Deshalb durfte sie zwar zu ihrer Mutter zurückkehren, mußte aber von nun an jedes Jahr eine Zeitlang in der Unterwelt verbringen.«*

Bei den keltischen Stämmen, die kurz vor der Zeitenwende nach Irland einwanderten, war die Verehrung der alten Muttergottheit in Form der Triade«, der dreigesichtigen Frau (Jungfrau, Mutter, Alte) lebendig, wenngleich daneben männliche Gottheiten verehrt wurden.*

Die voranstehende Version von Trystan und Esyllt belegt, daß die griechische Vegetationsmythe in den keltischen Kulturkreis gelangt war, freilich nicht ohne sich mit regionalen mythologischen Vorstellungen zu verbinden. Sie wurde dort je nach dem vorherrschenden Stil der Zeit entsprechend umgemodelt. Unserer Fassung sind die Einflüsse des ritterlichen Zeitideals deutlich anzumerken.*

Im übrigen wird, wenn man die Kore/Persephone-Geschichte betrachtet hat, klar, warum Sterbliche, die in die Anderswelt gelangen, dort nichts essen oder trinken dürfen, soll ihnen die Möglichkeit zu einer Rückkehr ins Diesseits offenbleiben.

In der aus Irland stammenden Geschichte der »Tochter des Königs über das Reich hinter den Wellen« sind Anklänge an die Persephone-Mythe nicht zu übersehen. Das »Reich hinter den Wellen« ist die Anderswelt, aber als solche auch das Totenreich. Wenn das geheimnisumwitterte weibliche Wesen in dieser Geschichte zunächst als häßliche Alte auftritt und erst kurz vor der Umarmung mit dem Sterblichen wieder zum Mädchen (Kore) wird, so taucht damit die alte Wiedergeburtsvorstellung auf, während Dermots Reise in die Anderswelt ganz deutlich gewisse Ähnlichkeiten mit dem Einstieg des Orpheus in die Totenwelt hat. Hier wie dort verliert der Held am Ende die Geliebte.

Nun kennt aber die griechische Mythologie noch eine andere Göttin, deren Nachfolgegestalten bis ins Mittelalter hinein in Europa, insgeheim wohl gerade wegen der Beziehung dieser Gestalt zum Vegetationsablauf verehrt wurde.

Es ist Artemis, bei den Römern Diana, noch später, in Überblendung mit Aphrodite, Frau Venus genannt. Artemis, nach klassischer griechischer Vorstellung die Schwester des Apoll, war eine Jagdgöttin, das Mädchen mit dem silbernen Bogen. Als ihr Symbol galt die silberne Sichel des Neumondes.*

Hervorgegangen war ihr klassisches Bild aus einer dreifaltigen Mondgöttin. Sie wurde mit der Geburtshilfe in Zusammenhang gebracht, hatte Todespfeile in ihrem Köcher. Sie galt als jungfräulich und grausam, was sich in der Mythe von Aktaion ausdrückt, der sie nackt bei einem rituellen Bade überraschte und dafür mit dem Leben bezahlte.

Aktaion scheint der Heilige König eines vorhellinistischen Hirschkultes gewesen zu sein, der am Ende seiner Regierungszeit von fünfzig Monaten, der Hälfte des Großen Jahres, in Stücke gerissen wurde.

Einen ähnlich grausamen Ritus berichtet J. G. Frazer in »The Golden Bough« im Zusammenhang mit der römischen Diana Nemorensis, der Diana des Waldes, aus Nemi in den Albaner Bergen bei Rom. Der Priesterkönig in dem Waldheiligtum gelangte durch den Mord an seinem Vorgänger in Besitz dieses Amtes und wurde später durch einen ihn Ermordenden abgelöst.

Die Darstellung ist mythologisch, nicht historisch. Sie will sinnbildlich verstanden sein und könnte die Ablösung eines alten (Mond-)Jahres durch das neue bedeuten.

Jedenfalls war seit kretischer Zeit Artemis oder (römisch) Diana »die Frau der wilden Dinge«. Sie war aber auch parthenos, also Jungfrau, im Sinn einer freien, keinem Mann untertanen Frau. Dies mag später zum Fortleben ihrer Aura der Grausamkeit und des Schreckens nicht unwesentlich beigetragen haben. Aus der Sicht einer von Männern beherrschten Welt war eine Frau, die sich dem Willen der Männer nicht fügte, unheimlich.

Die Mythologie der kontinentalen Kelten kennt eine Diana Arduinna, eine Herrin über die Tiere, der der Eber zugeordnet war, oder genauer die Bache, jenes zerstörerische Jungtier, das in mondhellen Nächten durch die Wildnis jagte und nur unter Lebensgefahr verfolgt werden konnte.

Die keltische Diana verehrte man unter anderem auch als Quellgöttin. Daher wohl auch die Fähigkeit jener geheimnisvollen, ungebundenen Frau, deren Reiz König Muirchertach verfällt, und die das Wasser der Boyne in Wein zu verwandeln versteht. Nachfolgebilder von ihr sind jene schöne Dame ohne Gnade, die in einer schottischen Sage Thomas Learmond (Tom der Reimer) im Schatten der Eildon-Berge mit der Himmelskönigin verwechselt, oder jene Zauberfrau, die Gewain, ein Ritter der Tafelrunde König Arthurs, im Schloß des Grünen Ritters trifft und mit der einen Flirt zu beginnen er sich hütet.

König Muirchertach aber wird ihr hörig mit Haut und Haar, doch mit der Konsequenz, daß solches Sicheinlassen mit einer wild-chaotischen Sexualität seinen Tod herbeiführt, der ihn nicht zufällig zwischen Weinschläuchen, Attributen des Dionysos, ereilt.

Diana-Artemis-Frau Venus führt auch oft auf einer weißen Stute reitend, die durch die Samhainnächte tobende Jagdkavalkade an. Ihrem Zug begegnet in den schottischen Wäldern der junge Tamlane, nachdem er leichtsinnigerweise entgegen der Uhrzeigerrichtung, also im Verlangen nach Anderszeit, über einen Feenhügel geritten ist.

So verfällt er dem Charme jener Feenkönigin und wird vorübergehend deren Geliebter. Aus ihrem Bann erlöst ihn seine irdische Braut, die brave, aber etwas langweilige Janet, Tochter des Earl of March, dadurch, daß sie den Feen in der nächsten Haloween- (= Samhain-) Nacht auf einem Kreuzweg mit einem Rosenkranz und Weihwasser entgegentritt.

Nach all diesen Bildern und Geschichten stellt sich die Frage, warum das Wilde bzw. jene die Wildheit verkörpernde weibliche Gestalt auf die Menschen über alle Zeiten hin eine solche Faszination ausgeübt hat? Oder anders gesagt: Was führt Menschen dazu, sich um Tabus und Verbote nicht scherend, solche Vorstellungen zu tradieren und sie in ein bestimmtes Grundmuster variierenden Geschichten weiterzureichen?

Hans Peter Duerr bietet dazu die Meinung an, »daß man nur zahm werden könnte, wenn man zuvor wild gewesen sei«, daß man nur dann in der Lage sei, im umfassendsten Sinn der Wortbedeutung zu leben, wenn man sich mit der über den Menschen verhängten Notwendigkeit zu sterben einmal intensiv vertraut gemacht habe.

Er weist auf die Initiationsriten der auch in Zentraleuropa bis ins späte Mittelalter hinein fortlebenden Geheimbünde, wie dem der »Nachtbuben« oder der »Knabenscharen« in der Schweiz hin, »deren Mitglieder einstmals als Kinder in der Wildnis ›sterben‹ mußten, um als Erwachsene in die Ordnung ›wiedergeboren‹ zu werden.«

Wenn man sich der Sinnesfeindlichkeit des Christentums seit Paulus erinnert, wenn man sich klarmacht, daß das Christentum eine Religion ist, die das vaterrechtliche Prinzip im Laufe seiner Entwicklung immer mehr betonte und dabei die Frau als Verführerin oder gar als Hexe denunzierte, bekommt man eine Ahnung davon, wo der Kardinalmangel liegt – und warum die Wildnis etwas so Verlockendes bekam, weshalb sich der Feenglaube in manchen Regionen so lange hielt, wieso in den Feengeschichten die weiblichen Gottheiten über die Zeiten hin eine so dominierende Rolle spielten.

In Irland bestand bis in die Mitte unseres Jahrhunderts hinein, zumindest in den gälischen Kerngebieten, eine Gesellschaft, deren Menschen vollständig oder vorwiegend von der Landwirtschaft, von der Viehzucht oder vom Fischfang lebten. Für sie müssen mythische Vorstellungen, die im Matriarchat wurzeln und an den Vegetationsrhythmus gebunden waren, im Vergleich mit dem Christentum eine größere Attraktivität gehabt haben.

Schon die frühen christlichen Missionare im Gefolge des Hl. Patrick haben das eingesehen. Eben deshalb versuchten sie, Göttinnen und Heldinnen, die im Bewußtsein der keltischen Bevölkerung eine wichtige Rolle spielten, in christliche Heilige umzufunktionieren, was in einigen Fällen wenigstens vordergründig gelang (Brigitte).

Die Bindung an das alte Bewußtsein, an einen Glauben, der das Kommen und Gehen der Jahreszeiten personifizierte und in Ritualen und Mythen feierte, blieb aber als Unterströmung weiter bestehen. Und zwar solange, wie sich die vorwiegend agrarische Struktur der Gesellschaft erhielt.

Es ist dies im übrigen ein Vorgang, der sich nicht nur in Irland und in bestimmten Gegenden der Britischen Inseln beobachten läßt.

Es ist erstaunlich, wie viele Geschichten sich in thematisch geordneten Sammlungen des frühen 19. Jahrhunderts aus Deutschland, Österreich und der Schweiz finden, in denen uns mythologische Frauengestalten begegnen, hinter denen wir unschwer das Artemis-Diana-Epona-Frau-Venus-Vor-Bild erkennen. Und zwar tauchen diese Geschichten eben vor allem in jenen Regionen auf die von der modernen Zivilisation relativ spät durchdrungen worden sind.

So läßt sich denn die Frage, warum gerade in Irland Geschichten über die Wesen der Anderswelt, die Feen, sich in solcher Vielfalt bis in unsere Tage (und somit fast ein Jahrhundert länger als auf dem Kontinent) erhielten, damit beantworten, daß auf der Grünen Insel vier Faktoren zusammenwirkten: ein früher, aber auch in der Epoche des Christentums mächtiger heidnischer Götterglaube, der anschauliche und eindrucksvolle Personifizierungen und Rituale einer Vegetationsmythe hervorbrachte; eine Agrargesellschaft in der der Mensch nachdrücklicher als anderswo an seine Abhängigkeit vom Zyklus der Jahreszeiten, dem Werden und Vergehen in der Natur, erinnert wurde; besondere geschichtliche Bedingungen, bei denen sich ein Zusammenhang zwischen der Tradierung von Mythen und Märchen und der nationalen Identität herstellte, und andauernde Konfrontation des Menschen mit als übermächtig empfundenen Naturphänomenen. Von dieser Erklärungslinie her wird auch verständlich, warum wir Heutigen einerseits die Feengeschichten gern belächeln, andererseits aber auch von ihnen fasziniert werden.

Das Lächeln ist damit leicht gedeutet, daß wir uns gern als vernünftige, aufgeklärte, Aberglauben verwerfende, rational-orientierte Wesen sehen, die sich darüber klar sind, daß es im materiellen Sinn freilich keine Feen gibt. Die Faszination, die trotz solcher Überzeugungen besteht, ist etwas schwieriger zu deuten. Sie hängt meiner Ansicht nach eben damit zusammen, daß wir im Verlauf einer vorwiegend rational-technisch orientierten zivilisatorischen Entwicklung heute einen Punkt erreicht haben, an dem wir unsere Entfremdung von der Natur immer stärker als Mangel empfinden.

Die Häßlichkeit und Grausamkeit einer zweiten, vom Menschen erfundenen und geschaffenen Natur, wie sie uns beispielsweise in den wüstenhaften Stadtlandschaften entgegentritt, die Furcht, durch die Technik, die ihre Eigengesetzlichkeit entwickelt, vielleicht für immer die Lebensgrundlagen der Menschen zu zerstören, hat unsere Sensibilität für das Natürlich-Kreatürliche geschärft. Sollen wir nun dieser Stadtlandschaft und der Technik den Rücken kehren? Sind Märchen Opiate? Türen in eine neue Innerlichkeit? Oder sind sie nicht auch Seelenlandschaften, so wie die Städte Landschaften unserer geistigen Fähigkeiten und Möglichkeiten sind? Verkörpern Märchen nicht ebenso einen Teil unseres Selbst wie die technische Welt auch? Anderswelt setzt immer das Bestehen von Welt voraus.

Die Gestalten und Mechanismen des Geschehens in den Feengeschichten sind Symbolen und deren Deutungen in der Psychoanalyse verwandt. Wenn wir Verschiebungen von Ort und Zeit traumhaft erleben, ist dies für uns nicht erstaunlich. Die Psychotherapie geht davon aus, daß Träume heilen oder zumindest das Leben in ein gewisses Gleichgewicht bringen.

Gegenüber starken äußeren Bedrohungen gilt es von daher, nicht nur praktisch-rational zu reagieren, sondern die seelischen Kräfte zu stärken, emotionale Defizite zu beseitigen. Beschäftigung mit Feenmärchen und Feenglauben, mit der Anderswelt, verhilft uns zur Wahrnehmung unserer Wünsche und Ängste, zur Einsicht in Grundbedingungen menschlicher Existenz.

Anmerkungen und Quellenangaben

worin nachgelesen werden kann,
woher die in diesem Band
versammelten Texte stammen,
und wo noch allerlei Wissenswertes
ausgebreitet wird

S. 13: »Die Folklore Irlands ...«

Ich habe meine Auswahl und Darstellung bewußt auf Irland beschränkt.

Eine Ausweitung des Themas auf Schottland, Wales, England, die Bretagne und womöglich noch auf Norwegen und die Inseln im Nordatlantik hätte die Zahl der Geschichten nahezu ins Unendliche ausgeweitet und durch die Notwendigkeit, auf regionale Besonderheiten eingehen zu müssen, den Rahmen eines Bandes von noch handlichem Umfang gesprengt.

Es läßt sich sagen, daß die irisch-gälische Vorstellung von der Anderswelt gewissermaßen als pars pro toto für im Kern ähnliche, im Detail variierende Vorstellungen Traditionen in Wales, Schottland, England und der Bretagne gelten kann.

Vergleiche zwischen der Folklore und Mythologie Irlands und jener Regionen habe ich im Text hin und wieder gezogen.

S. 13: »Otherworld, übersetzt: Anderswelt ...«

Die entsprechenden keltischen Bezeichnungen sind: »Mag Mell« = »herrliche Ebene«, »Tir na nOg« = »Land der Jugend«, »Tir Tairngire« = »Land des Versprechens«. In der isländischen und norwegischen Mythologie und Folklore kommen ähnliche Bezeichnungen vor, nämlich »Odainsakr« = »Feld der Nichttoten« und »Land lifanda manna« = »Land der (ewig-) lebenden Wesen«.

Die Einwohner dieses Landes waren die Feen. Über die Lage von Tir na nOg sind die Angaben märchenhaft, blumig ungenau. Häufig scheint man angenommen zu haben, daß es am Westrand des Atlantik liege. Dies mag wiederum damit zusammenhängen, daß dies der Ort des Sonnenuntergangs ist, der mit dem Totenreich in Verbindung gebracht wird.

Eine Spielart der Anderswelt ist O' Brasil, ein Land das alle sieben Jahre aus der azurnen See auftaucht.

Mit »Tir-fa-Thon« = »Land unter (hinter) den Wellen« verbindet sich die Vorstellung von einer Todesgöttin, deren langes Haar eine Welle ist.

S. 22: »Der arme Junge aus Castlerea«

Lady Wilde: Ancient Legends of Ireland, London 1888.

S. 24: »Billy Mac Daniel und der Clu-ricane«

T. Crofton Croker: Legends of the South of Ireland, London 1825.

S. 30: »Far Darrig und der Tinker, der keine Geschichte wußte«

Letitia Maclintock: Dublin University Magazine, Dublin 1878.

S. 31 »... hinter sich eine Leiche«

Kern des in dieser Geschichte von den vier Männern aus der Anderswelt mit dem Leichnam vollzogenen Rituals scheint mir die vom Erzähler in ihrem Sinn nicht mehr begriffene Zeremonie, den Gott des alten Jahres am Ende der Saturnalien zu töten, ihn in die Erde zu senken, damit er mit den Saaten wieder aufersteht.

Bei den Griechen wurden beispielsweise Abbilder des Dionysos häufig in Bäume gehängt, um so gute Wein- und Getreideernten zu erzielen. Dieser alte Glaube lebte in Nordwesteuropa fort. Die Erinne-

rung, die als erschreckend empfunden wurde, wird in dieser Geschichte aus dem 19. Jahrhundert als Gruseleffekt eingesetzt.
Der Leser vergleiche diese Geschichte mit der später wiedergegebenen Version, nämlich dem Märchen von dem Geschichtenerzähler in Verlegenheit. Auch dort werden solche Tötungs- und Wiederauferstehungsvorgänge beschrieben, allerdings offenbar mit genauerem Wissen um ihre ursprüngliche Bedeutung.

S. 33: »Der Geschichtenerzähler in Verlegenheit«
Joseph Jacobs: Celtic Fairy Tales, published by David Nutt, London 1891, S. 87.

S. 40: »Pferdegöttin Epona«
Die Hügelfigur auf dem sogenannten Dragon Hill bei Uffington, Oxfordshire, England, stellt ein Weißes Pferd dar. Sie markiert wahrscheinlich einen Platz, an dem regelmäßig zeremonielle Spiele oder Stammeszusammenkünfte stattfanden.
Eine in Aulerii, England, gefundene Goldmünze aus dem ersten vorchristlichen Jahrhundert hat auf der Rückseite eine ganz ähnliche Pferdefigur.

S. 41: »Das gebückte Mütterchen«
»Irische Elfenmärchen«, übersetzt von den Brüdern Grimm, Kassel, 1825; erschienen bei Fleischer in Leipzig 1826.
Die Grimms wählten aus dem Band »Fairy Legends and Traditions of the South of Ireland« von Crofton Croker, der 38 Geschichten enthielt, 27 aus. Konrad Sandkühler schreibt in seinem Nachwort zu einer Neuausgabe: »Ihre Sprache trägt den Stempel der Begeisterung und wirkt, trotz gelegentlicher Übersetzungsfehler, heute noch ebenso frisch und bezaubernd wie beim ersten Erscheinen des Werkes.«
Schön auch der darin zitierte Ausspruch eines Iren auf die Frage, ob er an Elfen glaube: »Glauben tue ich an Gott und die Gebote, aber die Elfen sind wirklich da!«

S. 43: »... in meinem faltigen, zusammengesteckten Rock verwickelte«
Wenn man davon ausgeht, daß es objektiv eine solche Erscheinung nicht gibt, sondern sie vielmehr auf intensiver Einbildung beruht, wäre es interessant zu erfahren, wie ein Psychoanalytiker den hier ja von der alten Frau auch noch ungemein genau beschriebenen Vorgang beurteilt.
Ich deute ihn so: Durch die Erinnerung an den toten Mann und mit ihm zusammenhängende sexuelle Wünsche entsteht eine Art hysterischer Stau, der zu dieser Lähmung führt. Freilich ist es dabei auch von Bedeutung, daß sich die Geschichte in der ersten Mainacht abspielt, in der in Nordwesteuropa noch bis zum Anfang der Neuzeit die sonst geltenden sexuellen Tabus außer Kraft gesetzt waren. Einzelheiten hierzu siehe auch in Kapitel 4, in dem auf den Sinnzusammenhang der keltischen Jahreseinteilung noch genauer eingegangen werden wird.

S. 46: »Die Seelenkäfige«
Crofton Croker: Legends of the South of Ireland, a.a.O.
Diese Geschichte ist ein gutes Beispiel für die schließlich immer weiter getriebene Anthropomorphisierung alter magischer Vorstellungen. Jack Dogherty und sein

Gegenüber, der Merrow oder Wassermann, sind in ihrem Wesen und Charakter fast identisch.

Jack erfüllt sich in der Erfindung des Merrows Coomara seinen heimlichen Wunsch nach einem männlichen Trinkkumpan, in dessen Praktik, die Seelen der ertrunkenen Matrosen in Hummerkörbe einzusperren, seine bei der illegalen Bergung von Gütern aus untergegangenen Schiffen entstandenen Schuldgefühle zum Vorschein kommen und schließlich auch durch deren Befreiung verarbeitet werden.

S. 59: »Ethna die Braut«

Lady Wilde: a.a.O.

An dieser Geschichte fällt auf, daß von Ethna manchmal als von der Braut, ein andermal wieder als von der Frau des »großen Herrn« gesprochen wird. Diese Undeutlichkeit ist kein Zufall. Sie verschleiert das tatsächliche Geschehen hinter der erzählten Geschichte. Offenbar handelt es sich darum, daß der Ehemann Schwierigkeiten bei der Entjungferung seiner jungen Frau hat. Diese als peinlich empfundenen Schwierigkeiten werden damit erklärt, daß sich Finvarra des Mädchens bemächtigt habe. Wenn dann der sterbliche Ehemann den Feenhügel aufgraben läßt – ein altes Motiv aus dem mythologischen Zyklus – ist darin ein Verweis darauf zu sehen, daß er, modern gesprochen, erst mit den Mechanismen des Es besser bekannt werden muß, ehe es ihm gelingt, dieses Problem zu lösen.

Der bezeichnende Hinweis auf den tatsächlichen Konflikt, von dem die Geschichte erzählt, findet sich in der Bemerkung: »Er muß den Gürtel an ihrer Hüfte lösen, der mit einer verzauberten Nadel befestigt ist.«

S. 62: »… diesen Kessel«

Was O'Donoghue hier zelebriert, ist eindeutig eine Wiedergeburtszeremonie. Das Zerschneiden eines Körpers und die Sammlung der Stücke in einem Kessel kommt auch bei den Praktiken sibirischer Schamanen vor.

S. 63: »O'Donoghue zahlt eine Pacht«

T. Crofton Croker: Fairy Legend of the South of Ireland, a.a.O.

S. 232: »Die Vision des Mac Conn Glinne«

Joseph Jacobs: More Celtic Fairy Tales, London 1894.

Der Herausgeber merkt an: »Leicht gerafft erzählt von Mr. Alfred Nutt nach Prof. Meyers Ausgabe von ›The Vision‹, die er in Buchform 1892 veröffentlichte. Das Buch enthält zwei Versionen, eine längere aus dem ›Leabhar Breac‹ (Speckled Book), welches aus dem 14. Jahrhundert stammt, eine kürzere aus einem Ms. des 16. Jahrhunderts, die in der Bibliothek des Trinity College aufbewahrt wird.«

Die zweite Version der Geschichte läßt den parodistischen Charakter noch deutlicher hervortreten. Mac Conn Glinne macht sich anheischig, den unglücklichen König dazu zu bringen, zwei Nächte zu fasten. Er rezitiert zwei Gedichte, in denen die herkömmliche Huldigungslyrik des Barden für seine fürstlichen Mäzene parodiert wird. Es folgt dann eine Fabel, in der der Besuch der Feenwesen bei den Sterblichen lächerlich gemacht wird.

In Prosa und Versen verspottet der Autor die heroischen und mythologischen Sagas, die Wunder der Anderswelt und die in solchen Texten fast immer vorkommenden schönen Mädchen, deren Anatomie in allen Einzelheiten beschrieben wird. Selbst jene Schreiber, die die Geschichten überlieferten, bekommen ihr Fett mit ab, indem der Autor mit großem Ernst sich widersprechende Versionen bestimmter Episoden einander gegenüberstellt. Unterdessen hat man sich die Not des hungernden Königs vorzustellen.
Die hier gerafft wiedergegebene andere Version endet so: »Der Gelehrte fuhr mit den verlockenden Fleischbrocken zum Mund des Königs, und schließlich schoß der Dämon der Völlerei hervor aus dem Mund, griff einen der Brocken und versteckte sich unter dem Kochtopf. Der Topf stürzte um, und unter ihm saß der Dämon gefangen. »Gott und der Heiligen Brigitte sei Dank!« sagte Mac Conn Glinne und legte die rechte Hand über seinen Mund und die linke Hand über den Mund Cathals. Leinentücher wurden um Cathals Kopf gewickelt, und man trug ihn fort. Das Haus wurde gesäubert und niedergebrannt, aber der Dämon entkam ins Nachbarhaus. Mac Conn Glinne rief ihn an, und der Dämon redete, obwohl er eigentlich nicht reden wollte. Er mußte reden.
Hätte er noch drei weitere Halbjahre in Cathals Leib gesessen, so wäre Irland völlig ruiniert worden.«

S. 70: »Theorie«
Siehe dazu die Angaben in Standard Dictionary of Folklore Mythology and Legend (Maria Leach/Jerome Fried, New York 1972, Stichwort »fairy«, S. 363).

S. 71: »Sheela-na-gig«
Vgl. John Sharkey: Celtic Mysteries. The Ancient Religion, London 1975.
Der Autor gibt in diesem Band ein Foto einer solchen grotesken Figur aus dem Mauerwerk der Kirche St. Mary and St. David, Kilpeck, Herefordshire, England. Kommentierend schreibt er dazu: »Die gewöhnliche Charakteristik eines Sheela -na-gig müßte lauten: ein häßliches, maskenähnliches Totenschädelgesicht mit einem riesigen, aufgerissenen Mund, angedeuteten Rippen, riesigen Genitalien, die von den beiden Händen weit auseinandergerissen werden und mit gebeugten Beinen; es läßt unbegrenzte Möglichkeiten für sexuelle Phantasien, ist aber gleichzeitig eine Erinnerung an unseren Ursprung. Solche Figuren vermitteln ein intimes und erschreckendes Bild des Geheimnisses der Geburt und symbolisieren den Moment, in dem die blutige Placenta abgestoßen und neues Leben freigesetzt wird, verweisen aber auch auf die tiefere Bedeutung des grotesken Humors in manchen der keltischen Geschichten.«

S. 72: »John Boglin«
Evan Wentz: Fairy Faith in Celtic Countries, Oxford, 1911, S. 62.

S. 73: »Red Hugh O'Donnell...«
Das »Red« verweist wahrscheinlich auf den »Red Branch« in Ulster, der durch Maga, die Tochter des Angus Og mit der Anderswelt verschwägert war und dem

auch Cuchulain und Naisi: der Geliebte von Deidre, angehörten.
Die Geschichten dieser Personen werden im Ulster Zyklus erzählt.

S. 74: »Caridwen«
The Mabinogion, übersetzt von Lady Charlotte Guest, London Toronto 1906, S. 263 ff. Der hier verkürzt wiedergegebene Text heißt »Taliesin«.

S. 76: »Patrick Kennedy«
Gemeint sind die Sammlungen:
Patrick Kennedy: Legendary Fictions of the Irish Celts, The Fireside Stories of Ireland und The Banks of Boro, die zwischen 1866–1870 in Dublin im Druck erschienen und Jeremiah Curtin: Irish Folk Tales, collected 1835–1906, ed. Séamus Ó Duilearga, Dublin 1960; sowie Curtins Sammlung Myth and Folklore of Ireland, 1890.

S. 81: Motto:
J. G. Campbell in »Superstitions of the Highlands and Islands of Scotland«, Glasgow 1900, S. 15.

S. 82: »Irland ist ...«
Katharine M. Briggs: The Vanishing People, A Study of Traditional Fairy Belieft, London 1978, S. 27 f.

S. 82: »Gegend ...«
Seán Óh Cochaid Maire Ni Neill, Seamus O Cathain, Siscealta O Thir Connaill, Baille Atha Cliath, 1977, Vorwort.

S. 83: »Gaeltach«
Gebiete, in denen nur oder fast nur Gälisch gesprochen wird.

S. 84: »Von der Vielzahl des Hügelvolkes«
Sidhe Scealta No. 2, Béaloideas XXIII, S. 140.

S. 84: »Die Hebamme ...«
Ihid, No. 16, Bialoideas XXIII, S. 153.

S. 85: »Die Hebamme, die ein Auge verlor«
Ibid, No. 19, Béaloideas XXIII, S. 156–157.

S. 86: »Die Frau, die aus der Luft fiel«
Ibid, No. 15, Béaloideas XIII, S. 152–53.

S. 87: »Der Gruagach«
Ibid, Béaloideas XXIII, S. 239–4 a. Die Geschichte wurde im Original auf Englisch erzählt.
Es scheint verschiedene Arten des Gruagach zu geben. In den Highlands Schottlands nennt man so eine Feenfrau in Grün mit goldenen Haaren, manchmal sehr schön, manchmal häßlich und hager. Der männliche Gruagach ist hübsch, schlank und jung. Er ist nackt und führt wie die Brownies, die harmlosen Haushaltsfeen Englands, Hausarbeit aus. Beide Arten trinken gern Milch. In Irland hingegen war der Gruagach ein übernatürliches Zauberwesen, oft auch ein Riese. (Angaben dazu siehe in Lewis Spence: The Fairy Traditions of Britain, London 1946.)
Im Fall dieser Geschichte handelt es sich, da das Feenwesen zu einer schottischen Familie kommt, um die zweite der beiden schottischen Spezien.

S. 88: »Der Große Markus und seine Feenfrau«
Ibid, No. 1, Béaloideas XXVII, S. 2–5.

S. 91: »Der Mann aus Inver und die Feenfrau«
Ibid, No. 24, Béaloideas XXIII, S. 161–166

S. 95: »Die Feenkuh und ihre Nachkommen«
Ibid, No. 47, Béaloideas XXIII, S. 191–92.

S. 96: »Die Feen schenken Zauberkräfte«
Ibid, No. 70, Béaloideas XXII, S. 210–12.

S. 97: »Eine Münze täglich ...«
Ibid, No. 71, Béaloideas XXIII, S. 212–13.

S. 98: »Eine freundliche Frau ...«
Ibid, No. 48, Béaloideas XXIII, S. 192–93.

S. 100: »Der Feenbrotlaib«
Ibid, No. 50, Béaloideas XXIII, S. 194–195.

S. 101: »Eisen und Salz«
Ibid, No. 12, Béaloideas XVII, S. 12.
Die Abneigung der Feen gegen Eisen ergibt sich aus dem, was in Kap. 1 erklärt worden ist. Salz war vielleicht beiden im Untergrund lebenden sehr rar aber begehrt und wurde vom Herrschaftsvolk als Lockmittel benutzt.

S. 101: »Gesalzenes Zusammengekochtes«
Ibid, No. 62, Béaloideas XXII, Seite 203/4

S. 102: »Der erste Anruf«
Seanchas Iascaireachta agus Farraige, No. 6 und 24

S. 102: »Der Bochtóg der Mac Ginleys«
Ibid, No. 26, Béaloideas XXIII, S167–8.
Das Wort Bochtóg kommt offenbar nur im Südwesten von Donegal vor. Es bedeutet wörtlich etwa Schutzfee, eine über eine Familie wachende Frau aus der See.

S. 103: »Die Feeninsel von Rathlin O'Birne«
Gaeilge Theilinn, Text 14, S. 266–70.

S. 104: »Das Mädchen aus der See und Eoin Óg«
Seachan Iascainrzachta agus Farraige, No. 95, Béaloideas XXXIII, 39–40.

S. 105: »Mit dem Boot entführt«
Sidhe-Scealtha No. 23, Béaloideas XXIII. S. 20–23.

S. 108: »Der Schmied von Bedlam«
Ibid, No. 10, Béaloideas XXIII, S. 144–146.

S. 110: »Du wirst zahlen«
Ibid, No. 37, Béaloideas, XXVII, S. 33.

S. 110: »Steine von einem Feenort«
Ibid, No. 51, Béaloideas XXIII, S. 195.

S. 111: »Der Fremde, der den Mann vom Zoll täuschte«
Ibid, No. 75, Béaloideas, XXIII, 5. 216–17.
Die Destillation von poteen ging im Geheimen vor sich, an schwer zugänglichen Orten, bei Nacht. Es ist deshalb nicht weiter erstaunlich, daß sie mit phantastischen Erfahrungen in Zusammenhang gebracht wurde. Die Vorliebe der Feen für Whiskey und die Sitte, die ersten Tropfen des Abzugs ihnen zu opfern, geht wahrscheinlich auf jene Tage zurück, in denen privates Schnapsbrennen noch erlaubt war.

S. 112: »Das Spinnrad und das kleine Volk«
Ibid, No. 34, Béaloideas XXVII, S. 31.

S. 112: »Mit etwas Hilfe ...«
Ibid, No. 41, Béaloideas XXII, S. 181–82.

S. 113: »Die unerschöpfliche Vorratskiste«
Ibid, No. 46, Béaloideas XXIII, S. 188–91.

S. 117: »Weißdornbüsche«
Der sechste Baum des alten keltischen Baumalphabets ist der Weißdorn. Siehe dazu auch Robert Graves: The White Goddess, a.a.O. S. 174 ff.

S. 119: »Am zweiten Tag der Anthesterien ...«
Hans Peter Duerr: Traumzeit – Über die Grenze zwischen Wildnis und Zivilisation, Frankfurt/Main 1978, S. 47.
Zum Bild des Schiffes in diesem Text ist noch anzumerken, daß die Vorstellung von der Anderswelt als ein Land jenseits des Meeres u.a. auch zu den sogenannten Bootsbegräbnissen geführt haben mag. Die Norweger gaben ihren Toten kleine Schiffe mit ins Grab oder setzten die Toten auf brennenden Schiffen, die aufs Meer hinaustrieben, bei.
Bis vor gar nicht langer Zeit wurde bei irischen Totenwachen (wakes) ein ziemlich rüdes Spiel gespielt, das »Das Bauen eines Schiffes« genannt wurde.

S. 119: »Zeit zwischen den Zeiten ...«
Hans Peter Duerr: a.a.O. S. 47.

S. 120: »Ängste eines Lebens ...«
Sean Óh Eochaidh, Síscéalta Ó Thír Chonaill, Baile Átha Cliath, 1977.

S. 126: »Wochentage«
In Donegal sagen die alten Leute, wenn sie vom »kleinen Volk« reden: »Heute ist Montag, da werden sie uns nicht hören.« Und dies unabhängig davon, ob auch tatsächlich Montag ist. Aus Cavan-Meath berichtet P. J. Gaynor in Hinblick auf den Sonntag: »Früher glaubten die Leute, daß die Feen alles hören könnten, was sie sagten, mit Ausnahme von dem, was am Sonntag gesagt wurde.«
A. Carmichael schreibt in »Carmina Gadelica« II.: »Am Donnerstag dürfen die Feen nicht heraus, weil dies der Tag des Columban ist, Freitag ist der Tag Jesu, Samstag der Tag der Maria, Sonntag der Tag des Herrn.«

S. 127: »Der Tod der Hündin Bran«
Lady Gregory: a.a. O. S. 332.
In diesem Text klingen ganz offensichtlich Erinnerungen an mutterrechtliche Verhältnisse an.

S. 127: »Der Ruf an Oisin«
Lady Gregory: a. a. O. S. 333 ff.

S. 130: »Schriften des Heiligen Patrick«
Die Darstellung folgt: The Course of Irish History. Edited by T. W. Moody and F. X. Martin, Cork 1967. An t-Athair Tomas O Fiarch, Prof. of Modern History, St. Patricks College, Maynooth, S. 61 ff.

S. 130: »Die Vision des Heiligen Patrick«
Nach: The Works of St. Patrick, übersetzt von L. Bieler (1953), S. 28.

S. 131: »Oisins Wiederkehr«
Lady Gregory: a.a.O. S. 337.

S. 134: »Daniels Brautfahrt«
Aufgezeichnet nach einer mündlichen Erzählung in Ballintogher vom Autor im Sommer 1970.

S. 136: »Mönch von Heisterbach«
Die Geschichte wird u.a. erwähnt in B. Thorpe: Northern Mythologies, 3 Bände, London 1851–52.

S. 136: »Urashima Taro«
Vergleiche K. Seki und R. Adams: Folktales of Japan (Folktales of the World Series) London and Chicago 1963, S. 111–114.

S. 137: »John Connors und der Feenkönig«
Jeremiah Curtin: The Tales of Fairies and of the Ghost World, collected from Oral Traditions in Southwest Munster, Bonston 1895, S. 6–17.

S. 144: »Samon ... Giamon«
Siehe dazu: Alwyn Rees u. Brinley Rees: Celtic Heritage, Ancient Tradition in Ireland and Wales, London 1961, S. 85.
Dies waren Zeiteinteilungen der kontinentalen Kelten bzw. Gallier. 1897 wurde in Gallien eine Bronzetafel gefunden, in der die Zeitabschnitte eingetragen waren (Coligny Kalender).

S. 145: »Moralprediger«
Stubbes in »The Anatomy of Abuses« (1583). Zitiert nach J. B. Frazer: The Golden Bough, London 1911–15, Band II, Seite 66.

S. 145: »... der erste Mai.«
C. B. Lewis: The Part of the Folk in Making Folklore, Folklore XL VI, 37, S. 61 ff., Survival of a Pagan Cult, Evangelical Quarterly VI (1934), S. 337.

S. 145: »neben Samhain und Beltaine ...«
Zu Samhain schreibt Lady Wilde:
»Zu dieser Zeit, wenn die Sonne erstirbt, gewinnt die Dunkelheit große und böse Macht über alle Dinge. Die Hexenfrauen behaupteten, sie ritten mit der Diana von Ephesus, Herodias oder anderen, die mit dem Teufel im Bund sind. Sie verwandeln Männer in Tiere, reiten mit Toten und jagen über große Entfernungen mit ihren schnellen Geisterpferden.
In der Samhain-Nacht können mit gewissen Praktiken die Toten beschworen und dazu gebracht werden, Rede und Antwort zu stehen. Zu diesem Zweck muß man die Leichen mit Blut bespritzen. Man sagt, die Geister liebten das Blut. Die Farbe errege sie, gebe ihnen für gewisse Zeit Kraft und einen lebensähnlichen Zustand«.

S. 145: »1. Februar ...«
Brigit oder Brid (ie) scheint eine so beliebte gälische Gottheit gewesen zu sein, daß die frühe Kirche es nicht fertig brachte, sie den Leuten auszureden. Also wurde sie St. Bridget of Ireland. Lady Gregory schreibt in »Gods and Fighting Men« (S. 2) über sie:

»Brigit … war eine Frau der Dichtung, und die Dichter verehrten sie … sie galt als eine Frau, die zu heilen verstand und wurde mit der Arbeit des Schmiedes in Zusammenhang gebracht. Angeblich hat sie die Trillerpfeife erfunden, mit der man durch die Nacht pfeifen konnte. Die eine Seite ihres Gesichts war häßlich, die andere recht hübsch. Ihr Name, abzuleiten von Breo-saighit, bedeutet wilder Pfeil.«
Sehr seltsame Vorstellungen – nur zu begreifen aus der paradoxen Eigenschaft von Wendemarken im Zeitablauf – haben auch die zwölf Tage der Weihnacht, die das Wetter des kommenden Jahres vorhersagen. In diesen Tagen verkleidet man sich, setzt Gegenbürgermeister ein, die Hexen sind mächtig.
In Schottland wird in diesen Tagen keine Gerichtssitzung abgehalten. In Irland fahren jene, die an diesen Tagen gestorben sind, ohne das Fegefeuer oder das Ewige Gericht zu durchlaufen, direkt in den Himmel.
Imbolc (1. Februar) wurde mit der heiligen Flamme in Zusammenhang gebracht, die das Land reinigte und die Sonne aus dem Winterschlaf aufwecken sollte. An diesem Tag wurden in Irland Probeehen geschlossen.
Bis vor ein paar Jahren pflegten sich am 1. Februar in Teltown im County Meath junge Männer und junge Frauen zu treffen, zu küssen und zu heiraten. Solche Ehen konnten im Laufe des Jahres wieder aufgelöst werden und sind wahrscheinlich die letzten Überreste der keltischen Sitte, daß Frauen beim Eingehen und bei der Auflösung der Ehe dieselben Rechte genossen wie Männer.

S. 150: »Wie Dermot zu seinem Liebesfleck kam«

Lady Gregory: a.a.O. S. 251.
Dermot, Goll, Conan und Osgar gehörten der Fianna an. Finn war der letzte und bedeutendste Anführer der Fianna, einer Schutztruppe Irlands. Er war der Sohn von Cumhal (Cual ausgesprochen) Mac Baiscne, und seine Mutter war Muirne aus dem Volk der Tuatha de Danann, also eine Fee. Er wurde von dem Dichter Finegas erzogen und hatte zwei magische Fähigkeiten. Er hatte vom Lachs der Weisheit gekostet und besaß seither einen Zauberzahn. Er hatte aus der Mondquelle getrunken und konnte seitdem die Zukunft vorhersagen. Sein Sohn ist Oisin.
Unter dem Dach, wo die Männer der Fianna schlafen, begegnen sie in der Gestalt der beiden Tiere und des Mädchens der alten Triadengottheit: Jugend, Welt (Mutter), Tod. Warum die Welt hier als Hammel dargestellt ist, wäre eine Frage, der man weiter nachgehen müßte.

S. 154: »Die Tochter des Königs über das Reich hinter den Wellen«

Lady Gregory: a.a.O. S. 252.
»Das Reich hinter den Wellen« ist eine häufig benutzte Bezeichnung für die Anderswelt.
Interessant und einiger Überlegungen wert sind die Hunde, die die geheimnisvolle Frau an die Freunde Dermots fortgibt. Es kann kein Zweifel sein, daß es sich um Hunde der Artemis handelt, der »Herrin über die wilden Dinge«.
In der klassischen Artemis-Mythe kommt ein Abschnitt vor, in dem die Göttin in Arkadien Pan trifft, der gera-

de eine Wildkatze zerlegt und diese an seine Hündinnen und deren Junge verfüttert.

S. 161: »Der Tod des Königs Muirchertach«
Übersetzt und herausgegeben in »Revue Celtique«, XXIII, 396. Es gibt zahlreiche Motive in den Saga-Zyklen – den Tod des Conaire, des Dermot, des Muirchertach und des Cuchulain –, die an die alte zeremonielle Tötung des Königs erinnern, zu der es kam, wenn seine Macht versagte oder seine Herrschaftszeit abgelaufen war. Diese Sitte, in der sich auch die Ablösung des alten durch das neue Jahr abbildet, ist aus fast allen Ländern der Welt bekannt.

S. 163: »Wie Trystan Esyllt gewann«
Gwyn Jones: Welsh Legends and Folk Tales, London 1955, S. 115 ff.

S. 167: »Kult einer Muttergottheit«
Siehe dazu u.a.: E. O. James: Religionen der Vorzeit, Köln 1957, S. 159 ff.; Sibylle von Reden: Die Megalith-Kulturen, Köln 1978, S. 98 ff.

S. 168: »Eines Tages als Kore ...«
Zitiert nach Anne Kent Rush: Mond, München 1978, S. 143.

S. 168: »Triade«
Ein Steinrelief der Triade von Fruchtbarkeitsgöttinnen der Kelten, der sogenannten Matronae, findet sich in Mümling-Grumbach im Odenwald. Eine schöne Darstellung steht auch im Corinium Museum von Cirencester, England. Dort tragen zwei der Göttinnen Schalen mit Früchten, die dritte trägt ein Blech mit Kuchen oder Brot.

S. 168: »griechische Vegetationsmythe ...«
In der Mythologie von Wales gibt es mannigfache Parallelen zu griechischen Mythen.
So findet sich die Aktaion-Geschichte im ersten Zweig des Mabinogion in leicht abgewandelter Form wieder. Die Hunde von Arawn, König von Annwynn, weiß mit roten Ohren, sind eindeutig die Hunde der Artemis. Der Raub des Kessels der Wiedergeburt ist gleichzusetzen mit der von Hermes zurückgebrachten Persephone.

S. 169: »Artemis ...«
Siehe hierzu: Hans Peter Duerr: Traumzeit, a.a.O. §. 3 Die Vagina der Erde und der Venusberg, und J. G.. Frazer: The Golden Bough, Volume I. u. II. London 1957, S. 1 ff.; Robert von Ranke-Graves: Griechische Mythologie – Quellen und Deutung 1, Reinbek bei Hamburg 1960, S. 71 ff.

Angaben zur Aussprache der irischen Namen

Die Aussprache der irischen Namen bringt für jeden Nicht-Iren gewisse Schwierigkeiten mit sich. Für Puristen sei ein Satz von Lady Gregory zitiert, die im Anhang von »God and Fighting Men« 1904 schreibt: »Wir wissen wenig darüber, wie tatsächlich die Aussprache in alter Zeit lautete.« Erschwert wird alles auch noch dadurch, daß sich für bestimmte Orts- und Personennamen eine von der englischen Phonetik ausgehende Version eingebürgert hat.

Meine deutschen Lautwerten angepaßte Notierung erhebt keinen Anspruch auf sprachwissenschaftliche Exaktheit. Sie will lediglich dem deutschen Leser eine annähernde Vorstellung vom Wortklang vermitteln. Wo immer möglich, wurde bei Ortsnamen auch die heutige Benennung mit angegeben.

Aedh	–	e (reimt sich auf englisch »day«)
Aine	–	aöh-lle
Angus	–	aön-ges
Aoibhell	–	ivill
Beltaine	–	bel-tein
Bodb Dearf	–	bof derrig
Bri Leith	–	brie leiß (County Longford)
Brugh na Boinne	–	bruch na beun (an der Boyne)
Caoilte	–	quil-te
Cliodna	–	kliew-na
Cluantarbh	–	Clontarf
Conchubar	–	Kon-na-chur
Cuchulain	–	Cu-hullin
Cu Sith	–	ku shie (Feenhund)
Donn	–	doon (wie in englisch »boon«)
Dagda	–	dagda
Emain	–	Ävin
Eochaid	–	eo-hie
Eohan	–	owen
Etain	–	eidien

Fodla	–	Fo-la
Leprachaun	–	le-pra-chon
Mag	–	moj
Maildun	–	mälduin
Manannan	–	manennan
Midhr	–	mißir
Midhna	–	mieß-na
Morrigu	–	rorig-hau
Muirchertach	–	murchertech
Niall	–	Njäll
Og	–	og (mit kurzem o)
Oisin	–	eu-schien
Ruidhe	–	ruße
ceilig Michill	–	skälig meikel
Slieve Mis	–	sliewe mis (County Kerry)
Sidhe Fionnachaidg	–	Schi-fin-ach-a
Slieve Eibhilne	–	sliew evlin
Tagh	–	Teig
Teamhair	–	Tjower oder Tawier (Tara)
Tir Nan Og	–	tier-na nogg
Tuatha de Danann	–	ua dä Donnan

Informationen zum Verlagsprogramm

Märchen einmal anders

Ein Memospiel, das Erwachsenen und Kindern doppelt Freude macht. Zu den 32 Märchen von Grimm und Andersen gehören jeweils zwei verschiedene Bilder, also:

Kombiniere richtig und merke es Dir gut!

Damit es nicht zu schwierig für diejenigen ist, die nicht mehr alle Details der Märchen kennen, gibt es als Hilfestellung ein Lösungsheft, in dem die Einzelkarten noch einmal abgebildet sind und das jeweilige Märchen kurzgefasst nacherzählt wird.

Wunderschön illustriert von Judith Bärtschi, Johanna Berking, Sabine Friedrichson, Alan Marks und Lisbeth Zwerger

Brunhilde Noffke (Hg.)
Märchen-Pärchen

64 Memokarten mit Szenen aus 32 bekannten Märchen

EAN 42503751-0095-9

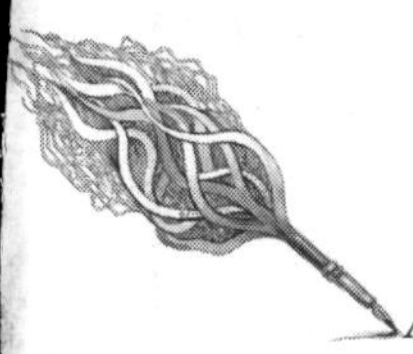

Alte Reime - neu erleben,
die gereimt im Versmaß schweben
und in deine Sinne fließen.
Nimm dir Zeit, sie zu genießen!

Ein Wiedersehen mit den 32 Märchen-Pärchen: Märchen als spannende Rätsel, als lustige Reime und ganz klassisch in der ungekürzten Originalfassung der Brüder Grimm und von Hans Christian Andersen.

Werner Schlachetka
Märchen-Rätsel-Reime

ISBN 978-3-86826-018-2